**U4**
.YANNIS

U4 est un ensemble de quatre romans
qui peuvent se lire dans l'ordre de votre choix.

À l'origine de cette aventure collective,
quatre auteurs français, qui signent chacun un titre :

*Koridwen*, de Yves Grevet
*Yannis*, de Florence Hinckel
*Jules*, de Carole Trébor
*Stéphane*, de Vincent Villeminot

© 2015 Éditions Nathan et Éditions Syros, SEJER,
25, avenue Pierre-de-Coubertin, 75013 Paris, France
Loi n° 49-956 du 16 juillet 1949 sur les publications destinées
à la jeunesse, modifiée par la loi n° 2011-525 du 17 mai 2011
ISBN : 978-2-09-255615-3
Dépôt légal : août 2015

# FLORENCE HINCKEL
# U4
## .YANNIS

**SYROS**
NATHAN

« *La vie est issue de la vie. La vie engendre la vie qui engendre la vie qui engendre la vie qui engendre la vie.* »

*John Green*, Nos étoiles contraires

« *L'homme est aussi un microbe têtu.* »

*Jean Giono*, Le Hussard sur le toit

## PRÉAMBULE
## 1ᴱᴿ NOVEMBRE

Cela fait dix jours que le filovirus méningé U4 (pour « Utrecht », la ville des Pays-Bas où il est apparu, et « 4ᵉ » génération) accomplit ses ravages.

D'une virulence foudroyante, il tue quasiment sans exception, en quarante heures, ceux qu'il infecte : état fébrile, migraines, asthénie, paralysies, suivies d'hémorragies brutales, toujours mortelles.

Le virus s'est propagé dans toute l'Europe. Berlin, Lyon, Milan... Des quartiers, des villes, des zones urbaines entières ont été mises successivement en quarantaine pour tenter de contenir l'épidémie. En vain.

Plus de 90 % de la population mondiale ont été décimés. Les seuls survivants sont des adolescents.

La nourriture et l'eau potable commencent à manquer. Internet est instable. L'électricité et les réseaux de communication menacent de s'éteindre.

—

Avant l'épidémie, Warriors of Time – WOT pour les initiés – était un jeu vidéo en ligne dit «massivement multijoueurs». En fonction de leur niveau, les joueurs pouvaient voyager à travers les époques d'un monde fictif, Ukraün, afin de changer le cours des événements et ainsi accomplir leur quête. Régulièrement, les joueurs se rendaient sur le forum pour élaborer des stratégies ou recevoir les conseils des combattants Experts, voire de Khronos lui-même, le maître de jeu.

Le 1er novembre, avant-dernier jour de fonctionnement du réseau mondial Internet, WOT compte environ cent cinquante Experts encore en vie sur le territoire français. Ceux d'entre eux qui se connectent au forum ce jour-là, pour oublier la réalité ou échanger des informations sur la progression de la catastrophe, reçoivent ce message :

*De : maître de jeu*
*À : Experts*
*Ceci est sans doute mon dernier message.*
*Les connexions s'éteignent peu à peu dans*
*le monde entier. Gardez espoir. Nous sommes*
*toujours les Guerriers du temps. Je connais*
*le moyen de remonter le temps. Je l'ai toujours*
*connu. Mais seul, je ne peux rien faire.*
*Rejoignez-moi. Ensemble, nous pourrons éviter*
*la catastrophe en réécrivant le passé. Croyez*
*en moi, croyez en vous, et nous gagnerons*
*contre notre ennemi le plus puissant : le virus.*

*Rendez-vous le 24 décembre à minuit sous la plus vieille horloge de Paris.*

Khronos

—

Jules, Koridwen, Stéphane et Yannis font partie de ces Experts. *U4* est leur histoire.

# UN

# 1ᴱᴿ NOVEMBRE, 8 HEURES

Il glisse sur l'eau.

Le monde est en train de finir. Des flammes dansent et lèchent le ciel derrière moi. Et je ne peux détacher mon regard de cette chose, là, qui flotte.
J'ai le cœur en mille milliards de morceaux, les pieds dans le chaos, et le soleil est froid sur mon visage.

Le ferry-boat dérive doucement sous le palais du Pharo, comme une coquille de noix perdue, sans attache. Le soleil éclaire le port et un reflet se fiche dans mon œil. C'est le bouton brillant d'une veste. La veste du corps qui glisse sur l'eau.

C'est le premier que je vois. Un cadavre met plusieurs jours à remonter à la surface. Beaucoup d'autres vont suivre, et le port va devenir méconnaissable. De toute façon, ce que j'ai vécu sur ces quais ne reviendra plus jamais. Rire et courir, se prélasser sur un banc, y déguster une glace, pêcher les petits poissons avec du pain au bout d'un hameçon, interpeller les pêcheurs sur leurs barques, chasser les goélands, admirer le scintillement des vagues… Plus jamais.

—

Sans ce message de Khronos, je n'aurais jamais trouvé la force de sortir de chez moi. La force de m'arracher d'eux, papa, maman, Camila : ma famille.

Je savais que je devrais sortir un jour ou l'autre, sinon je serais resté enfermé dans ma chambre pour toujours, et j'y serais mort de faim, une fois mes réserves épuisées : biscuits, canettes de Coca, pommes, oranges, yaourts conservés au frais sur le rebord de ma fenêtre. Ou bien je serais mort de froid, parce que l'hiver s'installait et que l'électricité finirait par être coupée pour de bon, et que j'étais incapable de trouver des trucs à brûler, même chez moi, où je n'osais rien toucher.

Sans ce message, je serais resté prostré pendant des jours et des jours, et le soleil aurait toujours fini par réapparaître, mais aurais-je réussi à compter combien de fois ? J'aurais perdu le fil, c'est sûr. Je me serais laissé engloutir par le néant.

Sans ce message, et sans Happy, aussi, je n'y serais jamais arrivé. Mon bon chien, fidèlement allongé près de moi. Par moments, il disparaissait, sans doute pour trouver à manger, mais il revenait toujours en couinant, et il posait son museau sur ma jambe. Ses yeux brillants m'adressaient plein de questions. Je plongeais ma main dans son pelage fourni, noir à encolure blanche, et ne lui disais rien puisque les mots m'avaient abandonné. Dans ma tête, j'étais encore un Expert de Warriors of Time, auquel je consacrais tout mon temps, avant tout ça. J'aimais tellement ce jeu que mon grand pote RV, avec qui je traînais des journées entières quand on était petits, se plaignait de ne quasiment plus me voir...

Terrorisé par le silence, j'oubliais Yannis, le garçon faiblard et paumé dans un monde en train de se liquéfier, pour devenir son avatar de WOT, le puissant Adrial, chevalier bondissant dans le temps et traversant le chaos de multiples guerres sans une égratignure.

—

Parfois, des cris fusaient. Des pleurs naissaient et mouraient. Des coups résonnaient dans les appartements voisins. Alors que tout était immobile sous le soleil, la rue s'animait à la tombée de la nuit. J'allumais trois bougies à côté de mes manuels de classe, et j'entendais des talons claquer au-dehors, doucement, puis rapidement, puis avec affolement. Des appels déchirants. Parfois, des explosions lointaines. D'autres fois, des détonations. *Bam !* Qu'est-ce que c'était ? *Paw !* On aurait dit des coups de feu. Mais qui tirait ? Sur quoi ? Sur qui ? Des hurlements fendaient l'air. Je plaquais fort mes mains contre mes oreilles, fermant les yeux et voulant disparaître...

Quand l'électricité revenait, je clignais des yeux, ébloui par ma lampe, et subitement de la musique s'échappait à plein volume ici ou là dans le quartier, créant des rires faux et nerveux. Moi, je ne pensais qu'à une chose : aller sur WOT, où on récoltait armes et techniques de combat dans le futur pour être plus puissant dans le passé. Parfois, l'inverse fonctionnait aussi, et le passé pouvait aider le futur. Dans ce jeu, j'étais fort. Beaucoup plus que dans la vie, ou à l'école... Désormais, je m'y connectais seulement pour entrer en contact avec mes potes Experts, et leur demander s'ils avaient des nouvelles de Khronos, qui avait comme disparu depuis plus d'une semaine. Qu'ils viennent de Bretagne, de Paris, de Toulouse, Metz ou Lyon, les Experts disaient tous la même chose. Le virus était partout. La panique, aussi.

SuperThor3 : Keskispasse, putain, c la fin du monde ou koi ? Ici, ça ressemble à l'enfer...
Laféedhiver : Moi je vis ds 1 village super isolé. Mais le virus é qd mm arrivé jusqu'ici...
Adrial : Les infos disent que c mondial...
Lady Rottweiler : Ouaip, pareil à Lyon, faites gaffe à vous, écoutez-moi. Surt...

Lady Rottweiler, de Lyon, avait l'air de s'y connaître en médecine et, les premiers jours, elle avait eu le temps de nous donner des recommandations d'hygiène. Puis la grande rumeur du Net s'était tue à son tour, nous laissant chacun seul. Seul au cœur de l'apocalypse...
Quand il est devenu impossible de se connecter à WOT, j'ai cru devenir fou. C'était mon dernier contact avec le monde extérieur. Et ma dernière source de courage...

Je sais que derrière les mots de mes potes Experts, même de Lady, se cachaient le chagrin, le deuil, la détresse, les larmes, la peur, un sentiment d'abandon... Moi non plus, je n'ai rien dit de tout ça. On voulait continuer à se conduire en héros, même dans ce putain de monde réel.

Se conduire en héros ! Alors qu'en fait je n'avais même pas le cran de me bouger ! Trop habitué à me faire dorloter, incapable de me débrouiller par moi-même. Mes parents ne m'ont jamais laissé préparer ne serait-ce que des pâtes, ni toucher un clou ou même un marteau. Ils préféraient que j'étudie. Et je n'ai jamais été du genre à insister pour aller chez les scouts, ce truc de bourges. Pour moi, le seul lieu où je ne perdais pas mon temps, c'était mon jeu en réseau. Le virtuel, c'était l'avenir, et le seul moyen de me créer une importance sociale qui me servirait plus tard. Et puis l'école, ce n'était pas mon fort. Au lieu de bosser mes cours, je travaillais en douce mes compétences no-life qui, j'en étais sûr, m'aideraient un jour dans la vraie vie.

Si mes parents avaient su ! Eux qui croyaient que mes bonnes notes en français étaient dues à des heures de travail. C'était juste que le français était ma matière préférée, même si je n'étais pas aidé, puisque mes parents le parlent bien mais l'écrivent mal. Enfin...

Ils le parl*aient* bien et l'écriv*aient* mal.

*Ressaisis-toi, Yannis,* m'ordonne Adrial. Et me voilà dans ma tête avec son apparence, vêtu de son armure, les cheveux longs, les muscles luisants, une épée à la main et une kalachnikov sanglée dans le dos. Je frappe mon poing deux fois contre mon cœur, et écrase rageusement mes larmes. OK, Adrial, mais ne m'abandonne pas, s'il te plaît. Reste avec moi, reste avec moi…

# 1ER NOVEMBRE, 9 HEURES

Aujourd'hui, alors que je suis des yeux ce cadavre qui danse au gré des vaguelettes, je parle à la Mort. Elle, dont j'osais à peine prononcer le nom avant, est comme une amie maintenant. Hey, la Mort, ça va ta vie ? Combien de gens t'as embrassés, aujourd'hui ? Ah ouais, quand même...

La Mort... J'attendais qu'elle frappe à ma porte, grelottant sous ma couette, fasciné par ce ciel bleu qui se moquait de tout, des vivants, des morts ou des agonisants, et surtout de moi. Ce ciel juste occupé à se diluer en élégants dégradés qui se déchiraient en début et fin de journée. L'eau du port reflétait ses couleurs comme avant, les mâts des bateaux s'entrechoquaient comme avant, les gabians criaient comme avant, mais aucune parole, aucun cri, aucun moteur, aucune musique, aucune présence humaine comme avant...

Le soir venu, je sursautais au bruit des corps jetés à l'eau. Les idiots... J'ai beau ne pas savoir grand-chose de la vie, je sais que l'eau est précieuse, mon père me le répétait souvent et ma mère avait gardé l'habitude de son enfance en Algérie de ne pas en gaspiller une goutte. Riant elle-même de ses vieilles habitudes, elle plaçait toujours une bassine sous chaque robinet au cas où il se mettrait à fuir. Jeter les cadavres dans la flotte, c'est la pire façon de se débarrasser des morts. Rien de mieux pour propager les saloperies et rendre la ville encore plus insalubre.

Et puis ce matin, je me suis réveillé en claquant des dents. J'ai consulté la montre de papa, que j'ai mise à mon poignet avant-hier, quand j'ai réalisé que bientôt mon téléphone n'aurait plus de batterie. Il était 1h11 très précisément. J'ai d'abord cru que c'était le froid qui m'empêchait de dormir, mais un *ding* a retenti, me rappelant que j'en avais entendu un autre dans les brumes de mon sommeil. L'électricité était revenue ! J'ai d'abord posé la main sur le radiateur à côté de mon lit. C'était chaud et ça faisait du bien dans cette atmosphère de frigo. Le *ding*, c'était le thermostat. Puis je me suis rué sur mon ordi pour l'allumer. J'avais reçu un message sur WOT. Un message de Khronos.

*Je connais le moyen de remonter le temps. Je l'ai toujours connu. Mais seul, je ne peux rien faire. Rejoignez-moi. Ensemble, nous pourrons éviter la catastrophe en réécrivant le passé. Croyez en moi, croyez en vous, et nous gagnerons contre notre ennemi le plus puissant : le Virus.*

*Rendez-vous le 24 décembre à minuit sous la plus vieille horloge de Paris.*

J'ai tout de suite pensé : pourvu que les autres Experts l'aient reçu et qu'ils l'aient lu ! J'ai alors ressenti une grande bouffée d'espoir qui a dressé un rideau très fin entre la mort et moi. J'ai relu les mots de Khronos, et je ne savais plus si je devais en rire ou en pleurer. *Je connais le moyen de remonter le temps...*

Tout ce chaos a dû faire péter les plombs au maître de WOT. Peu importe. Ce qui compte, c'est le rendez-vous. Se retrouver. Se rassembler. Les héros, virtuels ou réels, ont l'habitude de se battre. Machine à remonter le temps ou non, on se battra. Pour survivre. Pour reconstruire. Pour ne plus être seuls...

Je ne sais rien ou presque des autres, mais pour nous reconnaître, il suffira d'accomplir notre signe de ralliement : frapper son cœur par deux fois, de la main droite, poing fermé.

J'ai décidé de bouger au point du jour. C'était plus facile que dans l'obscurité. C'est moi, Yannis, qui ai fourré dans la poche intérieure de ma doudoune une photo de papa, maman, Camila et moi, prise pour les neuf ans de ma petite sœur en mai dernier. J'y ai glissé aussi une enveloppe, celle que papa avait posée sur mon bureau, comme une fleur très fragile, dès qu'il s'était senti atteint par le virus. «Tu liras ces quelques mots quand tu ne sauras plus qui tu es vraiment. Yannis, tu comprends ?» Ses yeux brillaient et pas seulement de fièvre. Je n'avais rien compris, mais j'avais gravement hoché la tête... C'est encore moi qui ai emporté mon téléphone portable et son chargeur. Moi, encore, qui n'ai pas pu résister à la tentation d'emporter l'une de mes figurines du *Seigneur des anneaux*. Je ne me voyais pas abandonner Frodon brandissant son épée, au moment d'affronter ce monde.

Par contre, c'est Adrial qui a donné le signal du départ à Happy. C'est lui qui est sorti de ma chambre, et qui a affronté l'horreur et la puanteur du salon. Lui qui a rempli mon sac à dos en mode survie : vêtements de rechange, savon, corde, briquet, allumettes, couteau suisse, duvet, et de quoi boire et manger. C'est lui qui a frôlé les corps de mes parents encore allongés sur le canapé alors que les souvenirs menaçaient de me submerger : l'attente du médecin, les soins désespérés que j'avais tenté de leur prodiguer, et puis mes cris... Adrial, parfaitement maître de lui, a ouvert la porte d'entrée et a couru hors de l'appartement.

Mon armure de chevalier s'est volatilisée dans la cage d'escaliers. J'ai soudain été frappé par une multitude d'images. Maman grimpant les marches, les bras chargés de sacs de course, me souriant ou me gueulant dessus, mais sans méchanceté. Maman portant Camila encore bébé dans ses bras, puis la tenant par la main. Camila me tirant la langue et me traitant de «tomate pourrie» en éclatant de rire. Papa, son air et sa démarche calmes, passant sa main sur son crâne presque chauve, comme il en avait l'habitude. Il me voit, son regard s'allume, son sourire s'agrandit et il dit : «mon fils»...

Sous le choc, j'ai enfoui mon visage dans le creux de mon coude. Je l'ai frotté pour en sécher les larmes. Happy a couiné, inquiet. J'ai reniflé et me suis précipité vers l'étage du dessus. Depuis deux jours plus personne d'autre que moi ne semblait vivre dans l'immeuble mais, au moins, j'en aurais le cœur net ! J'ai frappé de toutes mes forces à la porte numéro 10.

– Franck ! T'es là, Franck ?

Happy a jappé. Franck venait souvent à la maison, pour me donner des cours de maths. Il adorait taquiner Camila. En échange des cours, papa faisait des petits travaux de maçonnerie dans son appart. C'était son premier métier, maçon, avant qu'il devienne gérant de supérette. Franck, lui, étudiait à la fac. Quel âge avait-il ? Peut-être avait-il un an d'avance, doué comme il était ? U4 n'a épargné aucun individu de moins de quinze ans, ni de plus de dix-huit, on s'en est vite aperçu. On ignore pourquoi et c'est tout ce qu'on sait sur ce virus qui semble avoir tout anéanti sur son passage. Paniqué, j'ai hurlé :

– Quel âge t'as, Franck ? Quel âge t'avais ? Réponds ! C'est quoi ton âge ?

Personne ne m'a répondu. Rien n'a bougé dans l'immeuble. Combien de temps suis-je resté devant la porte numéro 10 ?

Adrial s'est réveillé, recroquevillé contre le mur, alors qu'un rayon de lumière lui chauffait la joue. Happy était serré contre lui. Adrial s'est redressé précipitamment, a inspiré et expiré à fond, avant de dévaler les escaliers. Il s'est jeté dans la rue baignée de ce grand soleil de novembre et fouettée par le mistral. Adrial a rassemblé les tas de déchets qui encombraient l'entrée de mon bâtiment et des immeubles voisins, les a disséminés dans les couloirs, dans les escaliers, partout et surtout devant notre appartement. Puis il est ressorti dans la rue et il a crié :

– Y'a plus personne là-dedans ? Si vous êtes encore là, sortez !

Il a attendu.

– Sortez, bon Dieu ! Franck ! T'es sûr que t'es plus là ? Madame Tibaut ? Younis et Majda ?

Et le vieux à la canne qui râlait tout le temps ? Et cette famille comorienne au nom imprononçable ? Et le chat Cannelle ? Est-ce qu'ils n'étaient vraiment plus là ?

Le vent sifflait en s'engouffrant dans les ruelles. Dans son dos, Adrial devinait des mouvements, des chuchotements, des présences. On l'observait sans doute derrière les vitres brisées. On se moquait peut-être de lui parce qu'il parlait à des morts. Tant pis. Tant mieux. Qu'ils en prennent de la graine. Qu'ils cessent de balancer les morts dans l'eau. Qu'ils fassent comme Adrial, qui a sorti la boîte d'allumettes. Il en a gratté une, en a observé la flamme durant quelques secondes, puis l'a jetée dans une colline de journaux et de papiers. Il a regardé les flammes grandir et monter vers le ciel, tout en caressant Happy terrifié. Brûler l'immeuble d'un coup, avec ceux qui y ont vécu des moments de joie, de chagrin, des soucis et du bonheur, c'était plus respectueux. Dans ce quartier du Panier, les vieux logements brûlent comme des fétus de paille, surtout un jour de fort mistral.

Adrial a senti des larmes sur ses joues. Il a prié les dieux qu'il connaissait. Il a rassemblé les bribes de volonté qui lui restaient, dans un effort surhumain.

Ç'aurait été tellement plus facile de s'écrouler là, dans la rue, ou mieux, de se jeter dans les flammes. Oui, beaucoup plus facile. Mais il ne l'a pas fait. Il s'est redressé, parce qu'il s'appelait Adrial, chevalier de WOT, puis il a couru jusqu'ici, sur ce banc, devant l'eau du port qui brille, sous ce mistral violent, avec des flammes qui dansaient dans son dos.

Moi, Yannis, je pleure maintenant à gros sanglots. Selon la religion dans laquelle j'ai été élevé, en laquelle je ne suis plus sûr de croire, puisque je ne crois plus en rien depuis cinq jours, on ne brûle pas les morts. Le corps doit retourner à la terre pour que la fusion avec la nature soit immédiate et plus rapide. Brûler le corps l'empêche de retourner dans le grand cycle de la vie, et l'âme en souffre. J'ai supplié le dieu de mes parents de croire qu'il s'agissait d'un cas très spécial, et de comprendre que je n'avais pas le choix. Où aurais-je trouvé la force de transporter les trois corps jusqu'au jardin des vestiges du Centre Bourse, et d'y creuser leurs tombes ? Toi, Dieu, qui que tu sois, quelle que soit la religion de ce monde qui se déglingue, pardonne-moi et sauve l'âme des miens !

Dans mon dos, un immeuble en flammes. Devant moi, la mer qui vomit les cadavres. Droit devant sur une colline, la Bonne Mère immobile et dorée, celle qui est censée protéger les Marseillais. À mes pieds, mon chien bâtard, croisement de border collie et de race inconnue. Dans ma tête, l'idée d'une horloge à Paris, dont j'ignore tout. Et sur mon cœur, l'image de ma famille.

# 1ᴇʀ NOVEMBRE, FIN DE MATINÉE

Une nuée de goélands vole au-dessus de moi. Ici, à Marseille, on les appelle des gabians. Je n'ai jamais vraiment aimé ces bestioles, qui se nourrissent dans les poubelles, et sont capables de déchiqueter le corps de leurs propres congénères. Ils bouffent n'importe quoi. Deux d'entre eux fondent sur le cadavre. Ils se posent sur sa veste gonflée d'eau et commencent à lui piquer la nuque à coups de becs. Révolté, je leur balance des cailloux pour les chasser. Happy m'imite et leur aboie dessus.

— Fichez le camp, saletés d'oiseaux de malheur !

Je me laisse retomber sur le banc. Les autres gabians continuent à tourner au-dessus de moi, dans l'attente de me lacérer, une fois mon heure venue. Sales crevures de bestioles.

Je me sens soudain en danger, ainsi à découvert. Jusque-là, j'étais resté caché chez moi, seulement informé par les quelques derniers flashs d'information d'il y a déjà quatre jours ou à peu près, quand la radio fonctionnait encore. Les dernières consignes – ne pas paniquer, et ne pas quitter les villes afin de ne pas propager le virus – avaient provoqué tout le contraire : panique et tentatives de désertion en masse. C'était tout ce que je savais du dehors. Je n'en sais toujours pas plus.

La Grande Roue du quai tourne à vide sous le mistral, devant l'avenue de la Canebière qui ouvre une tranchée dans la ville déserte et silencieuse. Que s'est-il passé dans la cité, ces derniers jours ? Où sont les autres ?

– Hé, toi, là-bas !

De l'autre côté du port, un groupe d'une dizaine de garçons et de filles sorti d'une ruelle sombre me fait des signes. Ce sont les premiers survivants que je vois. Eux ne sont pas restés terrés chez eux comme les autres.

– Hé !

Pourquoi eux ne se cachent-ils pas ? J'esquisse un mouvement de recul.

– Hééé, bouge pas !

Ils courent vers moi, longeant le quai bordé de mer d'un côté et de voitures en vrac de l'autre, comme un embouteillage habituel par ici, mais sans insultes ni klaxon. Happy se redresse et moi aussi. Je distingue d'abord une casquette rouge à la visière placée de côté sur chacune des têtes. Bizarre qu'ils la portent tous pareil. Puis quelque chose dans leurs mains accroche les rayons du soleil, et une détonation retentit. Le dossier du banc vole en éclats de bois.

– Happy, cours !

Ils sont tarés ! Je distingue maintenant des couteaux, des fusils ou des pistolets entre les mains de chacun d'eux. Je détale dans la direction opposée. Je ne peux pas rester ici, sur le bord de mer trop exposé. J'escalade les carcasses des voitures qui encombrent le quai, avec l'espoir de les semer dans les ruelles tortueuses du Panier. C'est comme une course poursuite de WOT, sauf que j'entends les jurons de mes poursuivants derrière moi. Sans réfléchir, je pique un sprint dans la rue Caisserie. Quel crétin ! Dans cette rue longue et large, les balles pourraient m'atteindre facilement. Cours, Happy ! Deux vitres explosent. Je traverse la place de Lenche, avale quatre par quatre les marches de l'escalier des Accoules avec mes grandes jambes. J'ai pris quelques longueurs d'avance.

Soudain, je réalise que je suis à deux pas de la place des Moulins où habite mon pote RV. J'ignore s'il est dans le coin, ou même s'il est vivant, mais je fonce. La porte d'entrée de son immeuble ne ferme plus depuis des mois : c'est mon salut. Je pousse cette porte, fais basculer une poubelle devant l'entrée pour faire croire que l'accès est bloqué, referme précipitamment derrière Happy et m'engouffre dans la cage d'escalier. Je cours me réfugier dans la cave où il rangeait son scooter.

Je tente de réguler mon souffle en silence. Avais-je assez d'avance sur eux pour qu'ils ne voient pas la poubelle tomber ?

Une lucarne s'ouvre au niveau du trottoir. Bientôt, cinq paires de chaussures de sport courent, freinent leur course, puis reviennent sur leurs pas. Piétinent. Je prie pour que Happy ne grogne pas ; je le caresse pour le calmer.

– Où il est, bordel ? crie le propriétaire d'une paire d'Adidas.

Un coup de feu éclate et le bruit ricoche sur toutes les parois des maisons qui bordent la place.

– Reste tranquille, mec. Ça sert à rien de tirer dans le vide. On l'a perdu, de toute façon...

– Sale enflure ! Encore un qui est resté terré comme un rat et qui ne sort que pour vider les magasins sans penser aux autres.

– T'inquiète, il n'échappera pas à nos patrouilles. Et il paiera.

Des rires mauvais.

– Ouais, ils paieront tous. C'est l'heure du Grand Retournement !

Les chaussures piétinent encore un peu, les rires explosent comme les détonations brèves de leurs armes, puis le silence... Je reste là un long moment, enlaçant mon chien, l'incompréhension tournoyant dans ma tête.

Dans la pénombre, le scooter de RV renversé sur le côté ressemble à un cheval terrassé. La tête me tourne et, l'espace d'une seconde, *je vois* un cheval ensanglanté, à l'œil vide et blanc. Mon cœur bondit : la folie rôde certainement au coude à coude avec la mort. Je dois me méfier des images et des pensées qui s'éloigneraient un peu trop de la réalité. Même si cette réalité est ce qu'elle est : un putain de chaos.

Je sursaute : quelque chose vient de bouger sous une bâche. Qu'est-ce qui se balance, à côté ?... Des cadavres pendus à des crochets ! Je réprime un haut-le-cœur et frotte mes yeux avant d'y risquer un nouveau regard : non, ce sont des vélos suspendus. Je secoue la tête pour chasser toute nouvelle hallucination, et je me précipite sur la bâche que je retire d'un mouvement brusque. Ne rien me cacher. Voir la réalité en face. Ne pas me réfugier dans la folie. Adrial, viens à mon sec...

Je réprime un cri : trois rats surpris détalent à toute vitesse. L'un d'eux frôle ma jambe et je frissonne. Je découvre alors ce qui leur servait de repas : le cadavre d'une femme, au visage à moitié grignoté. La chair en lambeaux qui se détache des os, le globe d'un œil sans attache dans son orbite. Je me détourne, mais pas assez vite pour échapper à la nausée. Je vomis sur place le peu que j'ai dans l'estomac. Effrayé, Happy gémit dans un coin, son museau à tâche blanche enfoui entre ses pattes.

Il faut juste que je ne m'effondre pas. C'est ça. Ne pas pleurer. Ne pas laisser la folie ou les rats gagner. Ne pas pleurer...

Je me redresse difficilement en serrant les poings. Ne pas pleurer. Et quitter cette cave. Monter jusqu'au premier étage me demande un effort surhumain. Mes jambes tremblent. Je n'ai ni la force ni le courage d'appeler RV.

Une fois devant la porte de son appartement, je risque trois coups. Aucune réponse. Je colle mon oreille contre le bois. Aucun bruit. La porte s'ouvre sous la pression de mon corps, et je pénètre avec précaution chez mon ami.

Je m'attends à tout moment à buter contre un corps d'adulte ou d'enfant. Je les revois, avant qu'ils ne meurent, ces vivants à l'apparence de zombies, hébétés ou parfois agressifs sous l'emprise de la fièvre... Chacun a révélé sa vraie nature, au sein de cette panique totale. Moi, je crois que les vrais héros sont ceux qui se sont efforcés de continuer à vivre comme avant, jusqu'au bout. Comme mon père.

Je reste en arrêt devant une photo fixée dans l'entrée. RV tout gamin, avec ses parents. Le cadre est de travers. Je le redresse, perdu dans mes pensées…

Mon père, c'était le gérant d'une supérette, rue de la République. Les premiers jours de l'épidémie, ma mère et lui accompagnaient chez eux les vieux et les vieilles tremblotants, les premiers à succomber au virus. Pour qu'ils meurent dans leurs lits. Ils continuaient à aider les plus faibles, quand tout le monde sortait avec des masques sur la bouche, évitant de toucher qui que ce soit. Ils continuaient encore quand la panique s'est emparée de la ville et du monde entier. Quand les informations ne passaient plus à la télé, seulement des émissions en différé, des trucs anciens de téléréalité censés calmer tout le monde. Quand chacun a décidé de se terrer chez soi, ou au contraire s'enfuir de la ville, nid de la contagion. Quand Marseille retentissait de klaxons et de cris. Quand des voitures bondées d'affaires personnelles et de gens se poussaient dans les bouchons. Quand les poubelles n'ont plus été ramassées, les rues plus nettoyées. Les magasins, plus achalandés. Quand une foule de gens enfiévrés erraient dans les rues, ou bien pétaient les plombs en hurlant, se poursuivant, attaquant n'importe qui. Quand des rumeurs ont couru sur la fuite de l'équipe municipale, réfugiée dans un bunker. On a crié à l'abandon. Puis un démenti a été diffusé à la va-vite, à la radio. Les autorités ne nous abandonnaient pas. Ils faisaient le maximum pour éviter la désorganisation totale. C'est ça, on les connaît, ceux-là, et de toute façon, ils ont fini par mourir comme les autres.

Papa et maman n'ont évité personne. Ils ont compris très vite que, de toute façon, tous les adultes y passaient. Et pourtant, ils ont été parmi les derniers à mourir. Je me dis que la Mort, même si elle a fauché adultes et enfants dans leur totalité, a quand même rechigné à emporter les meilleurs. Elle doit avoir une sorte de morale toute personnelle, la Mort... Peut-être qu'elle est en train de se marrer avec nous, les ados, genre : Ah, vous vous croyez les plus forts, hein ? Alors vous allez en baver plus longtemps que les autres. Surtout, mourez lentement, et en souffrant bien. Vous mourrez comme vos parents, vos petits frères et petites sœurs. Comme Camila...

*Reprends-toi, Yannis. Inspecte chaque pièce. Ne fais pas attention à la puanteur. Avance. Tu n'as pas le choix. Happy est là. Tu n'es pas seul.*

Du bout du doigt, Adrial remet doucement le cadre de travers, puis s'en détourne. Voit-il les corps dans la chambre des parents de RV ? Peut-être. Pas sûr. Tout ce que je sais, c'est qu'il se rend directement dans la chambre de mon pote. Il n'y a personne, et tout est intact, tel que je l'ai toujours connu. Les posters de groupes de metal, le calendrier d'une marque de lingerie féminine, la collection de bandes dessinées. Bizarrement, voir l'ordinateur portable, là, sur son bureau, me rassure. RV était beaucoup moins accro que moi, mais quand même, il passait sur le Net autant de temps qu'un ado normal. Voilà, un ordinateur, c'est un objet normal, de la normalité d'avant. Adrial se moque de moi, mais je lui rappelle qu'il n'existe pas vraiment et lui ordonne de se taire.

Je m'allonge sur le lit. Happy s'étend sur le tapis ; son souffle est régulier. Je reste ainsi longtemps, le regard fixé sur l'écran noir de l'ordi. Je laisse mes pensées dériver et j'ai soudain peur du retour des hallucinations. Je ne sais pas quoi faire. Alors je sors mon mobile de ma poche. Il n'a plus que quinze pour cent de batterie. J'ai placé le chargeur, avec sa coque et ses écouteurs, dans la poche de mon manteau. Peut-être qu'un jour je pourrai les réutiliser ? On peut rêver...

En attendant, j'essaie d'appeler une tante que j'aime bien, qui vit dans les montagnes de Kabylie. Puis un cousin, qui habite en Normandie. Puis des potes, RV... Mais depuis trois jours, aucun appel n'aboutit. Même les appels d'urgence cherchent leur correspondant pendant des plombes sans jamais le trouver, et pas d'exception ce soir.

Alors je joue à Flappy Birds jusqu'à ce que la batterie du portable me lâche...

## 1ᴱᴿ NOVEMBRE, SOIRÉE

La nuit est là. Jamais auparavant on n'avait connu de telles nuits, des nuits sans lumière, d'un noir profond. Elles devaient être comme ça, au Moyen Âge, j'imagine. En plus, la lune joue aux abonnés absents et l'obscurité est totale. J'ai froid et je commence à m'inquiéter de ne rien y voir, même pas le bout de mes doigts.

Je tends le bras pour sentir la fourrure de Happy, mais je ne touche que le vide. Où est-il ? Je l'appelle... Ma propre voix me fait peur. Aucune réaction. Happy ! Ce n'est pas le moment de se promener, mon chien ! Où es-tu ? Et dire que je n'ai même pas pensé à prendre des bougies, chez moi, ni même une lampe torche ! J'ai l'air malin avec mes pauvres allumettes ou mon briquet pour m'éclairer ! Je n'ai vraiment pas l'étoffe d'un survivant, et je ferais peut-être mieux de m'en remettre à ma première idée : me laisser crever doucement sans bouger.

Je reste immobile, imitant la mort. Au-dehors une rumeur naissante m'inquiète. Mais surtout, la faim tord mon estomac. J'ouvre mon sac à dos que j'ai gardé serré contre moi. J'en sors une boîte de céréales, que j'ai piquée dans les placards de ma cuisine. Je croque du riz soufflé au chocolat, en essayant de faire le moins de bruit possible, mais c'est assez difficile, sans lait pour les amollir. Je ne veux pas qu'on me repère.

Je ferme les yeux et j'essaie de ne pas me laisser impressionner par les bruits du dehors. Bientôt, la rumeur se transforme en véritable vacarme. On dirait que la petite place des Moulins est pleine de gens. Des lueurs dansent à travers les persiennes, et des moteurs vrombissent. Je finis par me lever et ramper jusqu'à la fenêtre.

Je crois d'abord à une hallucination. Est-ce encore un de ces flashs bizarres qui s'allument dans mon esprit depuis que je suis sorti de chez moi ? Des dizaines de jeunes traînent les cadavres hors des maisons. Les plus consciencieux les ont auparavant enveloppés de draps, noués par des cordes. Trois voitures sont là, venues de la rue des Muettes, la seule qui permet d'accéder à cette place, trop étroite pour laisser passer des camions, qui auraient été plus pratiques.

Dans la lumière jaunâtre des phares, des garçons et des filles vident les coffres pleins de corps. Tous sont entassés au centre de la place, en une colline grandissante. Une montagne de cadavres ! Des pieds ou des mains dépassent des draps aux plis sombres, balayés par la crudité des lampes torches. La plupart s'affairent dans un silence triste et résigné. Les rares sanglots provoquent la colère des autres, ainsi que des bagarres. On écarte ceux qui ont les nerfs trop fragiles. Mais l'un d'eux, un grand costaud plus coriace, se met à beugler :

– Et si moi je veux pas, hein ? Si moi je veux qu'on l'enterre, ma famille ?

– Tu vois une fosse commune dans le coin, Ducon ? T'as un marteau-piqueur sur toi ? À moins que tu t'imagines porter tes vieux sur ton dos jusqu'au cimetière ? Laisse-nous faire, ou bien pourris avec tes morts bien tranquillement chez toi. Vas-y, qu'est-ce que t'attends ?

Le costaud craque : il se précipite sur une voiture en aboyant des insultes, une vraie crise de nerfs. Il en faut bien trois pour le maîtriser, mais il résiste, ça crie de tous les côtés, ça se bagarre, un coup de feu part. Mon cœur saute dans ma poitrine. Le garçon s'écroule. Un silence d'un dixième de seconde… puis :

– Merde ! Comme s'il n'y avait pas assez de cadavres ! crie une fille.

J'ai de nouveau envie de vomir. Une envie froide. Soudain, quelque chose saute sur mon épaule et je hurle. Je bondis en arrière dans la chambre, et me cogne la tête sur le coin du bureau de RV.

J'ai eu le réflexe de me protéger avec le bras, mais la montre de mon père a explosé en mille morceaux en frappant l'arête de bois. Je ne perds pas connaissance, mais je reste un moment sonné, moins atteint par le coup que par la perte d'un objet de la vie d'avant. Je ne sais pas combien de temps s'écoule jusqu'à ce que j'aie le courage de bouger. Je passe mes doigts sur ma nuque : ça saigne, mais ça n'a pas l'air très profond.

Deux billes d'agate brillent dans le noir.

– Dis donc, t'aurais pas vu Happy, sale chat ?

Il ne fait que miauler avant de détaler hors de la

pièce. Je me redresse avec précaution, ma tête tourne un peu... C'est alors que j'entends des aboiements, trop lointains pour qu'ils proviennent de l'immeuble.
— Happy !

J'enfile les bretelles de mon sac à dos sur mes épaules. À cet instant, un éclat de phare éclaire la lampe frontale posée sur la table de nuit. *Yes !* Je me souviens subitement du secret que m'avait confié RV : il avait une trouille bleue du noir. J'aurais dû y penser avant. Je l'attache sur mon front, et je cours.

Les aboiements ont repris. On dirait que cela provient de la rue des Muettes.

Une fois en bas, je passe une tête prudente au-dehors. Va-t-on encore vouloir me tuer ? Ou bien vais-je devoir participer à la corvée générale des cadavres ? Ça ne me dit rien d'être embrigadé... J'éteins la lampe pour attirer le moins possible l'attention, et je rase les murs, regard au sol et dos voûté. Peine perdue ! Un garçon maigre et blond m'a vu et m'appelle pour que je l'aide à sortir un corps d'une voiture. Un immense couteau brille à sa ceinture et une série de carabines est disposée sur le capot. Mieux vaut être coopératif. Je prends une grande inspiration et le rejoins. Le blond marmonne :
— Allez, toi tu prends les pieds... Je ne sais pas pourquoi ils sont si lourds...

Je ne réponds pas. J'ai déjà croisé ce mec des milliers de fois au bahut, comme d'autres que je reconnais sur cette place. Mais c'est comme si on ne s'était jamais connus, ou au contraire toujours connus. Peu importe, on n'a rien à se dire. J'essaie juste de bloquer mon imagination, ça ne sert à rien de chercher à savoir qui est sous ce drap. Si ça se trouve, je le connais. Ne pas y penser ! C'est vrai qu'il est lourd. Ses chevilles nues sont molles sous mes mains. C'est la première fois que je touche un mort.

– En plus, ils commencent à pourrir. Y'en a même dont la chair ne tient plus.

J'ai envie de chialer ou de vomir, mais ce n'est vraiment pas le moment. J'essaie de ne pas perdre contenance devant ce tas de cadavres, sur lequel on balance le nôtre. Une forte odeur d'essence me prend à la gorge. Elle a été déversée sur les corps. Au signal donné par un grand échalas à bonnet de polaire bleu, des filles et des garçons y jettent des allumettes flambantes. *Woush !*

Les flammes m'hypnotisent. Je ne pense plus à rien. Je ne suis plus rien. J'ai juste envie de disparaître. Je surprends des larmes vite essuyées sur les joues des vivants. Des reniflements. Des prières à genoux. Je suis à deux doigts de me jeter dans le brasier pour rejoindre ma famille... quand de nouveaux aboiements me ramènent à la vie. Happy !

Je quitte la place sans que personne ne me retienne : le sale boulot est fini... pour cette nuit.

Happy chasse des rats dans la rue des Muettes. Quand il en a attrapé un, un autre file déjà comme une flèche juste à côté. Il ne sait où donner de la tête et ça le fait japper de joie. Un formidable terrain de jeu, pour ce descendant de pur chien de chasse.

Une quinte de toux me saisit. Des particules

obscurcissent le faisceau de lumière de ma lampe. Le mistral vient de s'engouffrer dans la ruelle. Je m'exclame avec horreur :
— Des cendres !
Ce sont les cendres de… Oui… des cadavres qui se consument, là-haut, place des Moulins.
Pour me protéger autant de la nausée que d'une nouvelle poussée de panique, je plaque mon écharpe contre mes lèvres.
Je siffle Happy et cours comme un fou, une seule idée me martelant le crâne : fuir l'horreur de l'air, fuir ce quartier de mon enfance, fuir ce chaos. Des larmes amères coulent le long de mes joues où les particules de cendres ont eu le temps de se coller, ce qui aura au moins le mérite de les laver. Je rêve d'une douche. Une douche purifiante, qui laverait de tout, même de la mort…
Je suis Adrial, suivi par son fidèle compagnon Happy. Nous filons dans la nuit d'encre éclaboussée par des feux qui s'allument et grandissent un peu partout : braseros pour se réchauffer, voitures qui crament et autres bûchers qui rougissent la nuit au-dessus des toits. Nous sautons d'un capot de voiture à l'autre, éclairés par ma lampe frontale. Des cris et des détonations déchirent l'air. On m'interpelle, on tente de me tirer dessus, mais rien ne peut nous atteindre, Happy et moi. L'obscurité nous enveloppe et nous porte.

## NUIT DU 1ᵉʳ AU 2 NOVEMBRE

Une bourrasque nous pousse sous un porche large et profond. Le mistral faiblit juste après ce dernier souffle, comme pour nous inviter à reprendre haleine avec lui. Happy semble éreinté, et il faut que je soigne ma tête. Je ne saigne plus, mais je me sentirais plus tranquille si je désinfectais ça. Évidemment, j'ai oublié de mettre dans mon sac à dos une trousse à pharmacie. Je suis vraiment trop nul. Si je veux survivre, j'ai intérêt à mieux m'organiser, et aussi à savoir m'orienter. J'ignore totalement où je suis, et où je dois me diriger pour quitter Marseille au plus vite… et trouver la route de Paris pour le rendez-vous de Khronos, qui sait ?

Autour de moi, snacks ou restaurants abandonnés me renvoient des images de terrasses bondées où les gens riaient sous le soleil, avant tout ça. Maintenant, les chaises renversées n'attendent plus personne. Il faudrait que j'explore pour trouver des magasins d'alimentation ou de vêtements chauds, mais la fatigue m'écrase, pesant soudain mille tonnes. Où dormir ? Où être en sécurité et comment avoir chaud ?

Je regrette soudain amèrement d'être parti de chez

moi. Quel con ! Au moins, là-bas, je pouvais tenir facilement. Il me suffisait de quelques expéditions éclairs dans des magasins pour me ravitailler. Pourquoi n'ai-je pas fait comme les autres tout à l'heure : me débarrasser de mes morts sans détruire mon lieu de vie ? Pourquoi a-t-il fallu que ce message de Khronos vienne tout foutre en l'air dans ma tête ? Un message sans queue ni tête, en plus !

Pourtant, j'ai l'espoir fou qu'en retournant dans le passé, je retrouverai mon lit douillet, mon ordi... et ma famille. Qu'est-ce que je possède d'autre, à part cet espoir minuscule ? Rien. Rien. Rien. La fatigue, le chagrin et la tristesse m'aspirent comme un gouffre. Je dois dormir, avant de repartir. Happy aussi a l'air crevé. Mon bon chien...

J'appuie de toutes mes forces contre la haute porte en bois sous le porche, mais elle ne bouge pas d'un millimètre.

Une poubelle bascule un peu plus haut dans la rue. Aussitôt, j'éteins ma lampe et me recroqueville contre le mur. Je me méfie de tout le monde, maintenant. Des éclats de voix me parviennent, des voix de filles :

– Grouille !

– T'es sûre qu'il n'y a pas de patrouille dans le coin ?

– Arrête de flipper ! La nuit, ils surveillent les centres commerciaux. C'est dans la journée que ça craint quand ils patrouillent pour faire leur loi partout, ces connards, alors t'inquiète.

Des bandes de jeunes quadrillent donc la ville... Si c'est ceux que j'ai croisés ce matin, je comprends pourquoi personne n'ose s'aventurer dehors dans la journée. Je risque un regard : dans la rue, deux silhouettes en doudounes et aux cheveux longs s'activent. Leurs lampes frontales éclairent avec brièveté des inscriptions mortes : « Les compteurs seront relevés lundi à 15 heures » ou « À bas l'exclusion », ou encore « Le FN vaincra ». Les deux filles-cyclopes s'y mettent à deux pour soulever un parpaing et le balancer dans la baie vitrée d'un restaurant. Une alarme se déclenche, elle fonctionne probablement sur batterie, mais ça n'a pas l'air de les inquiéter. Elles entrent tranquillement dans le restaurant et, quelques minutes plus tard, je les vois ressortir chargées chacune d'un sac rempli sans doute de nourriture.

L'alarme continue de sonner durant plusieurs minutes. Rien ne bouge dans la rue.

Quand enfin le bruit s'arrête, je me faufile avec Happy à travers la vitrine pulvérisée. Il s'agit d'un restaurant chinois, qui fait aussi épicerie, avec lampions et paravents en papier. Je me dissimule derrière l'un d'eux, et m'allonge sur une banquette de velours rouge, devant une table d'un noir brillant. Je reste immobile, la main sur le cœur, d'abord pour en sentir les battements rassurants, ensuite pour palper la photographie de ma famille rangée là. Malgré la fatigue, je reste longtemps aux aguets. J'écoute ce qui se passe au-dehors, plus loin, dans d'autres appartements. De la musique, soudain, rappelle quelque chose comme le bonheur, mais cela ne dure pas et quelqu'un hurle :

– Gaspille pas les piles, bouffon !

Puis le silence s'empare du monde entier, on dirait... Je sors et je déplie mon duvet pour m'en envelopper. Happy s'allonge en grognant un peu.

Je n'ai pas la force d'aller voir si les filles ont laissé quelque chose à manger. De toute façon, je n'aime pas la bouffe chinoise. Et je n'ai pas très faim... Je grignote un ou deux biscuits, j'ôte la montre cassée, la fourre dans ma poche, puis je m'endors la main plongée dans la fourrure de mon chien.

Pendant la nuit, mes parents et Camila viennent visiter mes rêves.

*Tu ne nous as pas rendus à la terre, Yannis. Notre âme n'est pas libérée. Nous n'allons pas pouvoir non plus te libérer de nous, nous allons devoir rester avec toi.*

Ne vous inquiétez pas, je réponds. Et oui, restez avec moi, ne me laissez pas tout seul. Ne partez pas. Et puis je vais trouver Khronos. Grâce à lui je vais remonter le temps. Avec mes amis Experts de WOT, on trouvera d'où vient ce virus U4, et on l'éradiquera avant que vous ne mouriez tous. Je vous le promets.

*Vraiment, promis?* me demandent-ils d'un air anxieux.

Promis, je vous dis. Je vais y arriver. Vous ne l'avez jamais su, mais je suis aussi le puissant Adrial.

## 2 NOVEMBRE, MATIN

Happy me réveille à l'aube en me reniflant le visage. Je me lève difficilement, le cœur toujours lourd mais j'essaie de ne pas y penser. Dans les WC du restau, je fais une toilette sommaire, à l'eau froide, en grelottant. Je lave ma blessure à la tête où une croûte s'est formée. Tout va bien, ça n'a pas l'air purulent. Je glisse dans mon sac à dos des sachets de nouilles lyophilisées, puis note mentalement les ustensiles à me procurer au plus vite : réchaud, casserole. J'ai quand même fait du camping une fois dans ma vie, la seule fois où les parents m'ont inscrit en colo, quand j'avais dix ans. J'ai tellement détesté ça que je les ai suppliés de ne jamais plus me forcer à y aller. Mais je me rappelle qu'on utilisait un réchaud à flammes bleues pour chauffer la nourriture, je crois qu'il marchait au gaz.

Rien qu'à cette idée, une envie de chocolat chaud me submerge. Parfois, maman me le préparait avec de la cannelle, il embaumait l'appartement, c'était doux et bon… Je me contente de nougats et d'oranges, ce qui n'est déjà pas mal. J'ouvre une boîte de pâtée pour chiens à Happy, puis lorsqu'il a fini de manger nous affrontons l'extérieur.

Les rues froides sont baignées d'une lumière humide et crue. Une drôle de luminosité coupante. Elles sont de nouveau désertes, comme si j'avais rêvé tout ce que j'ai vu cette nuit. Aujourd'hui, je prépare mon départ. En quête de matériel, je traverse d'abord le quartier de Sainte-Marthe. C'était un village, il y a longtemps, et il en a gardé l'aspect, avec son église sur une butte et les petites maisons avec jardin, tout autour. Il y a juste cette cité en contrebas, barres d'immeubles hautes typiques des quartiers nord, qui rappelle qu'on est bien à Marseille.

Je cherche en priorité une pharmacie, mais je tombe d'abord sur un magasin de sport, dans la zone commerciale du Merlan. Je ne suis pas le premier : la porte du magasin est grande ouverte, la vitre brisée elle aussi. Et si ça avait été une terrible erreur de mettre tant de jours à sortir de chez moi ? Et si tous les ustensiles de ma liste avaient déjà été volés ? Je suis vraiment stupide et lent à la détente…

Furieux contre moi-même, je farfouille rageusement parmi les étalages bouleversés. Au rayon des cartes géographiques, je déniche celle de la région. Je pique aussi une carte de France. J'attrape en vrac des barres et des boissons énergétiques, une casserole, une cuillère et un bol de camping. Comme je m'y attendais, il n'y a plus ni réchaud ni recharge de gaz. Plus de lampe torche non plus, ni de piles ou autre batterie. Je trouve une couverture de survie, je ne sais pas trop ce que c'est, mais ça ne prend pas beaucoup de place et le mot «survie» me suffit. Un bouquin aussi : *Survivre dans la nature*.

J'hésite mais, sans Internet, j'aurais sans doute besoin de ce livre. Il reste quelques vestes en polaire, toutes trop grandes. Tant pis. Une doudoune, des grosses chaussettes, des gants et un bonnet viennent compléter mon attirail antifroid. Mon sac à dos est bien rempli, maintenant. C'est lourd mais ça me rassure. Je quitte le magasin prudemment. Pourvu que je ne croise pas une patrouille !

Deux minutes plus tard je trouve enfin une pharmacie... dévalisée comme le reste. Pendant que Happy s'amuse à déchiqueter un sac-poubelle dans la cour arrière, je fouille les longs tiroirs. Il n'y a presque plus de médocs, mais je mets tout de même la main sur des pansements, du désinfectant, des cachets contre la douleur et...

– Si tu bouges, je te bute.

Le canon froid d'un fusil est collé contre ma tempe. Du coin de l'œil, je distingue une casquette rouge posée de côté sur la tête de mon agresseur. Une patrouille... Deux autres garçons entrent dans la pharmacie, mâchouillant bruyamment des chewing-gums et se déplaçant à la manière chaloupée des caïds, dans les films.

– Il va en rester, ici, des pastilles purifiantes ? demande un grand maigre.

– Tu crois quoi ? répond un brun au teint olivâtre. Que tout le monde s'est dit : Hé vas-y, bientôt y aura plus l'eau courante ? Ils pensent tous qu'à ce qu'ils vont bien pouvoir bouffer dans l'heure, pas plus loin. Du coup, quand y aura plus d'eau potable on aura un pouvoir de ouf. On pourra échanger ces pastilles contre n'importe quoi. Hé, c'est qui, lui ? ajoute-t-il en me désignant avec la lame d'un couteau.

– Un qui devrait pas être là, souffle celui qui me tient en joue. Tu viens d'où, hein, bouffon ? T'es trop imprudent pour venir des cités, toi. Tu connais pas encore la loi de la jungle, on dirait. Et puis tu serais déjà mort ou avec nous. Alors peut-être que tu viens des quartiers de bourges ? C'est ça ? T'étais riche, c'est ça ? T'étais tranquille, hein ?

– Non, je...

– C'est fini, tout ça. Vous pouvez plus nous narguer, les gosses de riches. Il est à nous, le pouvoir, maintenant. Grâce à cette merde.

– Ouais, renchérit le garçon au teint cireux, maintenant le monde est à ceux qu'ont appris depuis longtemps à se battre, pas à ceux qu'ont jamais eu de problème dans leur vie, genre.

– Mais je...

– Ta gueule !

Le canon s'enfonce encore un peu dans ma tempe. L'autre approche sa bouche de mon oreille et son souffle me répugne.

– T'as vu, il est beau mon flingue, hein ? On s'est servis dans les commissariats, les armureries, et partout où y en avait. T'imagines pas ce qu'on trouve sous les lits, des fois ! Et ça y est, on a tout pris, et le monde est à nous, je te jure.

– En même temps, marmonne le grand maigre, regarde, c'est un rebeu, le mec. Il est peut-être comme nous.

Le gars au flingue n'a pas le temps d'évaluer mon degré de délinquance et je le sens peu enclin à m'adopter. Happy, enfin sorti de son exploration des déchets, émerge de la cour.

Aussitôt, je crie :

– Attaque !

Adrial est de retour en moi, subitement. Il se baisse précipitamment, en prévision du coup de feu qui, heureusement, ne part pas tout de suite. Happy saute au cou du garçon. Il pousse un cri, tombe en arrière et la balle de son fusil se fiche dans le bras du type blafard qui se met à hurler.

Adrial profite de la surprise des trois mecs pour mettre son sac sur son dos et filer à la suite de mon chien.

– Machin, bouge, chope-le !

Machin, c'est un quatrième qui attendait dans la rue et dont je n'ai même pas eu le temps de voir le visage. Adrial galope à toute allure malgré le poids du sac, il déploie une force surhumaine pour échapper à ces tarés qui tirent encore des coups de feu, en visant mal. Mais Machin court plus vite qu'Adrial, et il se rapproche dangereusement.

– Hé toi, stop, arrête-toi !

Adrial zigzague de ruelle en ruelle pour essayer de le semer. Il débouche subitement sur un terrain vague qui borde l'autoroute. Il est complètement à découvert, maintenant... Je redeviens moi-même quand je crois entendre mon prénom. Mais j'ai dû rêver, et je cours encore plus vite.

La célèbre autoroute du Soleil démarre ou finit là, comme on veut, jonchée de véhicules immobiles et en désordre, bordée plus loin d'immeubles toujours plus hauts, sombres et serrés, et vides maintenant. C'était un beau vacarme de voitures, camions, et pétarades de motos, avant, par ici, et maintenant, plus rien.

Mon cœur est prêt à exploser dans ce silence effrayant. J'ai beau avoir de grandes jambes, je suis loin de mériter une médaille d'or aux JO. Adrial courait vite dans WOT, il fallait le voir en pleine guerre des Prédateurs, mais ça ne m'a pas servi d'entraînement physique.

– Arrête-toi, je te dis !

Je m'engouffre dans un tunnel pour piétons creusé sous l'autoroute. Là-dedans, il fait noir comme dans un four et ça pue la pisse. Happy aboie, mais je n'y fais pas attention. Et ça ne freine pas mon poursuivant qui se rapproche, je crois sentir son souffle, il se rapproche, il me frôle, se rapproche encore et se jette sur moi. Je suis précipité à terre, j'embrasse brutalement le béton, ma lampe tombe et s'éteint en roulant plus loin, j'ai un goût de sang dans la bouche, et le corps du garçon m'écrase les côtes. Happy aboie à en cracher ses poumons. Pourquoi ne me défend-il pas comme dans la pharmacie ?

Le gars souffle et halète dans mon cou. Dans l'obscurité de ce tunnel miteux, je vais mourir transpercé par la lame d'un couteau ou par une balle en pleine tête.

– Yannis... Putain, Yannis...

– R ?... RV ?

– Ben ouais, tu pouvais pas te retourner au moins

une fois pour voir que c'était moi ? Happy m'a reconnu, lui !

RV ! C'est RV ! J'ai tellement cru que j'allais mourir, et je suis si heureux de retrouver mon grand pote, que j'éclate en sanglots. C'est trop la honte, mais c'est plus fort que moi. RV est vivant : c'est la première bonne nouvelle depuis que le monde a volé en morceaux. RV se raidit un court instant, avant de rouler sur le côté et de me prendre dans ses bras. Heureusement qu'il fait noir et qu'on ne voit rien.

Il me serre fort contre lui, et je pleure comme un bébé. Revoir RV a brisé un truc en moi ou je ne sais pas, en tout cas ça coule, ça coule, ça ne s'arrête pas de couler, je chiale, avec des hoquets comme les mioches. Trop de sentiments mêlés me crèvent le cœur. Soulagement et tristesse. Gêne et abandon. Amitié et humiliation. De toute façon, aucune émotion ne sera plus pure désormais. Le monde est un tel chaos...

Ce n'est qu'au bout de plusieurs minutes que je parviens à me calmer. Je desserre l'étreinte de mes bras autour de sa poitrine. Nous nous dégageons rapidement et nous levons en silence. Happy grogne pour rappeler sa présence. RV me balance une grande tape dans le dos, je lui lance un bref sourire et nous sortons dans la lumière, de l'autre côté du tunnel.

Même sous le soleil éclatant, on reste muets un long moment, évitant de trop se regarder, gênés par notre accès de faiblesse. Alors on reste assis sur la rambarde de l'autoroute, comme abrutis par le spectacle surréaliste de ces voitures abandonnées, serrées les unes contre les autres, dans une pagaille indescriptible. Les tours paraissent attendre un signal pour nous avaler.

Je ne sais pas quoi dire, tout d'abord. Je n'ai pas envie d'avouer à RV que je suis passé chez lui, que je me suis allongé sur son lit, et que j'ai même piqué sa lampe… que j'ai oublié de ramasser, d'ailleurs, dans le tunnel. J'irai tout à l'heure. D'abord, je le détaille. J'ai l'impression de ne pas l'avoir vu depuis des semaines. Je souris et finis par dire :

– Je t'ai jamais vu aussi bien sapé.

– Ouais ! C'est le Grand Retournement, tu vois. Il faut que tu nous rejoignes, et vite. Les places dans les patrouilles sont limitées. C'est simple, il y en aura autant que de ces casquettes rouges. Je ne sais pas combien Nike en a fabriqué, en tout cas dans le centre-ville on n'en trouve déjà plus.

– Mais de quoi tu parles ?

– Tu débarques, ma parole ! Je t'explique : y a des petits malins qui ont été plus réactifs que les autres. Ceux qui avaient déjà tout perdu, même avant le virus, ils se sont repris plus vite. C'est une petite bande des cités qui a créé les patrouilles. Ils se sont choisi ces casquettes comme signes de reconnaissance. Au début, il fallait juste aller les voir pour en faire partie, tu devais aussi leur donner une preuve de là où t'habitais, pour prouver que t'étais pauvre comme eux. Après, ils te donnaient la casquette et voilà, t'avais le droit de piller les magasins avec eux… Et surtout d'empêcher les autres de le faire, quel que soit le moyen. Ils ont peur de rien, les mecs, c'est ça qui les rend si forts. Pour eux, c'est l'occasion ou jamais de se venger de leur vie d'avant, tu comprends ? Ils disent qu'elle était pire que maintenant, t'imagines ?

– Ils friment. Je peux pas croire ça.

– En tout cas, j'espère qu'il reste une casquette pour toi, sinon tu vas être obligé de vivre terré comme un rat... Ou bien je donne pas cher de ta peau.

– De toute façon, j'me casse.

– Et pour aller où ? C'est forcément pareil partout. Chacun va lutter pour survivre, par tous les moyens. Au moins, ici, on connaît.

– Je dois partir. T'as qu'à venir avec moi.

– Non. Je suis né ici. Je ne connais rien d'autre. Je n'ai jamais rien connu d'autre. J'ai réussi à intégrer une patrouille et c'est tout ce que j'ai, mais au moins, c'est quelque chose. Alors je vais rester. Allez, steup, reste avec moi. On va être forts, tous les deux.

Sa voix se brise et je le regarde avec étonnement. Il est ému. Et il a raison. Il est la personne la plus proche que je connaisse qui soit encore vivante. On ne peut pas s'abandonner. Je hoche la tête pour lui signifier que oui, je vais rester avec lui. Alors il me sourit, et il ôte sa casquette pour la poser sur la mienne.

– Maintenant, tu fais partie des patr...

Une détonation fend l'air. J'attends toujours la fin de sa phrase. Son regard change d'intensité avant de se vitrifier bizarrement. Puis sa joue droite se colore de pourpre. Ce n'est qu'alors que je vois cette pastille sur sa tempe. Rouge, si rouge. Brillante. J'ouvre la bouche, mais mon hurlement est silencieux.

## 2 NOVEMBRE, MILIEU DE MATINÉE

Une fille et un garçon sont assis sur le capot d'un camion. Ils portent des casquettes Nike, visière sur la nuque. Happy aboie après eux de toutes ses forces. RV s'est affaissé...

– Heureusement qu'on était là, mec. Il allait te piquer ta casquette, pas vrai ? Ils sont prêts à tout, ces gosses de riches ! Va falloir se méfier, ils commencent à se réveiller du Grand Choc. Ils ont été longs à la détente, mais ils vont être féroces, maintenant. Il était à lui, ce sale clebs ?

À l'intérieur de moi, je hurle, je chiale, je supplie RV de ne pas m'abandonner, pas lui...

Adrial, lui, reste digne et droit, les yeux secs, et pose la casquette sur sa tête :

– Merci. Non, le chien est avec moi.

– De rien, mon pote. On est là pour ça. Au fait, un conseil : t'éloigne pas trop du centre. On n'est pas super nombreux, par ici, tu prends des risques.

– OK.

– Tu veux y retourner avec nous ?

– N... Non merci, je... J'ai encore un truc à faire.

Ils me regardent un instant, d'un air soupçonneux. La fille lance :

– Comme tu veux. Mais franchement vaut mieux pas rester tout seul.

– Je serai rapide.

Ils acquiescent mais ne bougent pas.

Je ferme les yeux quelques secondes en une prière silencieuse pour RV. Il est mort, à cause de moi. Je lui demande pardon de l'abandonner. Quand je rouvre les paupières, ils sont toujours là à discuter sur le capot du camion. Je capte le mot «essence» et je comprends qu'ils comptent siphonner les réservoirs des voitures abandonnées. Bien sûr ! Tout carburant ou source d'énergie vaut maintenant de l'or. Ceux qui se les approprieront le plus vite seront les nouveaux maîtres de la ville.

Je ravale mes larmes et m'éloigne le plus nonchalamment possible, en longeant la rambarde à l'extérieur de l'autoroute, Happy sur mes talons.

Je sens leurs regards peser sur moi. Ils commencent peut-être à se douter de leur erreur. Mais je disparais dans un virage, derrière l'amas des voitures embouteillées. Plus je m'éloigne du centre, plus la route devient praticable. Je la longe le plus posément possible, le cœur battant, espérant un miracle. C'est alors qu'un reflet attire mon attention. S'agit-il de ce que je crois ? J'inspire longuement, je ferme les yeux pour une prière rapide, les rouvre, puis je m'élance.

Je saute par-dessus la rambarde.

Je cours le plus vite possible entre les véhicules. Oui, c'est bien la clé d'un scooter ! Une bonne étoile veille sur moi. Quelqu'un a été obligé d'abandonner son scooter en catastrophe, et ça peut me sauver la vie. Je bondis sur le siège. Une balle frôle mon oreille. Pourvu que le réservoir soit plein !

Fébrile, Je tourne la clé de contact. Par chance j'ai déjà vu des copains démarrer leur scooter. Le moteur vrombit, puis rugit quand je tourne la poignée. Ouf ! Je tremble, parce que je n'ai jamais rien conduit de ma vie qui possède un moteur. J'essaie de me dire que c'est comme le vélo, je pousse la béquille du pied, et je démarre en trombe.

– Cours, Happy ! Cours le plus vite possible !

Je n'ai plus qu'une idée en tête : fuir la ville, fuir *ma* ville, et éviter mes semblables.

Je slalome entre les voitures abandonnées. Au bout de quelques kilomètres, je m'arrête un instant pour placer Happy devant moi, debout, pattes avant posées sur le guidon. Il peut enfin se reposer et je peux aller un peu plus vite. Parfois, une voiture, une moto ou un autre scooter me double. D'autres ont eu la même idée. Peut-être vont-ils rejoindre des amis, des cousins, des frères ? Peut-être connaissent-ils des endroits où se réfugier pour survivre dans de meilleures conditions ? Moi, je n'ai nulle part où aller, ni personne à retrouver dans ce pays. Ma seule chance de m'en sortir, c'est de modifier le passé, comme Adrial. Peut-être que je suis en train de devenir fou, mais j'y crois de plus en plus. Ma famille dans ma tête, mon esprit et mon cœur aussi y croient. Ils croient en moi. Je ne veux pas les décevoir. Je veux les délivrer, avec l'aide de Khronos.

Je ralentis dès que je me sens suffisamment loin de Marseille. Je quitte l'autoroute et je m'arrête dès que je peux, au bord d'une route déserte. Il me faut réfléchir.

Si je risque de me faire tirer dessus comme un lapin, même par ceux avec qui j'allais en cours, je n'ai pas le choix : je dois à tout prix contourner les grandes villes et les routes principales. Je n'ai confiance en personne... Je regarde les panneaux, puis déplie la carte de France dans les herbes courtes sur le bas-côté. Je repère Paris. Je repère Lyon, qui est sur le chemin, et je pense à Lady Rottweiler, l'Experte qui vit là-bas. Peut-être que je pourrais l'y retrouver ? Je calcule les kilomètres : presque huit cents jusqu'à Paris. Pendant combien de temps vais-je avoir de l'essence ? Si je veux être au rendez-vous du 24 décembre, je ne dois pas traîner.

Happy s'allonge dans l'herbe. Il a l'air épuisé. Nous restons là quelques minutes. J'ai des moments d'abattement. Des absences après lesquelles je ne sais plus du tout à quoi j'ai pensé. Quand je reprends enfin mes esprits, je crois dans le même temps avoir définitivement perdu la raison : une girafe marche sur la route.

Elle est là, immense, se découpant sur le ciel d'azur, se frayant tranquillement un chemin entre les voitures. Elle est majestueuse. Digne. Impressionnante de sérénité, presque dédaigneuse. Je pense à ce zoo entre Aix et Salon, j'y étais allé avec ma classe en CE1. J'avais vu un girafon qui m'avait fait fondre. Si ça se trouve c'est lui, ce bébé-là, devenu grand et échappé de sa cage. L'apocalypse qui a foudroyé les humains rend le monde aux animaux. C'est peut-être une bonne chose pour la nature, tout ça. Et si c'était justement la nature qui avait produit ce virus pour reprendre ses droits ?

La girafe s'arrête à ma hauteur. Elle semble humer l'air. Le temps se suspend. Si j'étais dans WOT, je pourrais croire à un bug, comme si le jeu avait été piraté par un documentaire animalier. Les narines de la bête se gonflent. Ses longs cils s'abaissent, se relèvent, puis se tournent vers moi. Les yeux de velours noirs me scrutent, ainsi que Happy, trop éreinté pour réagir, ou alors juste impressionné comme moi. La girafe, quatre mètres au moins, fait deux pas vers nous. Elle baisse et allonge le cou. Son museau n'est qu'à quelques centimètres de ma tête. Je ne bouge pas. Je sens son souffle. Elle me renifle durant quelques secondes. Puis elle redresse son cou de la taille d'un arbre, reprend son air indifférent, et poursuit sa route. Je ne bouge pas, jusqu'à ce qu'elle ait disparu.

Elle disparaît.

—

Continuer en scooter me paraît risqué, d'abord à cause de sa faible vitesse, ensuite parce que je suis à découvert, et enfin parce qu'à force je vais mourir de froid. Je marche sur la route pour essayer de trouver une voiture. Peut-être que j'arriverais à en conduire une ? Je l'ai fait une ou deux fois sur un parking, avec papa qui m'expliquait le coup de l'embrayage et tout le bazar. Si je ne relève pas ce genre de défi en pleine apocalypse, quand est-ce que je le ferais ?

Malheureusement, même pour aller crever, les gens n'ont pas oublié d'emporter la clé de contact des voitures qu'ils ont abandonnées sur la route. J'ai eu de la chance avec le scooter à Marseille... Et puis, je ne sais pas exactement comment on relie les fils pour faire démarrer une caisse. Je me dis que j'aurais dû accompagner ce pote qui m'avait proposé d'en voler une comme ça, une fois. Mais non, ç'aurait été débile. Le monde n'était pas celui-là.

Je trouve par bonheur un bidon dans un coffre de voiture ouvert, ainsi qu'un tuyau dans un autre, ce qui me permet de siphonner l'essence restante. Ça, j'ai déjà vu faire, par un autre pote qui voulait se venger d'un prof. Il suffit de plonger le tuyau dans le réservoir, aspirer l'essence à l'autre extrémité, puis quand on en a le goût dégueulasse dans la bouche, l'abaisser pour que ça coule dans le bidon. Comment savoir s'il s'agit d'essence ou de diesel ? Je n'y connais rien. Ce que je sais, par contre, parce que c'est arrivé une fois à Franck, c'est que si on se trompe, ça bousille le moteur et on ne va pas loin. Il faudra que je compte sur ma chance, quand je trouverai une voiture. Je crache et me lave la bouche en essayant de ne pas gaspiller trop d'eau, et je poursuis ma quête, bidon en main.

À quelques centaines de mètres, les baies vitrées d'un concessionnaire auto paraissent trancher les rayons du soleil qui les frappent. Je m'approche et je constate que le magasin n'a pas été visité. Cette fois, c'est à moi de le faire. Je me vois déjà conduire une de ces belles voitures ! Ça me donne du courage pour balancer très fort de grosses pierres contre la baie vitrée qui ne fait que se fendiller. Je ne pensais pas que ce serait aussi difficile... Je finis par trouver une barre métallique le long du mur. Je m'en saisis et je frappe de toutes mes forces. Ce n'est qu'après une dizaine de coups que la vitre explose enfin.

Pas d'alarme. Je caresse les véhicules de luxe. Le pied ! Je me crois dans un rêve ou dans le clip d'un rappeur. Ce rêve-là, ça me change du cauchemar permanent depuis des jours. Où est-ce que je vais trouver les clés ? Certainement dans les bureaux. Mais là, je tombe sur une tuile encore plus grosse. Ils sont fermés et les portes ont l'air blindées. Impossible d'ouvrir ça par la force. Je suis découragé. Tout ça pour rien.

Je ne pourrai pas conduire ces voitures-là. Encore un rêve brisé. Inutile que je traîne ici plus longtemps.

Mon bidon d'essence à la main, Happy à mes côtés, je regagne la route. J'ouvre les voitures une à une, ou bien j'explose une vitre si elles sont verrouillées. Diverses alarmes retentissent dans le silence immobile. Je farfouille dans les boîtes à gants. Je trouve beaucoup de trucs mais pas de gants. Des préservatifs, des téléphones, des lunettes de luxe, des livres, des clés... Des clés ? J'essaie d'en insérer une dans le contact... Ça marche ! Et le réservoir n'est pas vide. Je lève les yeux vers ce qui doit être ma bonne étoile, là-haut. Bon, la voiture ressemble à une boîte de conserve petite et ronde et verte, mais ce n'est pas le moment de faire le difficile. Je fais grimper Happy à l'arrière, je range le bidon dans le coffre, puis je m'installe à la place du conducteur.

Un GPS est fixé sur le pare-brise. Il m'aidera à ne pas me paumer. J'ai repéré ma route sur la carte. Je veux à tout prix éviter Aix-en-Provence, Avignon, Valence et l'autoroute. Cela me prendra plus de temps, mais tant pis. Avec un peu de chance, je ne croiserai personne sur les petites routes qui traversent le Vaucluse, la Drôme et l'Isère, jusqu'à Lyon. J'allume le GPS. Ouf, il fonctionne aussi ! Je le règle en choisissant une voix de femme douce. C'est bête, mais cette présence vocale me réconforte. Je reste quelques secondes à écouter ces mots simples : « Poursuivez votre route sur la D543... »

Maintenant, il s'agit de me remémorer comment on conduit une voiture. Je ferme les yeux et j'essaie de me souvenir des gestes des parents, et de ce que m'a enseigné papa. Desserrer le frein à main. Appuyer sur la pédale de l'accélérateur... à droite. Non, d'abord passer une vitesse. Et pour ça, appuyer sur la pédale de l'embrayage, celle de... gauche, je crois. Aaaah ! Le frein, le frein, le frein ! Quelle pédale ? Milieu ! Arrêt brutal : j'ai calé. Merde. Recommencer. Mêmes gestes, et je cale encore. Je n'y arriverai jamais ! Je cale encore cinq ou six fois. Ne pas désespérer. Au fil de mes autres essais, je comprends qu'il faut doser l'embrayage et accélérer tout doucement, avant de pouvoir passer la seconde. J'y arrive ! Je roule à faible vitesse sur plusieurs centaines de mètres, et je trouve le courage de passer la troisième puis la quatrième.

J'y suis arrivé. Youhou ! Je pousse un hurlement de joie à l'adresse de Happy installé à ma droite. Il aboie pour me féliciter. Je conduis une voiture ! C'est complètement dingue. Cerise sur le gâteau, le chauffage fonctionne.

## 2 NOVEMBRE, APRÈS-MIDI

Les paysages défilent. Par moments, je dépasse des adolescents hagards et isolés sur le bord de la route. D'autres fois, des bandes me jettent des pierres ou des canettes vides et tentent de m'arrêter. Certains errent au milieu de nulle part, je me demande bien vers où et vers qui. D'autres encore sont en voiture aussi. On se croise comme sur une route de vacances, sauf que nos regards sont brûlants, méfiants, et le code de la route bouleversé, c'est le moins qu'on puisse dire. On roule tant bien que mal à droite, et le plus souvent on tente juste de s'éviter à coups de klaxon. Mais comme je l'espérais, sur les petites routes couleur de sable, dans un paysage de chênes immobiles, les gens et les véhicules se font de plus en plus rares. Je respire mieux : moins de gens, ça signifie moins de danger. Je songe à ces moments où on déconnait entre potes, en rêvant à un monde sans adultes. Le pied ! On pensait vraiment que ce serait le bonheur total...

Le soleil est oblique, maintenant. Tout se colore d'orange, le ciel, les coteaux, les prés, les vallons, et les cimes des arbres qui soufflent une haleine de feu, on dirait. Je n'ai pas vu passer la journée et l'après-midi est déjà bien avancé. Des lignes d'ombres s'allongent partout. Je longe des champs. Je ne sais pas de quoi, je n'y connais rien. J'espère ne jamais avoir à me demander s'il y pousse des trucs comestibles. Le paysage change peu à peu. Haut et escarpé. Happy ronfle. Je m'inquiète : je n'ai pas envie de conduire de nuit. Pas envie non plus de me retrouver en panne n'importe où. Enfin, envie d'éviter les ennuis autant que possible. Alors que j'hésite à entrer dans l'une des maisons, je lis soudain sur un panneau : Manosque.

Et soudain, ça me revient : en CM2, on correspondait avec une autre classe du même niveau, et on était venus les voir à Manosque. Mon correspondant ne s'intéressait qu'au rugby, un sport auquel je n'ai jamais rien pigé, mais je m'étais bien entendu avec une fille. Ariane. En fait, je crois que j'étais un peu amoureux et elle aussi. J'avais fini par correspondre avec elle, mais ça n'avait pas duré longtemps. Au collège, les filles sont devenues des extra-terrestres pour moi, alors j'ai pris mes distances. Mais peut-être qu'elle est restée telle qu'elle était ? Et si… ? Et si quoi ? Peu importe, je ne peux pas passer à côté de ce luxe : retrouver quelqu'un qui m'a un peu aimé.

À l'entrée de la ville, je déchante vite. Ici aussi, la violence semble se nourrir du chaos. Des barricades se dressent au beau milieu de la route. Impossible de les franchir ni de les contourner. Trois garçons surgissent, bardés de pistolets, de fusils et de couteaux. comme tout le monde en ce monde. Tout le monde sauf moi.

— Stop ! crie-t-il. On ne passe pas.

Je freine et baisse la vitre de la voiture. Je me fais violence pour leur parler, mais ça vaut le coup d'essayer de les amadouer.

— Pourquoi ? Je veux juste trouver un abri pour la nuit.

— Va chercher ailleurs. On veut pas d'étranger dans la ville.

J'évalue la situation. Ils ont l'air déterminés... et sont trop bien armés. Je ne discute pas, je fais une marche arrière, j'effectue un demi-tour en galérant pas mal, avec au moins dix manœuvres, et je roule jusqu'à être hors de leur vue. Ensuite je cache la voiture dans un champ d'herbes hautes. Je prends mon sac à dos, je glisse les clés au fond de ma poche et je prie pour que personne ne vienne piquer mon précieux bidon d'essence. J'enfile mon bonnet, mes gants, enroule mon écharpe autour de mon cou, puis je coupe à travers champs, caché par des épis d'un truc comme du blé, peut-être. Happy requinqué me suit, tout content de se dégourdir les pattes.

Comme je m'y attendais, les barricades ne sont dressées que sur les routes. Elles me font penser aux barbelés que les adultes avaient commencé à monter autour de Marseille, dès les premières heures de l'épidémie. Ils avaient essayé de placer les grandes villes en quarantaine, pour contenir le virus, mais le chaos avait été si rapide et si grand qu'ils n'avaient eu le temps d'en installer que sur quelques mètres. Ce que je ne pige pas, c'est pourquoi placer Manosque en quarantaine, maintenant ? Les ados sont-ils eux aussi en train d'être contaminés par U4 ? Ç'aura juste été un peu plus long, parce qu'on est la génération la plus robuste... Mais tant pis, moi je veux entrer. En plus, je n'ai plus rien à boire et je dois trouver un abri pour la nuit.

Je traverse un jardin aux abords de la ville. J'enjambe des barrières de roseaux et je marche dans ce qui a l'air d'être des carrés de choux. Je passe un petit ruisseau et je longe des murs avant de déboucher sur un boulevard, sous des arbres aux branches sans feuilles. Le soir tombe, mais bien entendu aucun réverbère n'est allumé. Je commence à m'inquiéter parce que je n'ai plus de lampe, et je n'en ai trouvé aucune dans les voitures que j'ai visitées. En tout cas, je ne croise personne, et c'est tant mieux.

J'ai tellement soif que je suis comme aimanté par une fontaine au milieu d'une petite place. Je plonge les avant-bras dans l'eau du bassin.

Des mains se plaquent sur mes épaules et me tirent en arrière. D'autres bras me ceinturent fort.

– C'est lui ! Je l'ai vu ! C'est lui ! crie une voix de garçon hystérique.

– Il est venu de par là-bas.

Une fille, cette fois.

– Fouillez-le.

Un garçon aux joues de bébé.

– Il a une arme ?

– Oui, regardez, un couteau ! C'est qu'un couteau suisse, mais quand même.

– Prenez-lui surtout le poison.

– Faut vider l'eau du bassin ! Il a eu le temps d'en mettre, je l'ai vu !

Ils sont paranos, j'ai juste plongé mes mains dans l'eau !

– Explosez-lui sa sale gueule !

Tout le monde se bouscule et se met à parler en même temps, pendant que des gars et des filles frappent sur la bonde du bassin pour la faire sauter. Happy aboie après eux en sautant comme sur un ressort. Un grand blond lui envoie un coup de botte dans le ventre.

Adrial ! Adrial est là en moi et donne un coup de pied au garçon qui lui retourne un uppercut dans l'estomac. Happy s'est replié en gémissant. Je le vois disparaître derrière la foule, ventre à terre. La pénombre s'intensifie mais je peux quand même discerner les visages.

– Et si on le pendait, hein, l'empoisonneur ? Il fait partie du complot ! *Ils* l'ont envoyé pour nous tuer, nous aussi ! *Ils* veulent nous éliminer pour créer un nouveau monde propre et net, rien qu'avec des vendus comme lui, les salopards ! Faut le pendre ! Qu'il crève ! Pour l'exemple !

Les yeux de celui qui a hurlé lui sortent de la tête, puis il s'enroue, tousse, et me crache au visage. Adrial balance un coude dans le ventre du garçon qui le tient. Ce dernier se tord de douleur et Adrial s'enfuit dans la ruelle juste derrière lui. Tout le monde crie et le poursuit.

Adrial détale le plus vite possible. Vite, cette ville est remplie de cinglés ! Il prend les ruelles les plus étroites. Soudain, un mur devant lui. Il observe les alentours. Trois portes s'offrent à lui. L'une est verrouillée. L'autre aussi. Ainsi que la troisième… Mais une fenêtre est ouverte au premier étage. Adrial pousse et tire un conteneur à ordures. Il grimpe dessus, il se hisse, et se faufile par l'ouverture. Une seconde plus tard, il entend les cris.

– Où il est ?

– Non, pas par là, c'est une impasse ! Il a dû prendre la rue d'à côté.

La clameur et les pas s'éloignent. Adrial et moi, on attend le retour du silence.

## 2 NOVEMBRE, SOIRÉE

La fenêtre donnait sur des WC, voilà où j'ai atterri. Quand je pousse la porte qui s'ouvre sur l'appartement, les ténèbres sont terrifiantes et une puanteur, merde et charogne mêlées, me prend à la gorge. Je fais aussitôt demi-tour. Je vérifie que la ruelle est vide, je saute de nouveau par la fenêtre et me glisse dans une rue adjacente. Je débouche sur un boulevard désert, planté d'arbres gigantesques. Tout ça me dit vaguement quelque chose : je crois bien que c'est là qu'habitait Ariane. Un souvenir flou y ressemble. Quelle heure peut-il être ? Où se trouve Happy, et dans quel état ? Je chasse ces questions et longe le boulevard.

Je reste en arrêt devant une lourde porte en bois flanquée du numéro 34. N'est-ce pas ce numéro-là que j'écrivais sur les enveloppes où j'insérais des dessins et les seules phrases que j'aie jamais écrites à une fille ? Je pousse la porte et pénètre sans difficulté dans la cage d'escalier. Je reste une minute immobile, dos contre le mur humide, à écouter le moindre frémissement. Rien ne semble bouger, alors je monte sur la pointe des pieds.

Je distingue les mêmes traces de pillage qu'à

Marseille : des boîtes de conserve éventrées, des papiers, des bouteilles vides... La porte d'un appartement est ouverte, bloquée par quelque chose de doré. Qu'est-ce que c'est ?

Coup au cœur quand je comprends. C'est une masse de cheveux blonds, fournis, brillants, reposant en volutes comme des fils d'or très fins jetés à terre. C'est tellement beau... Mais comment est-ce que je peux trouver belle la chevelure d'une morte ? Elle m'attire, pourtant, et je ne peux pas m'empêcher de regarder à qui elle appartient. Le visage est dissimulé par les cheveux, mais le cou est gracile, le corps fin et gracieux, comme un ange tombé du ciel et foudroyé. Cela ne peut pas être Ariane, qui, elle, était brune. Cette belle jeune fille étendue là s'est éteinte il n'y a pas très longtemps. Je me penche pour tenter de voir le visage au travers des fils dorés, mais la répulsion est plus forte que mon attirance et je stoppe mon mouvement. Un sanglot provenant de très loin dans ma poitrine me secoue soudain, et je m'enfuis en grimpant encore deux étages.

Je ne veux pas entrer dans un appartement, en tout cas pas ce soir. Trop peur de ce que je pourrais y trouver. Mais dehors, je suis en danger. Où me cacher ? Je lève la tête : une trappe s'ouvre dans le plafond du dernier étage. Grâce à une échelle de secours, me voilà en un instant sous les toits. Ça doit être bourré de bestioles, mais je préfère ça aux cadavres. Je m'installe sur une rangée de poutres. Je mange trois barres énergétiques et j'essaie d'oublier la soif qui me tenaille. Je sors mon duvet et l'étends sur moi. Qu'est-ce que ça caille, ici ! Je finis par m'endormir, la bouche comme du carton, et avec une prière pour retrouver Happy.

Je dors mal : des bourrasques de vent secouent les tuiles et les traversent. Dans un rêve, des rats viennent me grignoter le visage. Dans un autre, la belle jeune fille flotte au-dessus de moi, avec ses longs cheveux blonds autour de son visage flou. Elle tente de me prendre les mains et de m'entraîner. Elle veut m'embrasser, mais je crie sans un bruit.

## 3 NOVEMBRE, MATIN

Je me réveille alors que les premières lueurs du jour filtrent à travers les tuiles. Tant pis pour Ariane. C'était stupide d'espérer la retrouver. Mes semblables sont devenus des fous furieux et je jure de quitter cette ville au plus vite, pour mettre le maximum de kilomètres entre eux et moi.

Mais auparavant, je dois dénicher dans un magasin ou dans un logement ce qui me manque : des bouteilles d'eau minérale, une lampe, un réchaud à gaz, une recharge… et surtout, je veux retrouver Happy. Comment faire ? Je risque de me faire lyncher dès que je poserai le pied dans la rue, surtout en pleine journée. Pas le choix : il faut que je puise en moi le courage d'explorer les appartements de cet immeuble.

Au premier étage, la chevelure d'or accroche tous les rayons de lumière. Des grains de poussière y dansent. Ça me rappelle quand j'étais petit et que j'observais leur scintillement avant de me lever. Je détourne les yeux.

Adrial aurait utilisé sa kalachnikov pour pulvériser les portes verrouillées. Moi, je n'ai que ma tête et mon corps maigre. Est-ce que je ne peux pas en faire un atout ? Si : je parviens à me faufiler dans un appartement par une lucarne ouverte sur la cage d'escalier.

J'y déniche de véritables trésors : un lot de piles R4, une lampe torche, à dynamo – avec une manivelle pour la recharger. Au cas où, je prends des allumettes, même si j'en ai déjà, et cette fois, je n'oublie pas les bougies. Le plus précieux, qui me fait pousser un cri de joie, c'est le réchaud à gaz avec sa recharge. Sous une pile de serviettes de table, je découvre quatre billets de cinq cents euros... Je n'ai jamais vu autant d'argent en une seule fois ! Je tends la main et caresse ce butin, tout ému. Mon excitation retombe comme un vieux ballon crevé : ce n'est plus que du papier imprimé sans aucune valeur. Je ne peux quand même pas m'empêcher de fourrer les billets dans ma poche. Si je remonte le temps avec Khronos, j'aurai peut-être encore cet argent avec moi.

Les anciens habitants étaient des gens prévoyants, ou souvent malades : dans la salle de bains, la pharmacie est très fournie. Je pioche des boîtes un peu au hasard. J'essaie le robinet, juste pour voir. Il n'en sort qu'une eau marron qui s'épuise vite. Je retourne dans la cuisine, et décide de prendre le temps de me requinquer, j'en ai besoin. Enfin des bouteilles d'eau minérale ! J'en bois la moitié d'une et en mets deux dans mon sac à dos, même si c'est lourd. Je déniche aussi des carottes, des pommes, des bananes pas trop pourries, et du thon en conserve. Je mets un moment à trouver l'ouvre-boîte : un nouveau trésor. Il y a aussi des haricots blancs en sauce que je dévore froids, tant pis. Même comme ça c'est super bon. J'ai maintenant envie de quelque chose de chaud, et j'allume le réchaud pour faire bouillir du lait. Je me concocte le chocolat au lait en poudre dont je rêve depuis des jours. Rangés dans une jolie boîte en métal, des cookies faits maison me donnent presque envie de pleurer. Quel plaisir de les déguster en les trempant dans le chocolat ! Je pense à maman avec douceur. Une douceur si triste…

Je remets mon sac sur mon dos, et je rejoins le salon qui s'ouvre sur une véranda. C'est facile de grimper sur le toit, en ouvrant la baie vitrée et en me hissant grâce aux rebords en fer forgé qui entourent la terrasse extérieure. Par chance, le vent est faible.

Du toit, je domine la ville. Le clocher d'une église et les tours de maisons anciennes, peut-être des moulins, émergent de la forêt de tuiles. Des volutes de poussière et des sacs plastique volants caressent par vagues la rouille des toits, au rythme de la brise. On dirait des buissons dans le désert. Le vent fait se soulever les tuiles, souffle dans le vide des cloches, et fait grincer les cimes des arbres. Je suis content de sentir cette vie. Elle n'est pas humaine, et pourtant elle me donne de la force. J'emplis mes poumons de cet air qui me paraît beaucoup plus pur qu'en bas. Adrial est de retour. Pas de combat à mener, pourtant, cette fois. Adrial, aurais-tu besoin de te reposer, toi aussi ? Sans me répondre, il contemple la vue avec un sourire.

Je progresse avec précaution aux passages difficiles, et avec aisance à d'autres endroits où j'arrive même à me mettre debout. Je saute parfois entre deux toits au-dessus de ruelles très étroites, au-delà de plus de vingt mètres qui aimeraient bien m'aspirer. Suis-je alors Adrial ? Ça m'aiderait plus d'être Spider-Man ! Peu à peu, je perçois une présence. Je lève les yeux : une nuée de corbeaux forme des cercles dans le ciel. J'en suis le centre. Les cercles se font de plus en plus petits, et plus proches. Un par un, à la manière d'une escadrille, les oiseaux noirs se posent sur les tuiles. Approchent en sautillant. Leurs plumes brillantes accrochent les rayons du soleil. Les billes de leurs petits yeux méchants me fixent avec avidité. Deux de ces volatiles poussent un cri strident comme un signal, battent des ailes et foncent sur moi. Ils m'attaquent ! Des plumes volent. Les ailes me cachent le soleil. Les becs visent mes yeux. Sales charognards, je ne suis pas un cadavre ! Je bats des bras pour les chasser. Je ne suis pas encore mort, fichez le camp ! Je parviens à leur faire peur, ils s'envolent plus loin, mais je continue à battre des bras en avançant, pour décourager ces bestioles de me déchiqueter.

Je me plaque ventre contre tuiles. Une place s'ouvre en contrebas, m'exposant aux regards. J'y suis de nouveau témoin de bagarres très violentes, autour de feux confectionnés pour se réchauffer. Je ne m'attarde pas, peu curieux d'en connaître la cause et surtout les conséquences…

J'atteins rapidement la lisière de la ville. Je distingue le barrage et l'endroit où j'ai caché la voiture. Mais aucune trace de Happy… J'espère qu'il ne lui est rien arrivé. J'ai envie de l'appeler mais on me repérerait vite. Ça me crève le cœur de partir sans lui.

Je cours dans les champs le plus vite possible, veillant à me cacher de ceux qui gardent les entrées de la ville. La voiture est toujours là. Mais elle a été visitée.

La vitre côté passager a été cassée et l'intérieur fouillé de fond en comble. Bien sûr, le bidon a disparu. Les voleurs ont même lacéré les fauteuils. À quoi ça leur a servi ? Heureusement, ils n'ont pas su démarrer sans la clé. Je la tourne avec angoisse. Ouf, ils n'ont pas siphonné l'essence et la jauge est encore à moitié pleine. Je démarre. En faisant marche arrière, j'entends un drôle de gémissement. Je stoppe net. Un coup d'œil dans le rétroviseur. Rien. Je sursaute de peur quand une masse se jette contre ma portière.

Happy !

Il se cachait près d'ici et le bruit du moteur l'a fait accourir. Il m'attendait, espérant que je reviendrais ici.

– Mon vieux Happy...

Mes larmes se noient dans sa fourrure.

## 3 NOVEMBRE, APRÈS-MIDI

Le ciel est lourd et menaçant. Je n'aime pas la blancheur que le ciel prend parfois en hiver, entre les masses nuageuses. Le paysage est de plus en plus montagneux, et la température de plus en plus basse. Je continue ma route sur les départementales, avec toujours une seule idée en tête : rencontrer le moins de monde possible. Ribiers, Serres, Die, La Chapelle-en-Vercors sont mes prochaines étapes.

Les montagnes ressemblent à une ville aux tours vivantes, qui n'ont pas envie d'être habitées. Certains sommets sont tout blancs. Je me souviens de plein de poésies pour l'école qui parlaient de la neige comme d'un manteau, mais non, la neige est aussi un truc vivant et nu, aux palpitations scintillantes. Je me sens tout petit, là-dedans.

Je n'étais jamais allé au-delà de Sisteron, où j'étais venu en classe rousse en CE2. Je me souviens que j'avais tout autant détesté que la colo. Mais aujourd'hui, même si ça me fiche la trouille parce qu'ici je me sens étranger, d'une autre façon encore inconnue, j'apprécie ces lieux moins peuplés que les villes... Happy est le seul être en qui j'ai confiance. Le froid passe à travers la vitre cassée. J'ai pris le temps d'enfiler ce que j'ai piqué dans le magasin de sport : les grosses chaussettes, les gants et ma doudoune, mais ça ne suffit pas. Il faudrait que je calfeutre la fenêtre avec le tissu des fauteuils déchirés.

Juste avant la ville de Die, la voiture ralentit, cahote et finit par s'arrêter sur un petit chemin. Qu'est-ce qui se passe ? Je n'ai pas l'impression d'avoir fait une fausse manœuvre, pourtant... Est-ce que ce voyant qui clignotait sur le tableau de bord essayait de me prévenir d'un truc ? Bien sûr : plus d'essence ! L'aiguille de la jauge est dans le rouge depuis un bon moment.

Un immense découragement s'abat sur mes épaules. Happy, lui, gambade à la recherche d'un truc à se mettre sous la dent. Les montagnes alentour nous observent. Se demandent-elles ce que je fiche là ? Elles sont si hautes qu'elles paraissent me juger sévèrement. Un vent glacé souffle dans mes oreilles et bouscule la cime des arbres. Ici, l'hiver est déjà arrivé. Rien à voir avec Marseille où les températures étaient encore douces. Je bois de l'eau, j'en donne à Happy dans un gobelet, et j'ouvre une boîte de sardines, pour me donner le temps de réfléchir. J'ai pas mal improvisé depuis que j'ai décidé de partir à Paris, mais choper ce bouquin de survie, ça a été un vrai bon réflexe. Je le feuillette rapidement. Les plantes à éviter, que faire en cas de piqûre, comment confectionner du feu, camper, faire un nœud, s'orienter... Pour l'instant, tous ces conseils me semblent au-delà de mes capacités, mais j'essaie de les enregistrer. Je calcule : d'après la carte, il me reste environ 250 kilomètres à parcourir avant d'arriver à Lyon. Pourvu que je trouve une voiture ou de l'essence à Die ! Je commence ma marche au côté de Happy, sac sur le dos.

Il me faut tout de même trois bons quarts d'heure pour y arriver. C'est, de loin, beaucoup plus petit que Manosque ! Je suis rassuré par le silence total qui enveloppe la ville et pèse dans les rues. Tout le monde a dû fuir dès les premières heures de l'épidémie, ici : pas une voiture ni une moto dans les rues. Les ados aussi, avec ou sans leur famille. Les plus futés ont dû s'orienter vers le sud, en prévision de l'hiver.

Mais qu'est-ce qui m'a pris de m'enfoncer dans la montagne en novembre ? Je vais mourir de froid, gelé des pieds à la tête, si je ne meurs pas de faim avant...

Je déambule dans les rues désertes. Les rares magasins n'ont été que peu pillés. Je fais un tour dans chacun d'eux, rien que pour le plaisir. Je déniche des lunettes de soleil très performantes chez un opticien. Au Super U, je me goinfre de gâteaux et je blinde mon sac à dos de victuailles. À la librairie, je me sers en mangas. Ils me tiendront compagnie. Dans un de ces jeux qu'ils vendent avec les magazines pour enfants, je repère une boussole. Comment n'y ai-je pas pensé avant ? Voilà, j'ai «tout d'un explorateur», maintenant, moi le gars des villes. C'est Winnie l'Ourson qui l'affirme, sur la couverture.

À la station-service de la route dite des Alpes, j'ai beau essayer, rien ne sort des tuyaux des pompes. La citerne doit être déjà vide.

Devant moi, la route se perd en ficelles dans les montagnes. Le vent souffle encore plus fort et le soleil est déjà passé derrière les sommets. Il est temps de me trouver un endroit où squatter.

Je décide de me faire plaisir et choisis la plus belle des villas. Elle est un peu hors du village, le surplombant. Une immense véranda s'ouvre sur une terrasse et de là, la vue est superbe. En contrebas, la vallée est piquée de chalets. D'autres maisons se serrent autour du clocher de l'église qui domine les ruelles. Et tout autour, des montagnes incroyables, hautes et blanches et dignes, percent l'or des nuages. Mille nuances de couleurs, d'ombres et de lumières bougent au fil des secondes, comme un dernier spectacle avant la nuit.

Quand même, il y en a qui ne s'embêtaient pas, avant tout ça. D'un autre côté, cette richesse ne leur a servi à rien dans la catastrophe…

Je n'ai même pas à entrer par effraction : la porte d'entrée est ouverte. La déco est épurée, en bois foncé, très classe. Je me cale dans un fauteuil large et profond. Je visite toutes les pièces avec précaution. Par chance, je ne découvre aucun cadavre. Quant à ceux du village, avec ce froid de congélateur, ils ne risquent pas de polluer l'air en pourrissant.

Je me remets à croire en ma bonne étoile quand je constate que ces gens avaient un chien : des dizaines de boîtes de pâtés sont rangées dans une remise. J'en ouvre une pour Happy, qui se régale tellement que je lui en ouvre une seconde. Évidemment, il n'y a pas de courant. Je cherche partout, mais je ne trouve aucun ordinateur avec encore un peu de batterie. J'aurais tellement aimé me caler devant un bon film pour me changer les idées... Un réveil à piles, sur une table de nuit, me donne la date : 3 novembre, 16 heures. Je saute quasiment de joie quand, au fin fond d'un placard, je tombe sur un lecteur CD qui semblait m'attendre sagement. Et il fonctionne à piles, lui aussi ! Les disques n'ont pas l'air extra, mais au moins, ça fera une présence. Je mets un groupe que je ne connais pas : c'est de la musique douce et ça me va. Je m'installe au fond d'un confortable fauteuil en cuir, et je regarde la nuit engloutir les montagnes.

Une nuit sans électricité. Une voie lactée claire, scintillante et colorée. Je l'observe longtemps, encore plus fasciné que devant un film en 3D. C'est le seul bon côté de tout ce bordel.

## 19 NOVEMBRE

Happy se prélasse devant le feu de la cheminée. Des dizaines de bûches de bois sont rangées sur le côté. Plus de deux semaines viennent de s'écouler, et je pourrais tenir encore longtemps. Le seul problème, c'est pour me laver. Sans eau courante, je dois utiliser des bouteilles d'eau minérale, rapportées du Super U où je fais mes courses gratuitement. Je fais des toilettes de chat. Je lave mes slips avec du savon. Bref, je me débrouille.

Je parle à Happy autant que possible pour ne pas me laisser envahir par la solitude et les idées sombres. Et je sors souvent ma figurine de Frodon. Je joue avec comme quand j'étais petit, et je lui imagine des aventures pour échapper à la réalité ou à mes cauchemars.

Car dès que la nuit tombe, les fantômes reviennent. Papa, maman, Camila, mais aussi Franck, RV, et la jeune fille à la chevelure d'or de Manosque... Tous me pressent de questions :

*Quand vas-tu remonter le temps ? Quand vas-tu nous redonner vie ? Pourquoi ne nous as-tu pas enterrés ? Notre âme est errante... Notre salut est entre tes mains. Toi seul peux faire quelque chose. Toi, et Khronos, et l'armée de Khronos...*

Quand ils sont trop insistants, je m'énerve. J'appelle Adrial. Lui ne se plaint jamais. Hier soir, en admirant la nuit tomber, Adrial a dit :

*Il est temps de partir. On ne doit pas rater le rendez-vous à Paris. Et il faut traverser la forêt et les montagnes avant les fortes chutes de neige.*

Alors ce matin, je note d'abord la date, le 19 novembre, dans un cahier trouvé ici. En faisant un trait chaque matin, ça m'aidera à ne pas perdre le compte du temps qui passe. Je refais l'inventaire de mes affaires. Je mets dans mon sac à dos le maximum d'accessoires et de produits conseillés dans le bouquin de survie (une pharmacie plus complète, des mousquetons, une scie fil...), de la nourriture, puis je quitte la maison, à regret.

– Allez viens, Happy, les meilleures choses ont une fin.

Dans le village, il ne restait pour tout véhicule qu'une moto dans un jardin, mais impossible de la faire démarrer... Happy et moi, on va devoir utiliser nos jambes. Je croise les doigts pour qu'on tombe rapidement sur une voiture en état de marche. J'ai une boussole, mais je préfère suivre les panneaux. Direction : La Chapelle-en-Vercors, à 40 kilomètres d'ici.

Je marche toute la journée sans rencontrer âme qui vive. Mon sac est lourd et j'ai vite mal aux pieds, mais je tiens bon. Une forêt profonde borde la route.

Les journées raccourcissent et un brouillard épais comme un gaz malfaisant m'enveloppe. Dépité, je réalise que je ne pourrai jamais atteindre La Chapelle-en-Vercors avant la nuit et qu'il va me falloir trouver un abri pour dormir. Je quitte la route pour explorer la forêt, éclairé par ma lampe frontale qui découpe des cercles dans l'obscurité.

Ne trouvant rien d'autre, je jette mon dévolu sur la souche creuse d'un arbre. Ainsi protégé du vent, je souffrirai moins du froid, et j'espère qu'aucune bête ne sentira ma présence. J'enlace Happy pour le rassurer, et pose sur lui la couverture de survie dépliée. Je me glisse et me cale comme je peux dans la souche, avant de m'envelopper dans mon duvet. La lune est pleine, et la forêt glaciale bruisse de mouvements en tous genres. Les odeurs s'amplifient aussi, intenses et musquées, ou bien légères et anisées. Arbres, branches et feuilles semblent doués d'une vie à eux, entraînés par une danse comme une transe. Même la brise froide adopte un rythme du diable, genre musique électro au son étouffé. Mais, épuisé, je m'endors quand même.

## 20 NOVEMBRE, APRÈS-MIDI

J'atteins La Chapelle-en-Vercors dans l'après-midi. C'est encore plus petit que Die. Je sens tout de suite une présence, ici. Des ombres semblent passer derrière les vitres et raser les murs. Je ne tiens pas vraiment à des présentations en règle : mon expérience à Manosque m'a servi de leçon. Autant ne pas traîner par ici. Je reste en arrêt, cependant, devant une villa à la sortie du village. Une voiture est garée dans le jardin.

– Je le sens bien, dis-je à Happy.

J'ouvre sans difficulté le portail du jardin, ainsi que la porte d'entrée de la maison. Les ombres me paraissent de plus en plus présentes, aussi je fais vite. L'odeur dans cette habitation n'est pas engageante, mais je fouille le vestibule des yeux, rapidement. Bingo. Sur un guéridon, une coupelle contient plusieurs clés. J'attrape celle avec un porte-clés Peugeot et me précipite vers la voiture.

Une pression sur la clé en déverrouille les portières. Happy et moi sautons à l'intérieur. La jauge indique que le réservoir est à moitié plein. Je ne perds pas une seconde, les présences que je sens m'oppressent de plus en plus. Ce sont sûrement des ados inquiets et méfiants qui n'osent pas se montrer, mais dans ma tête ils se confondent avec ces fantômes qui hantent mon esprit. Alors je ne prends même pas la peine d'ouvrir en grand le portail, je démarre et je le défonce avec la voiture, dans un grand fracas de planches de bois brisé.

Dopé par l'adrénaline et la peur, j'appuie à fond sur la pédale d'accélérateur. Les battements de mon cœur ralentissent au fil des kilomètres avalés. Le ciel devient de plus en plus blanc et la température ne me paraît pas augmenter. J'espérais pourtant que ce serait le cas, en quittant les montagnes du Vercors. Même avec le chauffage à fond, je grelotte : la chaleur fuit par le toit ouvrant qui n'est pas très étanche même fermé.

Trois heures plus tard, une grande ville se dresse face à moi. C'est Lyon. Lady Rottweiler y est-elle toujours, et toujours en vie ? Le premier flocon de neige s'écrase sur le pare-brise.

# DEUX

## 20 NOVEMBRE, FIN D'APRÈS-MIDI

Le périphérique, avec ses véhicules serrés les uns contre les autres, forme un barrage beaucoup plus efficace que celui de Manosque. Je coupe le moteur et sors, heurté par le froid. Aucun bruit, aucun mouvement sur cette portion de route où la neige se pose avec douceur. J'en laisse deux flocons tomber dans ma bouche, visage face au ciel, comme quand j'étais petit. Durant une seconde, je redeviens ce gamin dans la cour plantée de platanes, entouré d'autres enfants qui courent et crient et tournent autour de moi comme si j'étais le centre de l'Univers. Ce souvenir me donne le tournis un moment. Puis le gris et le réel se matérialisent de nouveau.

Je laisse sortir Happy qui se dépêche d'aller uriner contre le pneu d'une Corsa. Je le siffle tout en enfilant les bretelles de mon sac à dos, puis je cours sur le tas de véhicules pour voir ce qui se passe au-delà.

La frayeur me dicte de redescendre rapidement pour me cacher, le cœur battant.

Une centaine de mètres plus loin, derrière le rideau de neige tombante, au sommet d'un mirador fabriqué avec des planches de bois et de métal, j'ai vu un homme.

Tourné vers la ville et appuyé sur un fusil.

Oui, un homme, pas un ado ! J'en jurerais : sa stature et sa corpulence sont celles d'un adulte. Il en existe donc encore... Par un interstice entre deux carcasses, je peux l'observer mieux. Il est vêtu d'une combinaison noire qui le recouvre entièrement. Je ne suis pas bien sûr car je suis loin, mais on dirait qu'aucune portion de peau n'est découverte. Il porte un casque et un masque étrange muni d'un filtre qui lui fait un visage de mouche. La rumeur courait à Marseille que des adultes importants s'étaient tout de suite protégés dans des bunkers, mais lui, qui est-il ? Et que fait-il ici ?

Un bourdonnement se mue peu à peu en un fracas assourdissant. Au-dessus du toit du mirador hérissé de barbelés apparaît un hélicoptère dont les pales tournoyantes font voler papiers, détritus, poussière, et chassent les flocons de neige. L'homme en combinaison s'accroche à une échelle de corde et monte à bord. Un autre en descend, vêtu de la même combinaison, et vient occuper la même place, avec le même fusil et dans la même position. Est-ce que ce sont des soldats en faction ? Si oui, que fait l'armée ici ? Contre quel ennemi veulent-ils défendre la ville ? Le bourdon prend de l'altitude et disparaît peu à peu, jusqu'à n'être plus qu'un petit point dans le ciel, de la taille d'un insecte.

Toujours le silence et la neige verticale et lente. Le nouvel homme-mouche veille sur la ville, aussi immobile que le précédent.

Je m'extirpe discrètement de ma cachette pour longer le périph et voir si je ne peux pas tenter une percée un peu plus loin. Tout ça ne me dit rien qui vaille. Je dois rester sur mes gardes : il y a peut-être d'autres gardes et d'autres miradors. Soudain, des cris provenant de la ville m'arrêtent dans mon élan. Happy se met en position d'attaque. Ce sont des cris de fille, suivis d'exclamations de garçons. Je me plaque contre une voiture pour mieux entendre. Ils ne sont pas loin.

– Lâchez-moi ! Sales cons ! Foutez-moi la paix !

– Reggie, on fait quoi ?

– Pour commencer, débrouillez-vous pour qu'elle la ferme, on va finir par être repérés...

Je gravis la montagne de carcasses et découvre un quartier résidentiel, avec ses maisons toutes pareilles, et ses jardins collés les uns aux autres. Avec l'autoroute à côté, ça ne devait pas être très calme malgré l'apparence toute tranquille. Les cris désormais étouffés proviennent de l'une de ces habitations. Aux alentours, je ne vois personne. Alors je cours et saute deux barrières pour m'approcher.

J'atterris dans un jardin, près d'une cabane à outils. Des ustensiles sont pendus contre le mur, sous un auvent. Pelle, râteau, arrosoir. Une fenêtre est entrouverte. Un rideau y fait des vagues au gré de la brise enneigée, me permettant de distinguer par instants ce qui se passe à l'intérieur. De la fumée odorante s'en échappe : de la viande grillée ?

Dans une cuisine, une fille blonde aux cheveux coupés au carré est assise sur une chaise en plastique, les mains attachées devant elle. Deux garçons finissent de la bâillonner avec un linge entortillé qui semble lui scier la mâchoire. Ils s'adressent à un de leur copain en l'appelant Reggie. Assis face à la fille, il me tourne le dos. Un barbecue brûle à ses côtés. Sur la table, des assiettes, des bières, de la nourriture et du papier à rouler. Une forte odeur de shit, qui se mêle à celle de la viande, me prend à la gorge.

— Après, je sais pas, fait Reggie, tout en soufflant de la fumée, un joint glissé entre index et majeur.

— Elle est vraiment pas mal, dit l'un des garçons, le visage rouge.

— Il reste de la viande ?

— Oui, tiens. C'est la première fois que je mange de la girafe.

— Tu te souviens ? glousse le deuxième, grand et gros. La tête du gars quand t'as buté la panthère ?

— C'était un truc de ouf, dans ce zoo. Je les ai tous butés, tous les animaux, mais le type, c'est toi, Reggie. Tu l'as pas loupé !

— Vos gueules ! gronde Reggie. J'aime pas la nostalgie. Occupez-vous plutôt de la fille. Faites voir ses seins.

Au moment où le grand et gros fait glisser la fermeture éclair du blouson de la fille, quelque chose en moi se brise et explose tout à la fois. Adrial se réveille. Adrial se raidit et Happy grogne en sentant sa nervosité. Yannis est encore assez présent pour qu'Adrial soit conscient de ne pas faire le poids, à trois contre un, et l'avatar disparaît d'un coup face à cette réalité.

— Attendez, dit Reggie. C'était quoi, ce bruit ?

— Un chien, non ?

— Les clebs ne perdent pas leur temps par ici, il y a

beaucoup plus à bouffer dans le centre.

Je me recroqueville sur moi-même, tout contre la paroi. J'hésite à fuir : ce mec a tout l'air d'un taré et ça fiche la trouille. Lorsque j'entends la porte d'entrée du pavillon s'ouvrir, il est déjà trop tard. Je reste paralysé.

– Qu'est-ce qu'il fout là, celui-là ?

Reggie est debout face à moi, un long couteau dans la main droite, son joint dans la gauche.

– Qu'est-ce que tu fous là, sale con ?

Je reste muet, incapable du moindre mouvement.

– Qu'est-ce qui se passe, Reggie ? crie un de ses potes.

– Bah, ricane Reggie, je crois qu'on a un nouveau jouet.

Il s'accroupit pour être à ma hauteur :

– Tu voulais te rincer l'œil, c'est ça ? Profiter du spectacle pour pas un rond. Je comprends, mais c'est pas réglo. Lève-toi, le vicelard. Et trouillard par-dessus le marché. Tu trembles, non ?

Reggie s'avance et pose la lame de son couteau sous mon menton. Il me force à me lever comme ça avec lui, et à le regarder droit dans les yeux. Happy grogne, prêt à bondir, mais l'autre n'a pas l'air d'avoir peur. Ce garçon a forcément moins de dix-huit ans mais il fait davantage. Tout en lui semble dur et déterminé. Il porte une barbe noire coupée court qu'il met en avant, menton haut.

– Tu te demandes quel âge j'ai, pas vrai ? devine-t-il, me soufflant son haleine dégoûtante dans les narines. Si on te demande, tu diras que j'ai vingt et un an. Il paraît que je suis immortel ! De toute façon, mortel ou pas, autant profiter de la vie et s'amuser.

Sa lame s'enfonce dans ma chair. Je voudrais crier à Happy d'attaquer, mais je sens que Reggie me trancherait la gorge dans la seconde. Et Happy hésite. Reggie n'est pas du genre à hésiter, lui.

– J'aime pas ton clebs.

Puis plus fort :

– Ralph, sors ton flingue et bute ce tas de poils, steup. T'y as pris goût, au zoo, de tirer sur les animaux. Viens prendre ton pied. Tony, tu fais bien gaffe à la fille, hein, mais laisse-nous-en un peu, OK ?

Le dénommé Ralph ne tarde pas à débouler, arme en main, et les battements de mon cœur s'accélèrent. Des larmes d'impuissance coulent sur mes joues.

– Regarde, il pleure ! Trop drôle ! Allez, Ralph, tire.

Tout se passe en l'espace de quelques secondes à peine. Un cri fuse de la cuisine, un cri de douleur, et ce n'est pas un cri de fille. En même temps, le coup de feu part. Happy gémit, mais je ne peux pas voir s'il a été touché, le couteau sur ma gorge m'empêchant de tourner la tête.

– La salope ! hurle Tony. Elle m'a envoyé un coup de pied dans les couilles. Elle s'enfuit, rattrapez-la !

Ça déstabilise les deux autres, et soudain le monde bascule.

## 20 NOVEMBRE, SOIRÉE

La lame s'éloigne un instant du menton d'Adrial qui en profite pour lancer son pied de toutes ses forces et le plus haut possible. Il n'a rien visé en particulier, mais le pied frappe violemment l'épaule de Reggie et la déboîte peut-être : Reggie pousse un hurlement de douleur et des jurons. Adrial a le temps de voir la fille, les mains liées, s'enfuir par le portail ouvert, et Tony la poursuivre maladroitement, tout en se tenant l'entrejambe. Bien joué, pense Adrial.

Mais l'arme de Ralph est maintenant braquée sur lui. Vu le visage contracté du gars et sa main crispée sur la crosse, il croit sa dernière seconde arrivée. C'est la seconde qui lui sauve la vie. Ralph se met à beugler et tire dans le vide. Happy ! Happy n'est pas mort ! Et il s'est jeté sur l'une des jambes de Ralph pour y planter ses crocs. Adrial lui décoche un violent coup de pied dans la tête, puis un autre dans le ventre, et encore un autre en plein sur l'oreille. Aussi efficace que dans WOT, ça marche même sans muscles bodybuildés. Ralph ne bouge plus, sans connaissance, et du sang coule de son nez, de sa joue, de son oreille.

Mais Adrial a commis une erreur : il a oublié la présence de Reggie, qui a ramassé son couteau et se jette sur lui. Adrial hurle. La lame s'est fichée dans sa chair, frôlant les côtes. Durant une seconde en suspension, comme figés en plein pas de danse, Reggie et Adrial restent soudés dans cette étreinte, le couteau de l'un dans le corps de l'autre. Happy, aux pieds de son maître, l'observe d'un air doux, presque absent. C'est alors qu'Adrial voit sa patte arrière droite ensanglantée. Le chien la tient en l'air, incapable de la poser, et l'angle qu'elle fait en son milieu est improbable. La balle de Ralph l'a traversée à cet endroit, explosant l'os.

La colère d'Adrial enfle encore et encore. Elle repousse les bords de son âme jusqu'à en jaillir. Adrial rugit. Il sent ses forces décupler malgré sa blessure. Il se redresse. Il pose ses mains sur les épaules de Reggie, surpris, yeux ronds et bouche ouverte, qui n'a pas lâché le manche du couteau. Adrial fait peser tout son poids et toute sa force sur celui qui se dit immortel. Il plaque Reggie contre la paroi sous l'auvent où j'étais blotti la minute d'avant, pitoyable et tremblant. Reggie pousse un soupir comme s'il était déçu, son regard devient presque tendre. Tout s'apaise en lui. C'est alors qu'Adrial le voit : un long clou rouillé dépasse de la gorge de son ennemi.

Je recule de deux pas, terrorisé. J'ai du mal à respirer.

Reggie n'était pas immortel.

Il est planté contre le mur, sagement aligné à côté des pelles et des râteaux. Puis il commence à basculer en avant.

Et il tombe, visage contre terre.

Une forte douleur me lance soudain dans le ventre et je me souviens du couteau. Je saigne beaucoup. Mais je suis vivant. Happy, blessé et gémissant, vient renifler le sang dans le cou de Reggie.

Je tombe à genoux dans la neige. Happy se frotte contre moi et je l'enlace pour sentir sa chaleur. Happy et moi restons je ne sais combien de temps ainsi, avec ces deux corps allongés devant nous, que la neige commence déjà à recouvrir. Des larmes coulent sur mes joues et sur les poils de mon chien. Au bout d'une éternité peut-être, je prends une grande inspiration et je me traîne vers le corps de Ralph. Je pose deux doigts contre sa gorge rouge, afin d'en sentir le pouls.

Il n'est pas mort.

Pris d'un espoir fou, je fais de même avec Reggie.

Il est bien mort.

Je regarde mes deux mains rouges et luisantes. Toutes de sangs mêlés : le mien, celui de Happy, celui de Ralph, et celui de Reggie... Que j'ai tué. Je me retiens de hurler.

J'ai tué un homme.

Je l'ai tué. Je l'ai tué. Je l'ai tué.

Je dois faire vite, avant que mes forces m'abandonnent. Je perds beaucoup de sang, et je n'ai pas le courage d'ôter le couteau planté dans mon flanc. Une forte fièvre me pousse à agir au sein de brumes délirantes. Je repère un trou, non loin. Peu importe à quoi il sert. C'est un grand trou dans la terre, c'est tout ce qui compte pour moi. Enterrer les morts. Les enterrer. Les délivrer. Sauver ce qui peut être sauvé de l'âme de Reggie. Le faire. Absolument. Au moins lui. Lui au moins, même si c'est lui. J'ignore où je puise la force nécessaire pour tirer son corps. Je prends ses avant-bras dans mes mains, et je le fais glisser, comme une luge sur la neige qui fond sur la terre. Son âme, où ça ? Je ne sais pas. Mais suis-moi, âme de Reggie, je vais te sauver.

Je fais tomber le corps dans le trou. Une forme de soulagement. Infime. Mais bien là. Poursuivre. Prendre la pelle. L'ensevelir. Chercher la pelle. Délivrer cette âme. Je retourne près du corps évanoui de Ralph. La pelle. Happy me suit, décontenancé et souffrant. Je décroche la pelle de son clou. Pelle égale délivrance. Soudain, tout se brouille. Je titube et je tombe dans un autre trou, celui dans ma tête. Un trou noir.

## 21 NOVEMBRE, MATIN

Dans le trou sombre, humide et malodorant de mes cauchemars, j'ai froid. La lune gibbeuse me darde de son œil fixe. J'ai découvert ce mot en lisant Tolkien, « gibbeux ». Je l'aime bien parce qu'il a l'air de ne rien vouloir dire, surtout pas « bossu ». Les étoiles tiennent la garde autour d'elle. Un frémissement. Je sursaute : Reggie a bondi de sa fosse et a sauté sur moi.

*Salut, Yannis.*

Il appuie son genou sur mon ventre, et la douleur de ma plaie me lance. Ses pupilles sont orange et rouge. Son sourire est voilé par des fils de chair décomposée.

*Oui, je te salue. Rejoins-moi auprès de la Mort, mon frère. Viens. Tu m'as tué. Je suis libre mais errant, et toi, tu es maudit. Tu es un errant aussi, pas vrai ? Ne t'inquiète pas, tu n'es pas seul : tant que je serai libre, je te hanterai.*

Reggie, ou ce qu'il en reste, enserre ma gorge de ses doigts décharnés. Il en a de la force, pour un mort. Je ne me débats même pas. Je mérite ce qui m'arrive. Je suffoque. J'ai mal. Je vais mourir. Ce sera peut-être mieux.

Pas maintenant.

– Pas maintenant, Soph. Il n'est pas mort, regarde.
– Merde, t'as raison. Son pouls est tellement faible !
– Il revient de loin.
– Comme nous tous...

J'ouvre les yeux. Je suis allongé à terre, sur une couverture, dans une grande salle où s'alignent trois rangées de lits et de couches de fortune, comme la mienne, tous occupés. Ça sent l'hôpital. D'ailleurs, ça ressemble à un hôpital, mais avec une lumière d'église, qui tombe par pans de grandes fenêtres sales. Mais surtout, cette odeur... J'ai l'impression qu'elle pénètre jusque dans mon cœur pour le grignoter. Une odeur aigre et salée. Sueur, peur, mort.

Adossé nonchalamment contre les vieilles pierres du mur d'en face, entre deux lits à la structure de métal, le fantôme de Reggie me sourit en un rictus menaçant. Il disparaît, comme évaporé, et deux visages inconnus se matérialisent devant moi, tout proches : une fille et un garçon.

– Comment tu t'appelles ? demande la fille.

J'essaie de lui répondre mais aucun son ne sort de ma bouche.

*Ta voix est restée avec moi,* me susurre celle de Reggie dans ma tête.

– Calme-toi, calme-toi, dit le garçon en posant une main sur mon front. Il a un peu de fièvre, on dirait.

– Il a l'air sérieusement choqué. Je me demande d'où il vient...

– On l'a trouvé dans un quartier résidentiel du Sud. Un soldat qui faisait sa ronde est tombé dessus. Il y avait un autre type blessé à côté de lui. Je suppose qu'ils ont dû se battre. Aucun des deux n'est mort, par miracle. L'autre était juste sonné, et il s'est échappé dès qu'il a retrouvé ses esprits. C'était un de ces pillards qui tiennent à leur liberté. Mais lui, sa blessure est plus sérieuse. Il avait encore un couteau planté dans le flanc quand on l'a récupéré. On lui a fait des points de suture.

Ses paroles se fraient un chemin dans mon esprit embrumé. Peu à peu, je comprends que personne n'a trouvé le corps de Reggie, dissimulé dans le trou.

– On ne peut pas le garder ici, murmure la fille d'un air ennuyé. On n'a pas de place et on ne saura pas le soigner.

– Il faut le transférer au R-Point de la Tête d'Or. Ils recueillent les réfugiés comme lui, et les étudiants en médecine pourront le soigner. Ils sont presque tous là-bas.

– Il essaie de dire un truc, non ? On dirait un A, et puis un I.

– Bah, il doit appeler sa mamie ou un truc comme ça, mais il n'y arrive pas. On en a vu plein des comme lui. C'est le choc. Laisse tomber.

Happy... Happy... Où est Happy ? Je suis soudain vrillé par une douleur aiguë au flanc gauche. Je me recroqueville, je crie, et je m'évanouis de nouveau.

Je me réveille à l'arrière d'un camion qui produit un bruit d'enfer et qui n'a rien du confort d'une ambulance. Plutôt le genre de fourgonnette qu'on utilisait pour les petits déménagements, avant tout ça. Au lieu de canapés, de chaises ou de cartons, deux garçons en aussi mauvais état que moi gisent à mes côtés. Une fine pile de couverture est censée amortir les nids de poule de la route, et j'ai envie de hurler toutes les trois secondes. Les deux autres gémissent. Une fille et un garçon nous accompagnent. Ce ne sont pas les mêmes que tout à l'heure. La brune à queue de cheval regarde par la vitre arrière et s'adresse à l'autre, aux cheveux châtains ébouriffés, comme si, nous, on n'existait pas.

– Il neige encore... Je n'aime pas ces transferts. Je n'aime pas voir la ville. Elle est dans un tel état... Et tous ces chiens. Qu'est-ce qui se passe avec les chiens, hein ?

– Ils n'ont plus de maîtres. Alors ils errent. Ils cherchent à manger. Et ils retournent à l'état sauvage et se réunissent en meutes, comme des loups.

Le visage de la brune se contracte.

– Ils deviennent dangereux. Il faudrait tous les abattre.

– Ils sont moins dangereux que les pillards. Moi, ce sont eux que je crains pendant ces transferts. *Ils* ne veulent même pas nous laisser des blindés pour ce genre de mission. *Ils* disent que ça ne vaut pas la peine, rien que pour transporter des réfugiés. Mais nous, hein ? C'est la dernière fois que je fais ça.

– Moi aussi, tu peux me croire. Je vais tout faire pour être affectée au R-Point de la Tête d'Or. Même récurer les chiottes, ça m'irait, tant que je suis en sécurité ! Si j'ai quitté ma maison, c'est pas pour jouer à Mère Teresa et risquer encore ma vie.

J'ai peur de mourir, là. Ce garçon et cette fille n'ont

pas l'air capables de me sauver, dans cette camionnette. Et je m'inquiète pour Happy. Que va-t-il devenir sans sa patte ?

– On est arrivés, dit le garçon ébouriffé.

Des brancards sont amenés devant la camionnette.

– Transportez-le dans le lycée.

Mon corps est soulevé, placé sur un brancard, et on me fait pénétrer dans un bâtiment imposant. C'était un lycée, ça ? Rien à voir avec mon bahut, à Marseille : ici, les murs sont blancs et propres, sans aucune fissure alors que tout paraît ancien. Dorures, moulures, grandes vitres, grands escaliers, ferronnerie en arabesques, plafonds hauts… Ça ressemble à l'Élysée ou un truc du genre. C'est sans souci que vous passiez de là aux couloirs des ministères ou des banques, comme chez vous, quoi. Maintenant, ça ne sert plus à rien, et ça ne me soulage pas.

## 21 NOVEMBRE, APRÈS-MIDI

En quelques minutes à peine et malgré ma faiblesse, je perçois qu'ici, à Lyon, la situation est très différente de celle de Marseille. Personne ne parle de Grand Retournement. Pas de cris ni de gestes brusques. Certains s'adressent à d'autres comme si c'était leurs aînés ou leurs chefs. Ces derniers répondent posément, avec une autorité toute naturelle. Chacun semble affairé comme dans une fourmilière. Ordre et hiérarchie... On me transporte dans une cour, entourée d'une galerie avec plein d'arcades et de larges baies vitrées, puis on m'engouffre dans une cage d'escalier en vieilles pierres. On me hisse au troisième étage, en soufflant et ahanant.

– Mettez-le dans la chambre la plus proche de l'infirmerie, dit la fille à queue de cheval, une place vient de se libérer. Il a besoin de soins tout de suite.

On me fait glisser sur un lit à armature de bois verni. Les draps blancs ne sentent pas la bonne odeur d'adoucissant de chez moi, mais ils sont propres. Le matelas est doux comme un nuage. Même si le lieu lui-même ne sent pas la rose, je me sens réconforté.

– Ça va, aucun organe vital n'a été atteint par le

couteau, dit l'un des soignants, petit, brun et frisé, en m'examinant, et les points de suture sont bien faits. Ça devrait cicatriser comme il faut. On va te donner des antidouleurs et des antibiotiques. Je vais m'occuper de toi, t'inquiète. Si tu as besoin, tu m'appelles, je ne suis jamais loin. Mon nom à moi, c'est Pierre. Et toi ?
— Il ne parle pas, dit la fille.
— Je vois, ça viendra. Il a dû vivre un truc traumatisant et il est sous le choc. Bon, je te présente François, en attendant. Il va partager la chambre avec toi. Lui, il a failli mourir d'une dysenterie. Mais il est sorti d'affaire, maintenant. Il n'a plus qu'un peu de diarr...
— Hé, t'es pas obligé de donner tous les détails !
— OK, OK. Allez, je vous laisse, j'ai à faire. Reposez-vous, on va bientôt vous apporter votre repas de midi.

Pierre et la fille sortent de la chambre aux murs blancs où s'ouvrent deux fenêtres carrées, et referment la porte derrière eux.

J'essaie de rassembler mes esprits. En fait, j'ai l'impression de me retrouver sur une autre planète. Je pensais qu'il n'y avait plus aucune humanité en ce monde. Seulement des salopards ou des fous. Comme ceux que j'ai rencontrés sur mon chemin, depuis que je suis sorti de chez moi... Et me voilà comme téléporté dans une société organisée où les gens parlent posément et soignent des inconnus. Il y a bien cette brisure dans chaque voix, qui rappelle que nous sommes tous orphelins, et tous perdus. Mais ici à Lyon, en tout cas dans ce qu'ils appellent R-Point, un choix a été fait, et c'est celui de l'ordre et de la solidarité. Comment y sont-ils parvenus ?

– Tu viens d'où ?

Comment s'appelle-t-il, déjà, mon voisin de chambre ? Ah oui : François. Est-il possible qu'il ait quinze ans ? Il n'en paraît pas plus de treize. Maigre, petit, le teint olivâtre et les cheveux blond terne, il m'observe de ses grands yeux marron qui lui mangent un visage de souris.

– T'es vraiment muet ?

J'ouvre la bouche. J'essaie d'émettre un son. J'essaie durant plusieurs minutes. François m'encourage du regard. Il est si chétif que j'ai un peu envie de lui faire plaisir. Alors à force, je parviens à articuler :

– Je... m'a... m'appelle... Ya... Yannis.

Il applaudit et ça me fait sourire. On dirait vraiment un gosse.

– Bravo ! Je suis content que tu ne sois pas muet. Moi, j'aime parler. Ça me rassure. J'ai besoin d'entendre parler, aussi. Enfin, tu dis si je t'embête, hein. Alors toi aussi t'es un réfugié ? T'es d'où ?

– Ma... Ma... Marseille.

Il siffle.

– Hé, c'est vachement loin. Tu as parcouru tous ces kilomètres sans te faire tuer ? Chapeau. Moi, j'habitais un petit village au nord de Lyon, Saint-Cyr-au-Mont-d'Or. On a tous été évacués à cause d'une épidémie de gastro, il y a deux jours. Ça n'a l'air de rien, hein, une gastro, à côté d'U4 ?

Il pouffe, avant de retrouver son sérieux.

– Et pourtant, il y en a qui en sont morts, parce que chez eux, il n'y avait plus de bouteilles d'eau, et ils n'avaient pas la force d'aller en chercher. Déshydratés. Couic. Mourir d'une gastro-entérite, non mais t'imagines ! Hé ben, ça a failli m'arriver, un voisin m'a trouvé à temps et m'a amené ici.

Comme j'ouvre la bouche avec un air interrogateur, il devance ma question :

– Je crois qu'*ils* ont choisi de placer ce R-Point ici à cause de la proximité du parc de la Tête d'Or, avec le lac, le Rhône qui coule pas loin, tout ça. Un peu le lieu idéal, quoi. En plus, niveau fréquentation, ici, c'est la crème de la crème. D'abord, tu as tous les anciens lycéens de ce bahut, et c'était largement plus prestigieux que là où j'étais, moi. Et puis, *ils* ont demandé aux étudiants en médecine du campus d'à côté de se baser ici. Du coup, c'est là que sont amenés tous les blessés.

– I... Ils ?

Pile à ce moment-là, un vrombissement retentit à l'extérieur et fait tout vibrer dedans. Je reconnais le bruit de l'hélicoptère au-dessus du mirador. Je pâlis certainement, parce que François me rassure :

– N'aie pas peur ! C'est juste le ravitaillement. *Ils* nous apportent de la bouffe, de l'eau, des produits de première nécessité.

– Mais qui ?

J'ai entièrement retrouvé ma voix, d'un coup, d'un seul.

– Ben, les adultes.

La nouvelle me sonne complètement.

— Les... adultes ? Mais... Mais ils sont tous morts.

— Presque tous, oui, pas tous. Il n'en reste pas beaucoup, mais quand même. Attends, tu veux dire que tu n'en as pas encore rencontré ? Ils sont reconnaissables, avec leur combinaison pour ne pas choper le virus.

— À Marseille, j'en ai vu aucun.

— Il y a quinze jours, il n'y en avait pas ici non plus, et c'était le gros bordel. L'armée est arrivée la semaine dernière. C'est elle qui a mis en place ce R-Point.

— J'ai vu mon premier adulte à l'entrée de Lyon. Il était armé et il m'a fichu une sacrée trouille.

— Tu m'étonnes. Mais t'as pas à t'inquiéter, ces soldats nous protègent. S'ils portent des flingues, c'est à cause des bandes d'ados armés qui pillent la ville et s'attaquent aux autres. Ils sont là pour rétablir l'ordre, tu vois ? Et ils nous disent comment nous organiser pour survivre.

Alors on n'est pas livrés à nous-mêmes ? Des adultes vont veiller sur nous ? La porte s'ouvre alors sur un garçon qui pousse un chariot avec des plateaux-repas. J'ai si faim que je mange sans plus prononcer un mot.

Je sombre dans un sommeil profond et réparateur, qui dure tout l'après-midi. J'ai vraiment besoin de récupérer. J'ouvre parfois les yeux et je vois François jouer aux échecs tout seul, un petit plateau de jeu posé sur ses cuisses. Je n'ai jamais rien compris aux échecs ; il faut dire que je n'ai jamais vu personne y jouer, auparavant. Je préfère écouter et sentir ce qui se passe alentour. Le lieu a l'air surpeuplé et j'entends des cris, des pleurs, des bagarres. Tout n'est pas si ordonné, dans ce bahut, finalement. Ma première impression de sérénité était fausse. Puis le soir arrive, la lumière décline, la pénombre nous enveloppe en même temps que les voix s'éteignent dans le bâtiment. Le clair de lune baigne la pièce d'une atmosphère intime et froide tout à la fois. Je me sens soudain complètement perdu, et très très loin de chez moi.

Alors je sors mon cahier de mon sac, et je trace un nouveau trait pour chaque lever de soleil. Cela fait vingt jours que j'ai tout quitté. Le rendez-vous de Khronos est dans à peine plus d'un mois. Ce ne sont pas de longues durées, mais elles me donnent le vertige.

## NUIT DU 21 AU 22 NOVEMBRE

Happy me manque, et je m'inquiète pour lui. François, sur le lit d'à côté, s'est endormi. Son souffle paisible me rassure. Il forme une silhouette si frêle sous les draps que je pourrais me croire à la maison, ma frangine Camila assoupie près de moi. Le sommeil me happe à mon tour.

Les fantômes de ma famille apparaissent dans un rêve aux teintes douces, souriant doucement pour me rassurer. Ils tendent leurs bras vers moi pour me serrer contre eux. Mais soudain, tout rougit comme dans des flammes et le spectre de Reggie surgit au beau milieu de mes fantômes bienveillants. Il se joint à eux pour me répéter :

*Rends-toi au rendez-vous de Khronos, remonte le temps jusqu'au moment où nous étions tous encore en vie, et trouve un remède à la catastrophe.*

Mais alors que le visage des autres fantômes reste doux, celui de Reggie se tord en un rictus de rage. Je réentends ses cris, son râle. Je revois mes doigts rouges de sang.

*Oui, remonte le temps, sale vermine, rends-moi la vie*

*pour que je pourrisse la tienne. Je n'oublierai pas ce que tu m'as fait, même dans le passé. Les fantômes ont une mémoire, et je te le ferai payer.*

Il se jette alors à ma gorge et serre fort, fort, fort.

– Non, Reggie, lâche-moi ! Lâche-moi !

*Je te tuerai !*

– NON !

*Tu as osé me tuer ? Tu as osé ?*

– Oui, je t'ai tué ! Mais je voulais pas ! Non...

– Hé, hé, mec, réveille-toi, tout va bien...

Quoi ? Où est-ce que ?... Oui, cette chambre... Le cahier sur mon matelas. Je prends une grande inspiration tout en me redressant pour m'asseoir. Un infirmier blond me fait face, ses mains sur mes épaules. Il a posé une lampe torche sur la table de nuit. À ma droite, François est assis sur son lit et me regarde avec stupeur. J'ai dû hurler dans mon sommeil...

– Qu'est-ce que tu disais ? me demande le garçon en blouse blanche.

– R... Rien, c'était un cauchemar, c'est tout.

– T'as crié un prénom. Reggie, pas vrai ?

– Ah... heu, ouais. Mais laisse tomber...

– Tu as rencontré un mec qui s'appelait comme ça ? C'est important, il faut que tu me racontes.

Reggie est peut-être un de ses potes ? Non, ça ne colle pas. Ce mec respire l'honnêteté et la droiture.

– Ben... ouais.

– Quand ? Y'a longtemps ?

– Non... hier...

Je n'ai vraiment pas envie d'en dire plus. L'infirmier

se redresse et semble réfléchir. François, lui, ne bouge pas, sans doute stupéfait par ce que j'ai crié.

— Viens avec moi, finit-il par décider. Enfile un pull et installe-toi sur la chaise roulante que je vais t'amener.

— P... pourquoi ? Où va-t-on ?

L'infirmier me regarde d'un air doux.

— Tu as dû en voir pour être méfiant comme ça, toi. T'inquiète, on ne va rien te faire. Je crois que tu dois parler à quelqu'un.

— Je suis fatigué. Je ne veux pas parler...

— Ce ne sera pas long. Allez, viens.

J'enfile pull et chaussettes, et le jeune garçon m'aide à me glisser sur une chaise roulante qu'il est allé chercher dans le couloir. J'ai encore mal, mais avoir dormi m'a redonné des forces. Je suis poussé hors de la chambre sous le regard intrigué de François.

Les couloirs sont plongés dans l'obscurité et seuls quelques chuchotements nous parviennent. L'infirmier me fait entrer dans une pièce où meurt un feu de cheminée.

— C'est la bibliothèque. Je t'installe à côté de la cheminée et tu vas attendre un peu.

Je n'ai pas le temps de protester : il est déjà parti.

Je tends mes mains vers les braises et je les contemple un moment. Des mains qui ont tué. Si on m'a amené là, c'est pour me juger ou quelque chose comme ça ?

Au bout de quelques minutes, un rectangle de lumière grandit dans la pièce sombre. Quelqu'un entre, portant un chandelier à trois branches. Porte refermée, je ne vois plus que les flammes des bougies. Les trois lueurs nimbées d'un halo flou paraissent avancer seules, éclairant les rayonnages de livres par cercles mouvants... Peu à peu, une silhouette se dessine dans la lumière de la cheminée. Ce n'est que lorsqu'elle est à un mètre de moi que je peux mieux la distinguer, entre ombre et lumière dansante.

C'est une grande fille aux cheveux courts et étrangement gris, au visage fin. Son teint est pâle, et lorsqu'elle s'approche encore, je distingue du désarroi dans ses yeux. Sa main tremble. Elle pose le chandelier à terre, entre nous deux, et s'assied face à moi.

– Alors, demande-t-elle, il paraît que tu as rencontré... Reggie ?

Elle n'est pas du tout ici pour me juger. Pourquoi, alors ? Elle parle de Reggie comme si elle l'avait rencontré, elle aussi. Comment ? Quand ? Elle a prononcé son nom avec difficulté, et de la haine flambe dans ses pupilles. Elle aussi a eu affaire à ce malade, j'en ai la certitude, subitement.

– Ouais.
– Un grand type avec une barbe noire ?

J'acquiesce.

– Et... il hante tes rêves ?

Hanter ? Elle doit me voir pâlir parce qu'elle se penche légèrement vers moi, comme pour me rassurer.

– Raconte-moi. Tu peux me dire.

J'hésite. Mais les yeux gris me fixent avec un désir de vérité qui me touche en plein cœur. Cette fille ne lâchera pas. Et ce n'est pas le genre à qui on peut mentir.

– Raconte, répète-t-elle.

– C'était au sud de la ville, dans la banlieue, tout près du barrage du périph... Je... J'ai...

Les yeux gris ne cillent pas et semblent vouloir entrer en moi. Pas comme une intrusion, plutôt comme une prière tenace. Je pousse un soupir, pose les coudes contre mes genoux et prends ma tête entre les mains. Les yeux baissés, je murmure :

– Quand j'ai vu le sang de mon chien, je... Il l'a blessé à la patte. Et puis juste avant... ce qu'il voulait faire à cette fille... Je sais pas... C'est comme si j'étais devenu un autre et...

– Et ?

– Je ne me maîtrisais plus. Je voulais pas, je voulais pas, mais c'est arrivé. Je...

Je revois le sang sur mes mains, et j'éclate en sanglots. La fille ne bouge pas.

– Tu l'as tué ? finit-elle par demander.

Elle a joint les mains, se penchant davantage.

– Je voulais pas. Non, je voulais pas ! J'ai jamais rien fait de mal, moi.

Je pleure de plus belle. Qu'aurait pensé mon père en apprenant que son fils est devenu un criminel ? Il aurait été fou de douleur, c'est sûr ! Quand je relève enfin la tête, la chaise est vide en face de moi. La fille a disparu, abandonnant le chandelier.

## 23 NOVEMBRE, MATIN

François paraît hors de danger, d'après Pierre. Moi aussi, même si je suis encore faible. D'autres cas plus sévères exigent une place à l'hôpital improvisé du R-Point, et nous sommes transférés au premier étage, réservé aux garçons, dans la section qui accueille les réfugiés, dans l'aile droite.

François et moi demandons à rester ensemble. En temps normal, je l'aurais trouvé trop bavard, mais là, ça me va bien, parce que ça me distrait de mes idées sombres. Et puis il m'apprend tout ce que je dois savoir sur le R-Point et sur la situation, sans que j'aie à poser une seule question. Il est marrant, surtout quand il se moque de lui-même. Il a dû souffrir des moqueries des autres tout petit, et il a trouvé la meilleure des parades : rire de lui-même, au moins un peu.

Pendant notre transfert, une grande agitation s'empare de ceux que l'on appelle les «parqués». Installés les premiers dans le R-Point, ils gardent jalousement leur place et sont toujours au courant de tout avant les nouveaux venus, les «réfugiés». En les voyant s'interpeller dans les couloirs et se ruer vers le parc, François demande :

– Qu'est-ce qui se passe ?

Mais personne ne daigne lui répondre, alors nous rejoignons notre nouveau lieu de vie, une ancienne salle de classe transformée en dortoir, sans en savoir davantage. On a chacun un lit de camp en ferraille. C'est mille fois moins confortable qu'au troisième étage, mais le plus dur, finalement, c'est de partager sa « chambre » avec d'autres, beaucoup d'autres. Je m'étais habitué à la solitude et aux odeurs de forêt et de montagne. J'étais si bien dans cette maison sur les hauteurs de Die… Je ne supporte plus les bruits, les humeurs, les odeurs des autres. Et je n'aime pas lire sur leur visage la détresse et le chagrin que je tente à tout prix d'enfouir au fond de moi. Je déteste ce miroir de moi-même. Quand je vois une larme ou que j'entends un reniflement, il me prend même des envies de gifles.

De toute façon, je ne moisirai pas dans ce R-Point, même si François m'assure qu'il n'y a qu'ici qu'on est en sécurité, qu'on ne risque pas d'y crever de faim et de soif, qu'on y est soigné, blanchi et hébergé. Pour moi, ce n'est qu'une étape. J'ai des objectifs bien précis et je ne dois pas me laisser ramollir en l'écoutant. Ma priorité, c'est d'essayer de retrouver Lady Rottweiler, avant de reprendre mon chemin vers Paris.

Nous venons de finir nos lits et prenons un moment de repos lorsqu'un réfugié, de retour du parc, nous raconte la raison de cette effervescence : des pancartes ont été affichées sur les grilles, par l'armée venue dans des blindés.

– C'était déjà déconseillé, mais maintenant il est carrément impossible de se balader hors du R-Point, déclare le réfugié. C'est interdit.

– Pourquoi ? je m'exclame.

C'est la catastrophe !

– Dehors, les pillards deviennent de plus en plus violents, explique le garçon. L'armée est dépassée. Pour ramener l'ordre dans les rues de la ville, ils n'ont trouvé que cette solution...

Drôle de prison, avec les voyous à l'extérieur... C'est du délire ! Une chose est sûre : je ne me laisserai pas enfermer, même si c'est pour ma sécurité.

## 23 NOVEMBRE, MIDI

Je peux me déplacer sans mon fauteuil, maintenant. J'ai mal à chaque pas mais c'est supportable. François doit me soutenir quand je descends et remonte les escaliers, pour me livrer à la cérémonie des repas pris au rez-de-chaussée. Les horaires sont fixes, et si tu loupes le coche, tu ne manges pas. À midi, toutes les places sont déjà prises dans le réfectoire et sous la bâche placée au-dessus de la cour. On tourne quelques instants avec nos plateaux, quand un responsable nous demande d'aller à l'extérieur, dans le parc. Pourtant, il fait vraiment froid, il reste même de la neige de ces derniers jours.

– C'est dégueulasse, t'as vu ? s'indigne François. Il n'y a que les réfugiés qui n'ont pas de place au chaud ou à l'abri !

Ça fait longtemps que j'ai appris à ne pas m'énerver pour ce genre d'injustice. « Les derniers arrivés ferment la porte », disait Maman pour expliquer la condition des nouveaux arrivants, rejetés par les immigrés plus anciens. François est un gosse de riches, il ne doit pas avoir l'habitude. Je hausse les épaules, pile au moment où une bagarre se déclenche à l'entrée de la cuisine. Une réfugiée hurle :

– Comment ça, y a plus de viande ? Et eux, là, à l'intérieur, ils en ont dans leur assiette, je l'ai vu par les fenêtres !

– Estime-toi heureuse d'avoir à manger, sale parasite ! lui lance un grand garçon avec mépris.

– Qu'est-ce que t'as dit ? explose un autre. Parasite ? Tu vas me le payer !

Un coup de poing, un coup de pied, une prise de judo, un garçon à terre, des cheveux arrachés, cris, fureur, chaos. Je sens Adrial en moi qui éprouve un désir terrible de se jeter dans la mêlée. Mais je ne le laisserai plus jamais prendre le dessus. Sa violence m'effraie, maintenant. Je dois la contrôler.

– Allons-nous-en, dis-je à François.

Il ne se fait pas prier. On dépose nos plateaux en évitant le nœud de la bagarre, et on s'éclipse rapidement.

– Je ne vais pas faire de vieux os ici, je marmonne en remontant à notre dortoir.

– En même temps, murmure François, ils n'ont pas vraiment tort, on devrait s'estimer heu…

– De quoi ? De quoi on doit s'estimer heureux, hein, tu peux me dire ?

J'ai répondu violemment. Trop. Je secoue la tête et ferme les yeux une seconde.

– Excuse-moi… Mais ça, je peux pas. Revivre comme ça, après tout ce qui est arivé, comme si rien ne s'était passé. Alors qu'il y a tout à refaire. Alors que tout est neuf, maintenant. Tu ne piges pas ? Pourquoi reproduire cette violence, ces inégalités, encore et encore ? Comment peut-on s'écraser les uns les autres, après la quasi-fin du monde !

François ne répond rien, et me regarde juste avec de grands yeux. Bien sûr, il ne peut pas comprendre. J'essaie de me calmer. Après tout, il n'y est pour rien.

– Et puis, je dois retrouver mon chien. Et aller à un rendez-vous. Je ne peux pas rester.

– Mais comment tu veux faire avec l'interdiction de sortir du R-Point et les blindés, dehors ?

– Je m'en fiche. Je trouverai un moyen.

Maintenant, c'est de la frayeur dans le regard de François. Je hausse les épaules.

## 23 NOVEMBRE, APRÈS-MIDI

Rester à l'intérieur est un supplice. J'étouffe dans ce lieu censé me protéger. En plus, dans notre chambre, un mec complètement timbré n'arrête pas de répéter que tout ce qui nous arrive, le virus et tout le reste, est dû à une comète qui serait passée tout près de la Terre le 21 octobre. Le pire, c'est qu'il y en a qui l'écoutent et qui finissent par le croire. Jamais entendu un tel ramassis de conneries...

François n'a plus autant de liberté : comme tous les autres, il participe aux corvées collectives. Encore convalescent, moi j'échappe à cette obligation. Durant sa pause, je réussis à convaincre François de venir se promener dans le parc, bien qu'il souffre constamment du froid. Le temps alterne entre bruine et nuages menaçants, mais la température reste basse. À l'intérieur, ils ont trouvé, je ne sais pas comment, le moyen de chauffer l'eau qui coule dans les radiateurs et il fait plutôt bon. Mais je dois prendre l'air.

Le parc de la Tête d'Or est immense. Il comporte des verrières de plantes exotiques, un parc botanique, un grand lac, et en son centre un zoo. Alors que nous approchons du parc zoologique, un garçon court vers nous.

— Stop, n'allez pas plus loin ! Des filles font leur toilette dans le lac.

François ne peut pas maîtriser une lueur d'intérêt dans son regard, qui me fait bien sourire. Mais je ne vaux pas mieux. Malgré moi, j'imagine la grande fille aux yeux gris, toute nue, en train de plonger joyeusement dans l'eau. Je l'imagine rire alors que je ne l'ai jamais vue sourire, les quelques fois où je l'ai croisée dans les couloirs, sans qu'elle me remarque. Pour elle, je n'existe pas.

Cette évidence me saisit d'un coup. Ici, je n'existe pour personne, hormis pour François. Ma place est ailleurs. Le rendez-vous de Khronos approche. Il est temps de bouger. Mais avant de quitter Lyon, je dois retrouver Lady Rottweiler, et accomplir une chose importante, pour me libérer l'esprit. Libérer mes rêves, et étouffer mes cauchemars. Demain, à la nuit tombée, j'agirai.

J'ai besoin de réfléchir à ce départ. De retour devant le lycée, je fais comprendre à François que j'ai envie d'être un peu seul, maintenant. Comme il ne sait pas pourquoi, il interprète ça de travers.

— Tu sais que tu peux aller sur l'île du Souvenir ? me suggère-t-il. Certains y prient. Je t'aurais bien proposé le petit cimetière qui a été installé dans le parc, c'est là que sont enterrés ceux qui sont morts dans le R-Point, suite à des maladies… ou des suicides. Mais tu risquerais d'avoir la chance de voir les filles se laver, et je serais trop jaloux ! Les rives du lac sont loin de l'île, tu ne pourras rien voir. Dommage pour toi, mais c'est le meilleur endroit pour t'isoler.

Lui et ses « meilleurs endroits »...

François retourne vers les bâtiments, alors que la fille aux yeux gris en sort. Elle discute avec un garçon brun qui la quitte brusquement, l'air contrarié, lorsque l'infirmier blond qui m'a mené vers elle l'autre soir, dans la bibliothèque, la rejoint. Je m'en retourne moi aussi vers le parc, et je me fais indiquer l'île du Souvenir. Après tout, ça va me faire du bien de retrouver un peu de solitude.

Je marche lentement, appréciant ce bout de nature au cœur de la ville. Ce n'est pas aussi beau que la montagne, mais c'est tout de même vert, touffu et apaisant. Les allées, encore nettes d'avoir été si bien entretenues avant tout ça, donnent l'impression que rien de grave n'est arrivé. J'essaie de me concentrer sur l'étrange cri des paons. J'entre dans les allées du zoo sans m'en rendre compte. Des grilles bordent le chemin. Mais plus aucun animal ne vit là, à part des paons. J'aurais aimé revoir une girafe aux longs cils. Un dégoût me soulève le cœur au souvenir du sinistre barbecue de Reggie...

Un tunnel s'ouvre sous le lac. Je m'y engouffre. Après une minute de progression dans la pénombre, en arrivant sur l'île, j'ai l'impression d'avoir pénétré dans un autre monde. Elle est entièrement occupée par un monument aux morts imposant. Une statue représente des hommes qui portent un lourd fardeau ressemblant à un cercueil. C'est un cercueil, en effet, qui paraît peser trois tonnes. Oui, c'est lourd, un mort, je le sais. Je m'assieds contre le socle de la statue, par terre.

Et je ferme les yeux.

Main posée sur ma poitrine, où est rangée la photo des miens, je me souviens alors seulement de la lettre de mon père. Comment ai-je pu l'oublier ? Si je me la rappelle maintenant, c'est certainement qu'il est temps de l'ouvrir et de la lire.

Je la tire de ma poche et l'ouvre avec émotion.

C'est une simple feuille à carreaux. Papa y a écrit quelques mots en français sachant que je lis mal l'arabe. Malgré sa faiblesse, il s'est beaucoup concentré : peu de fautes d'orthographe émaillent son message, lui qui n'est pas allé à l'école en France.

*Mon fils, mon Yannis,*

*Le monde s'écroule. L'avons-nous mérité ? En tout cas, pas toi. Pas vous, les jeunes. Vous ne méritez pas ça. C'est une épreuve, et Dieu seul sait pourquoi elle vous est envoyée. Prends-la en te dépouillant de tout, sauf de notre amour. Ne t'embarrasse pas de ce qui pourrait te freiner. Suis ta voie si elle te paraît juste. Mais sois bon. Sois respectueux envers la vie, et envers la mort. Et ne nous oublie pas. N'oublie pas qu'on t'aime, même du monde des morts. Et surtout, n'oublie pas qui tu es. Tu es Yannis, un être humain. Un magnifique être humain.*

*Ton père qui t'aime et qui t'aimera toujours.*

– Hé, ça va ?

Mes joues sont inondées de larmes. Un garçon me regarde. Le brun qui parlait tout à l'heure avec la fille aux yeux gris. Que fait-il ici ? Je replie la lettre et la range précipitamment à sa place. Le gars regarde devant lui, vers la berge, sans doute pour que je ne me sente pas gêné.

– Je m'appelle Marco, dit-il. Et toi ?

Je déglutis avant de répondre :

– Yannis.

Il vient s'asseoir à mes côtés.

– OK, Yannis. J'ai l'impression que ce n'est pas facile pour toi, dans ce R-Point ?

Je hausse les épaules :

– Qu'est-ce que ça peut te faire ? De toute façon, je vais me casser. J'ai un rendez-vous, pile dans un mois, à Paris.

Il se raidit et ouvre de grands yeux.

– Un rendez-vous ?... Ça ne serait pas... Non, ce n'est pas possible...

– Quoi ?

– C'est sous la plus vieille horloge de Paris, ton rendez-vous ?

– Tu... tu es un Expert de WOT, toi aussi ?

– Incroyable ! J'ai tout de suite senti qu'on avait quelque chose en commun quand je t'ai vu, répond Marco dans un sourire, et c'est pour ça que je t'ai suivi, mais jamais je n'aurais imaginé ça. Moi, c'est Long John Silver, pour te servir. Et toi ?

Je serre la main qu'il me tend.

– Adrial. Un avatar capable du meilleur comme du pire.

Marco sourit et fronce les sourcils tout à la fois. Je vois bien que je l'intrigue. Je tente :

– Et... Est-ce que par hasard tu connaîtrais une autre Experte de Lyon ? Lady Rottweiler ?

– Lady ? Oui !

Il connaît Lady Rottweiler ! Je l'interroge du regard pour en savoir plus.

– Ne te réjouis pas trop vite, dit-il. Tu n'es pas près de discuter WOT et Khronos avec elle. Laisse béton.

Est-ce qu'il veut dire que Lady Rottweiler est morte ?

– Et d'ailleurs, demande-t-il, que penses-tu, toi, de ce qu'a raconté Khronos ? Le retour dans le temps ? Il est devenu fou, ou bien c'est un canular ?

– En tout cas, je veux y aller pour être sûr de ne rien rater, ou de ne rien empêcher. Mais avant, j'ai un dernier truc urgent à régler.

Je m'arrête là. Ce garçon m'inspire confiance mais je préfère rester prudent.

– Ah ? Un truc urgent...

– Oui, je m'en débarrasse cette nuit, et après je me tire.

– Réfléchis bien, Yannis, ne fais pas de connerie. Sortir du R-Point est plus dangereux que tu ne crois.

– Ils sont combien dans Lyon, tes adultes ? Quelques dizaines, pas plus, pas vrai ? Ça ne me fait pas peur. Viens avec moi à Paris, après. Viens au rendez-vous de Khronos. Si on doit retourner dans le passé pour éviter la catastrophe, plus on sera nombreux, mieux ce sera.

Marco me sonde encore une fois du regard, perplexe.
— Écoute, je... Je te promets d'y réfléchir. Tiens-moi au courant de ton départ, OK ? On ne sait jamais.
— Alors, tiens-toi prêt.

## 25 NOVEMBRE

J'ai passé toute la journée d'hier à échafauder des plans pour me tirer de là. Pour commencer, personne ne doit me voir partir. Je suis sûr qu'on ne s'apercevra que très tard de mon absence, et alors je serai déjà loin. La nuit, c'est faisable. Ensuite, je dois me renseigner sur la position de l'armée, à l'extérieur, pour réussir à l'éviter. Interroger l'air de rien quelques parqués pourrait m'aider... J'ai décidé de partir pour Paris dès que j'aurai enterré le corps de Reggie. J'hésite sur un point : en parler ou non à François ? Ça me fait de la peine de l'abandonner, mais d'un autre côté, il n'arrête pas de dire qu'il n'y a pas mieux que ce R-Point. Je n'ose même pas l'imaginer en situation d'autonomie complète, il paniquerait sans aucun doute. Et puis surtout, qu'irait-il faire à Paris ? Il n'a rien à voir avec WOT...

Par contre, Marco est un Expert. Je dois à tout prix le convaincre de venir avec moi. Je le cherche pendant toute la matinée. Je me sens beaucoup mieux, mais j'évite de le montrer, pour échapper aux corvées qui m'empêcheraient de me concentrer sur ma fuite. À cause de l'afflux massif de nouveaux réfugiés, ramassés dans les rues de Lyon et des villes avoisinantes par les soldats, il est de plus en plus difficile de retrouver quelqu'un dans le lycée ou le parc.

De nouvelles tentes ont été dressées. Les réfugiés doivent y passer chacun leur tour afin de se faire recenser par des ados en gilet jaune, signe distinctif du personnel chargé des missions de « service public ». Une tente est destinée à des prélèvements sanguins. Tout à l'heure, dans le dortoir, Pierre est venu pour expliquer que nous devions tous nous y soumettre, si nous n'avions pas nos carnets de santé, pour des raisons d'hygiène et de sécurité. Ils s'imaginent quoi ? Qu'on a bien gentiment pris notre carnet de santé au moment de sauver notre peau ! Aucun de nous ne l'a, bien entendu. Je ne peux pas m'empêcher de marmonner pour moi-même :

– Ils ont peur que tous ces mecs et ces filles leur ramènent des maladies, ou quoi ?

– C'est plus compliqué que ça...

Je me retourne : Marco est là, en train d'observer toute cette agitation, comme moi. Son air est plus sombre qu'il y a deux jours. Il paraît même sinistre. Que lui est-il arrivé ?

– Les parqués subissent aussi ces prélèvements sanguins, sauf qu'ils ont lieu à l'intérieur du lycée, m'apprend-il d'une voix grave. Les étudiants en médecine d'ici ont découvert que c'est un vaccin qu'on a eu quand on était petits, contre la méningite : le MeninB-Par, qui nous a immunisés au virus U4.

Je me souviens d'avoir vu ce nom de vaccin dans mon carnet de santé. J'enregistre cette information comme un grand trésor. Elle me sera très précieuse pour le rendez-vous du 24 décembre. Comme ça, si effectivement Khronos peut nous faire remonter le temps, nous aurons le moyen d'éviter la catastrophe, en vaccinant tout le monde ! Mais quelque chose m'intrigue :

— À quoi ça leur servira de savoir ça ? je demande.

Marco m'explique :

— Les autorités médicales inoculeront l'antidote aux adultes survivants, et ils n'auront plus besoin des combinaisons NBC. On pourra aussi vacciner certains ados porteurs sains qui pourraient véhiculer le virus. Tu comprends ?

— Je suis pas débile.

— Excuse-moi... Je sais ce que tu penses, Yannis, c'est idiot de se mobiliser autant pour ça alors que c'est juste le problème des adultes. Si tu savais comme je suis d'accord avec toi ! On agit sur ordre de l'armée. Ils nous utilisent...

— Et les ados porteurs sains ?

— Tu crois vraiment qu'il en existe ? U4 ne fait pas dans la demi-mesure, il tue, c'est tout. Notre problème à nous qui y avons échappé, c'est de survivre dans un nouveau monde. Tout le reste n'est qu'une perte de temps...

Qu'est-il arrivé pour qu'il soit si dur ? Je n'ose même pas lui rappeler l'appel de Khronos, qui devrait lui donner de l'espoir.

— C'est bien que je te voie, dit-il au bout de plusieurs secondes. Je ne t'ai pas dit : j'ai été élu représentant des réfugiés. Je dois t'apprendre que tu vas devoir déménager aujourd'hui, comme tous tes compagnons de chambrée. On estime à cinq mille l'arrivée des nouveaux réfugiés, et certains sont dans un état physique et psychologique alarmant. Ils sont prioritaires dans l'enceinte du lycée pour qu'on veille sur eux. Du coup, on va vous transférer dans des immeubles proches, pour faire de la place.

– Nous, seulement nous ? Et les parqués, ils ne laissent pas leur place, eux ?

Marco me fixe de son regard sombre. J'y lis de la révolte. Il n'ose pas me livrer le fond de sa pensée, mais je sens de la bienveillance en lui. Je baisse la voix.

– D'accord, je vais laisser ma place, et plutôt deux fois qu'une. J'ai un truc à faire au-dehors et après je me casse d'ici... Cette nuit.

– Tu pars déjà ?

– Viens avec moi. On doit aller au rendez-vous de Khronos.

Il ne répond pas. Est-ce qu'il hésite ? J'insiste pour le faire fléchir :

– On a besoin de nous à Paris ! Ici, on n'est pas libres. Viens avec moi !

Il ne répond toujours pas. Je me détourne avec rage, mais il me retient le bras.

– Yannis, si ça se trouve, Khronos ne sera pas là, et même s'il vient, tu crois vraiment qu'il peut remonter le temps ? Autant faire ce qu'on peut ici. Et puis c'est dangereux, dehors, je crois que tu n'imagines même pas.

– C'est toi qui n'arrives pas à imaginer. Je connais ce putain de dehors mille fois mieux que toi. Ici, c'est pire et tu ne veux pas le voir !

Je me dégage et m'éloigne pour de bon, révolté et dépité. J'aurais bien aimé avoir un compagnon de route, cette fois. Je n'ai même plus Happy. Et Lady Rottweiler ? Elle n'est peut-être pas morte ? Mais je n'ai pas envie de demander des précisions à Marco. Je n'y crois plus, au fond. Les miracles n'existent pas, en ce monde... Un sanglot monte dans ma gorge.

Je sens le regard de Marco peser sur moi durant tout le repas. Il mange parfois avec nous, les réfugiés. Il aurait sa place au chaud, pourtant. Je soutiens ce regard, comme un défi lancé pour le persuader de m'accompagner, mais il baisse le menton chaque fois...
Mon impatience grandit, et je fais de grands efforts pour la cacher à François qui ne cesse pas de parler, pour oublier son angoisse du déménagement dans un immeuble en face du lycée.

Chacun rejoint une activité du soir après le dîner, seul ou en groupe. Des veillées sont organisées, où certains racontent des histoires ou jouent de la musique, souvent autour d'un feu qui donne une ambiance de camp scout sinistre. Des bribes d'un bonheur enfoui et des flammèches d'un passé perdu serrent les gorges et font briller les yeux. Trop de nostalgie. Vivement que je me casse d'ici.

Quand il est l'heure d'aller se coucher, je rejoins le nouvel appartement où nous avons été transférés et je fais comme les autres. Je m'allonge sur mon matelas, enroulé dans mon duvet, aux côtés de François. Je reste attentif à sa respiration qui devient peu à peu profonde et régulière, comme celle des deux autres garçons qui sont avec nous. Le ricanement de Reggie envahit mon esprit. Je ne peux pas attendre une minute de plus. Je me lève.

J'enfile les bretelles de mon sac à dos, je jette un dernier regard à François, lui adresse un «adieu» et un «pardon» silencieux, puis j'ouvre la porte le plus doucement possible. J'allume ma lampe de poche et traverse le couloir à la manière d'un chat. Une fois dehors, j'éteins. Des barricades faites d'un amas de meubles en bois et en métal, et de divers autres éléments indéfinissables, barrent la route qui sépare mon bâtiment du lycée.

## NUIT DU 25 AU 26 NOVEMBRE

La rue est noire. Face à moi, le lycée est une masse vivante et sombre. Va-t-elle se jeter sur moi pour arrêter ma fuite ? Des lueurs fragiles s'évanouissent aussitôt parues derrière les fenêtres comme des yeux de chat. Certains ne sont pas endormis... La fille aux yeux gris, peut-être ? Mais pourquoi penser à elle ? Je ne la reverrai sans doute plus jamais. Je dois tracer mon chemin sans perdre de vue mon objectif, même s'il est insensé aux yeux d'un gars comme Marco.

Je sursaute.

Des voix, juste à côté. Je me plaque contre le mur de l'immeuble. Des silhouettes se dessinent en ombres chinoises sur les barricades. Derrière elles, la lune semble me faire un clin d'œil, comme si elle m'encourageait.

– C'est bien joli de nous demander de monter la garde, chuchote l'une des silhouettes en produisant de la vapeur dans le fond d'air glacial, mais ils ont confisqué toutes nos armes... À quoi on sert, là, à nous geler les miches ?

– On sert de veilleur. Si on voit un pillard qui essaie d'entrer, on siffle et c'est tout. Ça suffira à alerter les militaires.

– Tu parles. Eux, ils sont armés. On risque juste de se faire buter.

– Les soldats font des rondes en ville, t'inquiète. Tu préférais nettoyer les chiottes, toi ? Moi, je trouve qu'on est mieux ici. Deux heures par nuit, c'est pas la mort.

Malheureusement pour moi, ces gardes sont bien placés. Impossible de franchir les barricades sans me faire repérer. Alors je retourne dans le bâtiment d'où je viens. Une autre sortie donne sur une ruelle, de l'autre côté. Elle est surveillée aussi, encore plus étroitement. Un peu désespéré, je retourne vers les barricades et soudain la chance me sourit. Le temps d'échanger des cigarettes et du feu, à l'abri du vent sur le perron du lycée, les garçons en faction me tournent le dos. Je prends mon élan et, en quelques foulées, je franchis le barrage en grimpant sur l'amas désordonné. Je roule de l'autre côté. Ils ne m'ont pas vu.

Je détale comme un lapin. Je rase les murs, attentif au moindre bruit. Cette ville est truffée de petites rues latérales où il est facile de se planquer, ce qui me rassure au cas où j'en aurais besoin. Je me demande si des ados se cachent encore dans l'un ou l'autre de ces appartements. Il y en a forcément qui ne sont pas des pillards, mais qui ne veulent pas pour autant intégrer de R-Point. J'imagine la ville comme hantée par ces habitants solitaires qui jouent à cache-cache avec les soldats. Que le Grand-Je-Ne-Sais-Plus-Qui veille sur eux. Que les meutes de chiens qui hurlent dans la ville endormie leur foutent la paix. Et puissent-ils m'aider à devenir une ombre, comme eux, cette nuit.

En me repérant avec ma boussole, je me dirige vers le sud. Je deviens de plus en plus prudent au fur et à mesure que j'approche de la lisière de la ville et de ses miradors. Dans ces quartiers plus clairsemés, je change de tactique. Pour éviter les rues, trop exposées, j'escalade palissades et haies et me faufile à travers les jardins. Je perds parfois du temps parce que je ne connais pas les chemins les plus rapides. J'arrive enfin au niveau de la rocade et de la bretelle où j'ai laissé ma voiture, de l'autre côté des barricades. Je distingue au loin la silhouette de l'un de ces hommes-mouches qui se découpe sur le ciel bleu nuit, toujours dans la même position, immobile sur son mirador, comme s'il veillait sur une colonie de fourmis. Je frémis. Si seulement je pouvais avoir un anneau d'invisibilité ! Mais je ne suis pas Frodon…

Grâce à un château d'eau qui me sert de repère, j'ai retrouvé la maison avec la cabane à outils en bois et son auvent. Je n'ai pas détourné les yeux assez vite : le clou souillé de rouille et de sang est toujours là. Un élancement dans le flanc gauche me rappelle ma blessure comme une punition. Je dois me tenir au mur pour ne pas tomber dans les pommes… Je régule ma respiration et le voile s'efface devant mes yeux. Le bourdonnement faiblit dans mes oreilles. Je me redresse doucement. Quelques pas dans l'obscurité, et ma lampe frontale éclaire la fosse où j'ai traîné Reggie. Elle s'ouvre devant moi. Ce n'est que maintenant que je comprends qu'elle devait avoir été creusée en vue d'en faire une piscine, avant tout ça.

Je ferme les yeux quelques instants pour me donner du courage. Puis je les rouvre en les dirigeant vers le bas. Un haut-le-cœur soulève mon estomac et je plaque une main contre ma bouche.

*C'est ta faute,* murmure le fantôme de Reggie. *Mon corps est en train de pourrir. Je n'ai pas fini de hanter le monde, et de te hanter toi le premier.*

– Ta gueule !

Je ne vois qu'une solution pour m'empêcher de devenir fou. Avec des hurlements, je me rue vers la pelle encore pendue au mur sous l'auvent. D'abord, je bats l'air pour repousser le fantôme de Reggie, puis je m'attaque à la terre. Elle est gelée, mais je sens la force d'Adrial en moi. Il doit terminer ce qu'il a commencé.

*Souviens-toi de la guerre des Mineurs dans WOT, de la terre et des enterrés.*

Je jette des pelletées de boue glacée dans la fosse. À mesure que le cadavre de Reggie disparaît, je me calme.

Après la dernière pelletée, épuisé, couvert de terre jusque dans les cheveux, je me laisse glisser sur le sol, le manche de la pelle sur mon ventre. Je contemple les constellations du ciel. Les étoiles me jurent que Reggie ne m'apparaîtra plus, et que cette folie va enfin me quitter. Mais bizarrement, je ne me sens pas soulagé. Même si je n'ai fait que me défendre, j'ai ôté une vie et je porterai toujours le poids de sa disparition sur la conscience. Je n'ai pas besoin qu'un fantôme vienne me le rappeler. Je suis responsable de mes actes, et ça, je ne peux pas le chasser d'un coup de pelle. Est-ce que c'est ça, être adulte ? Merde, c'est trop dur de supporter ça tout seul ! Papa, maman, pourquoi vous m'avez abandonné ? Pourquoi... ?

Je pose mes mains sales contre mon visage pour contenir les sanglots. C'est alors que quelque chose d'humide et de râpeux me frotte la joue.

– Qu'est-ce que... ? Happy !

C'est Happy ! Je me redresse et l'enlace et alors je ne peux plus me retenir : les larmes coulent dans ses poils, et en même temps je ris de soulagement. Happy n'est pas mort !

– Tu schlingues, mon chien, où est-ce que t'as traîné, hein ? Mais tu es vivant, tu es vivant ! J'ose pas y croire, mais tu es bien là, tu es là !

– Moi aussi, je suis là. Mais ça va sans doute te procurer moins d'émotion.

À un mètre de moi se tient Marco, bras croisés. Mais qu'est-ce qu'il fout ici ?

– Oui, j'avoue, je t'ai suivi.

Il se laisse tomber par terre à côté de moi et passe sa main dans la fourrure de Happy, qui ne bronche pas.

– Je t'ai vu faire, souffle-t-il en fixant la tombe de Reggie. J'ai hésité à venir t'aider, mais j'ai senti que c'était un truc que tu devais faire tout seul.

Un silence dans la nuit glacée.

– Et puis pendant que je t'observais, caché derrière la maison, ce chien est arrivé. Je l'ai retenu le temps que tu finisses ta besogne. Avec des câlins, on arrive à tout avec ce clebs. J'ai tout de suite compris que c'était le tien, à cause de sa patte.

– Merde, c'est vrai, sa patte...

– Ouais, elle est dans un sale état, c'est un miracle qu'il ait survécu. Mais si on le laisse comme ça un jour de plus, je ne donne pas cher de sa peau.

Il plante son regard dans le mien.

– Il y a tout ce qu'il faut pour le soigner au R-Point, Yannis. Et puis je connais quelqu'un d'un peu compétent, mais surtout qui pourra se procurer les médocs. Stéphane, tu connais ?

J'ai plusieurs fois entendu parler de ce garçon, mais je ne vois toujours pas qui c'est.

– Si tu ne retournes pas au R-Point le soigner, il mourra. Tu comprends ?

Comme il jette un œil à mon sac à dos, je lance :

– Tu m'as suivi pour… ?

Peut-être qu'il voulait venir avec moi au rendez-vous de Khronos ? Mais il hausse les épaules et ne me laisse pas finir ma phrase :

– Je ne sais pas vraiment moi-même. En fait, je m'inquiétais pour toi. Tiens, je crois que c'est la première fois que je te vois sourire…

Je ne souris que pour me moquer de moi-même : comment ai-je pu croire qu'il voulait m'accompagner à Paris ? Je suis toujours aussi naïf. Mais Marco a raison à propos de Happy. La mort dans l'âme, je décide de reprendre le chemin de cette prison où on a moins de chance de mourir qu'ailleurs, mais moins de chance de vivre en liberté, aussi.

Happy ne pourra jamais faire une telle distance avec sa patte blessée, alors on va chercher des draps dans la maison abandonnée. On trouve notre bonheur dans une armoire. On couche Happy sur deux draps superposés, et on en saisit chacun deux extrémités. Ça fait comme un brancard. À force de caresses, je parviens à le calmer pour qu'il ne gigote pas trop. Le pauvre est épuisé et semble heureux de se laisser porter, bien au chaud sous une couverture.

Sur le chemin du retour, Marco m'explique qu'il faudra cacher Happy quelque part. Les animaux sont interdits au camp, surtout les chiens, soupçonnés d'être tous redevenus sauvages.

– Je connais un endroit. Une petite baraque aux abords du zoo. Il sera bien, là, jusqu'à son rétablissement.

Arrivés au centre-ville, nous nous taisons sans même nous concerter. Happy, qui sent des présences, devient nerveux et il nous est de plus en plus difficile de progresser en silence. Nous ne sommes plus qu'à une centaine de mètres du R-Point quand mon chien, ne tenant plus en place, saute hors du drap avec un gémissement.

– Tant pis, dis-je, il ne reste plus beaucoup de chemin. Eh Marco, Qu'est-ce que t'as ? T'as été frappé par la foudre ou quoi ?

J'allume ma lampe frontale, tant pis pour la prudence. Marco fixe quelque chose. À l'autre bout de la rue sombre, un homme-mouche nous observe de ses yeux ronds.

Et nous tient en joue avec une arme qui ressemble aux lances avec lesquelles les pompiers éteignent les incendies.

– Un lance-flammes, souffle Marco, la voix tremblante. J'ai vu… Stéphane et moi, on a vu des ados calciné, dans une rue, hier…

Le sens de ses mots met quelques microsecondes à parvenir jusqu'à mon cerveau qui s'emballe aussitôt. Ce mec est capable d'utiliser son truc pour cramer... des ados comme nous ?

Marco lève les deux mains en signe de coopération et s'adresse à l'individu qui n'a que la corpulence d'humaine.

– On n'est pas des pillards. On... On fait partie du R-Point de la Tête d'Or. On rentrait.

Happy grogne en retroussant ses babines.

– Retiens ton chien, murmure Marco, tendu.

Mais la mouche fait un pas vers nous et c'est trop tard, Happy bondit pour me défendre.

– Non ! crie Marco.

Je m'élance pour retenir Happy. Marco crie à nouveau, alors que le soldat a déjà dressé sa lance vers moi. Happy plante ses crocs dans ses mollets mais pas un seul cri de douleur, comme si cet individu n'était réellement pas humain... Dans le même temps, des flammes jaillissent de la lance et une détonation retentit. La mouche vacille. Happy se jette sur elle. La lance s'éteint et tombe à terre en même temps que le militaire, et une seconde détonation fait vibrer l'air. Happy aboie de toutes ses forces, et c'est bizarrement ce qui m'effraie le plus. L'homme-mouche ne bouge plus, étendu à terre dans une posture étrange, une jambe repliée sous lui. Immobile, alors que Happy jappe et saute de plus belle tout autour. Je me tourne enfin vers Marco.

– Merde...

Il a toujours le regard fixe, mais rempli d'épouvante. Il tient un pistolet encore fumant entre ses mains crispées, dans la position des flics dans les séries télé... Avant tout ça. Avant que tout ça n'arrive en vrai. Putain...

– J'ai tiré deux fois, marmonne-t-il d'une voix froide et mécanique, et la vapeur qui sort de sa bouche se mélange à celle qui émane de son arme. Deux fois pour être sûr. J'ai tiré deux fois. Je ne savais pas si ça allait traverser sa combinaison.

J'ai soudain un espoir fou : peut-être que le soldat est juste sous le choc, peut-être que...

Je me penche prudemment au-dessus du corps. Ses yeux de mouche sont bizarrement écartés. Un trou s'ouvre au milieu de son masque. Du sang coule. Une mare se forme près de la tête, sur le bitume, et s'agrandit peu à peu. Beaucoup de sang, brillant, épais, fascinant sous le clair de lune. Marco a vraiment bien visé, et une tristesse énorme dégringole dans mon cœur.

Je retourne vers lui, et lui prends délicatement l'arme des mains. Des larmes coulent sur mes joues, sans sanglot. J'en ai juste assez de tous ces morts, et de toute cette violence...

– Ça va aller, Marco, dis-je doucement. Sans toi, je serais carbonisé, si ça se trouve, alors...

– Ne bougez plus !

Deux garçons en gilet jaune apparaissent derrière le corps de l'homme abattu. Ce sont les gardes en faction sur les barricades du R-Point, attirés par les coups de feu. Je sais qu'ils ne sont pas armés, mais s'ils nous dénonçaient aux militaires ? Je m'apprête à plaider notre cause lorsqu'ils s'exclament en chœur :

– Marco ! Mais qu'est-ce que tu fous là ?

Le regard de Marco met un petit moment avant de retrouver son éclat. Il observe les deux garçons, d'abord sans avoir l'air de comprendre où il se trouve ou même qui il est, puis il répond enfin :

– Je... Aidez-nous... Aidez-nous à retourner au R-Point. Et s'il vous plaît, ne leur dites pas que j'ai... Buté un des leurs... Je... On... J'étais en état de légitime de défense, vous comprenez ? S'il vous plaît. Ne leur dites pas...

Les deux gars sont mal à l'aise, ça se voit. Ils essaient d'évaluer la situation.

– Putain... murmure l'un d'eux en apercevant le lance-flammes. OK, Marco, mais alors il faut faire vite. Ça a fait du boucan, tes coups de feu. Grouillez-vous de rentrer au camp. Nous, on dira qu'on est arrivés trop tard, et qu'il n'y avait plus que le cadavre. Et... Prends ton arme avec toi, surtout. Tu risques gros déjà rien qu'en l'ayant gardée au lieu de la rendre à l'armée. Débarrasse-t'en rapidement.

– Merci, les gars. Merci, vraiment, on vous revaudra ça.

– Fichez le camp, vite ! S'ils vous voient, on ne pourra plus rien faire...

On ne demande pas notre reste. Je les remercie à mon tour et on file, Happy boitillant de son mieux derrière nous.

On escalade les barricades sans trop de crainte d'être repérés, là où les deux copains de Marco ont leur poste. Pour nous rassurer, ils nous ont garanti que les blindés étaient encore au nord, et que la patrouille au sud du R-Point se limitait à deux ou trois militaires isolés comme celui qu'a tué Marco. Ils ont dû rappliquer vers les lieux où ont retenti les coups de feu, dans cette ruelle maudite à dix minutes d'ici, ce qui laisse le champ libre aux abords du lycée. Marco est encore sous le choc, je le vois bien, mais il a assez de présence d'esprit pour me guider dans le parc jusqu'au pavillon dont il m'a parlé, proche du zoo.

– Merde, il est fermé à clé, peste Marco devant la porte. Écoute, cachons Happy dans l'enclos des girafes. Demain, j'aurai la clé facilement, je connais tout le monde à l'intendance. Je dirai que c'est pour y stocker du matériel de... Je trouverai de quoi demain.

Le bâtiment des girafes est ouvert, puisqu'il n'en reste plus une seule... Nous y transportons Happy, dans un endroit où il sera bien dissimulé des regards. Je l'emmitoufle sous la couverture, dans les draps, et je me déchausse.

– Mais qu'est-ce que tu fous ? s'impatiente Marco.

– Je donne à Happy l'une de mes chaussettes. Avec mon odeur, il sera rassuré et il n'essaiera pas de partir pour me rejoindre. Et puis, je vais lui expliquer.

Je n'y crois qu'à moitié, pourtant je murmure à l'oreille de mon chien qu'il ne doit pas bouger et que je reviens très vite. Il a l'air tellement diminué que je ne crois pas qu'il tentera grand-chose, de toute façon. Et nous refermons la porte en bois derrière nous. Nous n'avons pas la clé et n'importe qui pourrait entrer, mais Happy ne pourra pas sortir. Pourvu qu'il n'ait pas trop froid...

J'aimerais le soigner tout de suite. Mais c'est impossible. Marco et moi nous disons au revoir assez précipitamment.

Épuisé et encore sous le choc, je regagne l'appartement que je croyais avoir quitté définitivement. François dort paisiblement, comme si la nuit n'avait porté aucun drame.

## 26 NOVEMBRE

– Tu voulais m'abandonner, c'est ça ? Merde, Yannis. Je croyais qu'on était copains. Comment t'as pu me faire ça ?

François est assis en tailleur sur son duvet. Il attendait visiblement que je me réveille. J'ai dû dormir longtemps, malgré un sommeil agité, parce que la lumière inonde le séjour.

– Nos colocataires sont déjà partis, ils sont de corvée de cuisine aujourd'hui. Moi, je n'ai aucune obligation, ce matin, à part celle très personnelle d'avoir des explications de ta part. Alors ?

Je rassemble mes esprits, et la première chose à laquelle je pense est Happy. Je veux me lever rapidement, mais François a l'air déterminé à me faire une scène. Je réalise alors que je suis couvert de boue, et que mon sac à dos contenant toutes mes affaires gît, renversé.

– Tu t'es fait prendre, hein ? T'as été obligé de revenir, mais tu voulais partir, pas vrai ? Pourquoi tu ne m'en as pas parlé ?

– Mais François, tu n'as aucune envie de partir d'ici, je le sais bien.

– Qu'est-ce que t'en sais, putain ? Tu ne crois pas que j'en ai marre qu'on me donne des ordres et de me taper des corvées plus pourries les unes que les autres ? Peut-être que dehors ce sera encore plus dur, mais au moins...
– Au moins ?
– Écoute, Yannis. Tout ce qui compte pour moi, c'est de ne pas être tout seul et... tu es mon seul ami.

Moi, le seul ami de quelqu'un ? François poursuit :
– Promets-moi que tu ne me laisseras plus tout seul.

Je regarde François avec un œil nouveau. Je n'avais pas compris à quel point je comptais pour lui... et ça me touche.
– D'accord, dis-je, je te le promets.

J'hésite un instant, puis :
– Alors... prépare-toi à partir. Je vais à Paris. Dès que j'aurai soigné mon chien. Tu peux venir, si tu veux, et si tu ne fais pas tout foirer. Promis ?
– Ton chien ?
– Ouais. Viens, je dois aller le voir, c'est urgent. Mais sois prudent, hein, tu n'en parles à personne.
– Promis ! Croix de bois, croix de fer, si je mens...
– Laisse béton, on est déjà en enfer.

Je fais un brin de toilette le plus vite possible, puis je m'élance au-dehors, François à ma suite.

– Il est où ?

François et moi sommes dans l'enclos des girafes, et il n'y a plus trace de Happy, ni de la couverture, ni des draps. Il ne reste plus que ma chaussette, abandonnée par terre... L'angoisse monte au fond de moi. Puis j'ai une idée. J'entraîne François vers le pavillon qui était fermé cette nuit, près de la buvette, comme celle du parc Longchamp à Marseille, où maman me payait parfois un Coca, quand j'étais petit. La maison blanche aux volets et barreaux bleus, qui abritait les policiers municipaux, avant, a été incendiée en partie. Nous nous approchons de l'entrée sous le porche et j'appuie sur la clenche... Je ne rencontre aucune résistance. Nous progressons jusqu'à la cuisine baignée par la lumière du matin.

Happy est là, allongé sur la couverture posée sur de la paille, la patte bandée. Il a l'air de dormir. Marco et la fille aux yeux gris sont assis à côté de lui, sur des coussins de canapé. Pourquoi est-elle là ?

– Il est où, ton copain Stéphane ? je demande à Marco.

La fille lance des lames avec ses yeux et Marco s'esclaffe en la désignant.

– Stéphane, c'est elle !

J'en reste bouche bée. Cette fille porte un prénom de mec !

– Ton chien est sous anesthésiant, dit Stéphane. Hé, toi, ferme vite la porte, ordonne-t-elle à François.

Ce dernier rougit et s'exécute précipitamment. Marco poursuit les explications tout en caressant le pelage de Happy.

– Je me suis réveillé tôt... Disons plutôt que je n'ai pas réussi à m'endormir. Alors je suis allé voir Stéphane au petit matin, et je lui ai tout expliqué. Dès qu'elle a vu la patte de Happy, elle a deviné quoi faire. Son père était médecin et elle en connaît un rayon.

Stéphane acquiesce d'un signe de tête.

— Alors, continue Marco, on a fait la seule chose possible pour sauver ton chien, on a...

— On a dû l'amputer, finit Stéphane.

C'est comme si c'était à moi qu'on avait coupé les jambes. Je remarque seulement maintenant les outils ensanglantés posés sur un établi, à côté de l'évier. Des linges, une bassine, une scie... J'essaie d'imaginer l'horrible scène, puis tout aussi rapidement de la chasser de mon esprit. Je regarde Marco, puis Stéphane, incapable de comprendre comment ils ont pu trouver le courage de faire un truc pareil.

— Maintenant, Happy est hors de danger, dit Stéphane plus doucement. Sinon, il allait mourir.

Marco nous conseille ensuite, à François et moi, de partir pour ne pas éveiller les soupçons. C'est un nouveau crève-cœur d'abandonner Happy, mais Marco m'assure qu'il veillera sur lui.

Une fois dehors, Stéphane nous recommande à nouveau d'être prudents. Je lui réponds que de toute façon, je n'aurai pas à être prudent longtemps puisque je compte bien me casser au plus vite. Elle fronce les sourcils.

— Si tu comptes vraiment te barrer, ne le dis à personne, Adrial...

François me regarde comme si je venais de débarquer de la planète Mars. Le mouvement de ses lèvres demande silencieusement : Adrial ?

— Tu connais mon... avatar ?

— Oui. Marco me l'a dit. Moi, je suis Lady Rottweiler.

Lady Rottweiler ! Elle n'est donc pas morte ! Lady est Stéphane ! Lady, la fille aux yeux gris... Elle frappe deux fois son poing droit contre son cœur, comme sur Ukraün.

– Et je serais toi, je ne compterais pas trop sur Khronos.

Ça me douche immédiatement. Déçu, je l'imite quand même tout en l'interrogeant du regard : que veut-elle dire à propos de Khronos ? Elle n'explique rien. Peut-être que c'est pour ça que Marco n'a pas jugé utile de me la présenter, parce qu'elle ne croit pas en l'appel de Khronos... En tout cas, nous voilà au moins trois au courant, rien que dans ce R-Point. Cela signifie que, dans le pays entier, on doit être des centaines ! Si seulement je pouvais convaincre Stéphane et Marco de m'accompagner...

Je ne peux pas m'empêcher de retourner voir Happy en début d'après-midi, tellement je m'inquiète pour lui.

J'ai beaucoup de mal à regarder son moignon. Pauvre chien... Stéphane est là, elle lui administre des anti-douleurs, des antibiotiques, et change ses bandages. Elle reste silencieuse, pendant ce temps. Je sens une force en elle qui m'impressionne, mais qui m'inquiète, aussi, tellement elle semble en oublier les autres...

Je sais que ce n'est pas prudent, mais j'y retourne en milieu d'après-midi, et Stéphane est encore là. On dirait que veiller sur un animal lui fait du bien. Sur le chemin du retour, je croise Marco dans la plaine aux daims. Sa voix est brisée, et sans doute son âme aussi, à cause du meurtre de cette nuit. Pour moi aussi, c'est dur. La scène n'a pas cessé de se jouer dans mes cauchemars de cette nuit si courte. Marco me raconte de nouveau, comme pour s'expliquer, la vision d'horreur qui le hante et l'a fait paniquer cette nuit : ce groupe d'ados, certainement des pillards, calcinés au lance-flammes... J'essaie de le rassurer : cette nuit, il a agi en état de légitime défense, il m'a sauvé la vie, il ne doit pas s'en vouloir. Mais je sais bien que les mots ne peuvent pas grand-chose quand on est hanté par un meurtre, même quand on l'a commis pour se défendre...

Seul le babillage incessant de François arrive à me distraire. Il ne m'a pas lâché : il voulait tout savoir sur WOT et le rendez-vous. Ça le passionne. Il court vers moi alors que j'approche du lycée, en fin d'après-midi.

— Je crois que j'ai un plan, me souffle-t-il tout heureux.

Il n'y a pas grand monde dans l'allée, pourtant nous chuchotons comme des comploteurs.

— Un plan pour quoi ?

— Ben, pour partir d'ici ! Je n'arrête pas d'y penser depuis ce matin. Toi, tu es un impulsif. Ton évasion pourrait fonctionner sur un coup de tête si tu étais tout seul, mais à deux, ou trois si on arrive à convaincre Marco, et peut-être même quatre avec Stéphane, il faut bien y réfléchir pour ne pas se faire choper, tu vois ?

— Hmm... Ce serait quoi, ton plan ?

— J'ai tout mis au point dans la bibliothèque du lycée. J'ai étudié des cartes de Lyon et de la région et j'ai repéré un itinéraire jusqu'à Paris.

— Ça ne nous dit pas comment nous barrer d'ici.

– J'y viens. Avant, il y avait des locations de canoës pour les touristes ou les familles qui voulaient faire un tour sur le lac. Ils sont à deux places, donc il faudra en piquer un ou deux, suivant combien on est. Ensuite, on profite de la pénombre pour les mettre à l'eau, dans le Rhône. Avec une corde, pour les faire glisser sans bruit.

– J'ai une corde dans mon sac à dos.

– Parfait. Faudra peut-être pas attendre la nuit, sinon, avec des lampes, on risque d'être facilement repérés.

– Il y des chances.

– Donc un matin, tôt, on descend le Rhône jusqu'à la jonction avec la Saône, et hop, on remonte la Saône à hauteur de Saint-Cyr-au-Mont-d'Or, là où j'habite. Enfin... *habitais*. Ça nous prendra à peu près sept heures, j'ai calculé. Là, on abandonne les canoës, on passe chez moi, on se repose un peu et...

– Ils avaient une voiture, tes parents ?

– Oui, mais je ne sais pas conduire.

– Moi, si. Enfin, à peu près. On prend la voiture de tes parents. J'espère qu'il restera de l'essence. Et on part en direction de Paris. D'après toi, en caisse, y a combien de temps pour Paris ?

– Cinq heures tout au plus. On pourrait être à Paris dans moins de trois jours.

– Fantastique. C'est trop cool ! Bravo, mon pote.

Cela nous laisserait le temps d'évaluer la situation à Paris, pour mûrir notre arrivée au rendez-vous de Khronos. Je souris largement tout en posant ma main sur l'épaule de François. Je suis fier de lui. Je décide de parler de ce plan à Marco dès le lendemain matin...

## 28 NOVEMBRE

Hier matin, Marco m'a appris qu'on l'avait forcé à démissionner de son rôle d'élu des réfugiés.
– C'est à cause de mon... du meurtre. Il y a des rumeurs. Personne ne sait vraiment si c'est vrai ou faux, mais le doute est dans toutes les têtes. On me regarde différemment, je le sens. On me craint. Mais il y a plus grave : n'importe qui pourrait me dénoncer à l'armée, n'importe quand. Je ne suis plus en sécurité, ici.

C'était le bon moment pour lui soumettre notre plan d'évasion, alors je lui ai tout expliqué. Il m'a écouté patiemment avant de répondre d'une voix sourde :
– Je vais partir avec toi et François.

J'aurais dû sauter de joie. Mais il était si sombre...

C'est à lui que je pense, ce matin, tout en admirant le calme et la précision des gestes de Stéphane. Elle me conseille de mettre une attelle à Happy, afin qu'il ne nous ralentisse pas dans notre fuite. Marco lui a parlé de notre plan, dans l'espoir qu'elle nous accompagne.
– Tu devrais venir avec nous, Lady Rottweiler, dis-je. Vraiment.

– Ce rendez-vous de Khronos, c'est une idée à la con. Je ne crois pas au retour en arrière.

J'hésite un peu, avant de jouer ma dernière carte, peut-être un peu déloyale.

– Marco ne va pas bien.

Elle ne répond rien. Ne lève même pas la tête.

– J'ai l'impression qu'il est hanté par un fantôme.

– Un fantôme ?

Je ferme les yeux, les rouvre, inspire, puis expire.

Pour la première fois, j'ose évoquer mes propres fantômes, pour lui faire comprendre de quoi je parle :

– Je n'ai pas pu enterrer mes parents. Ni ma sœur. Alors, ils errent autour de moi, ils me hantent. Et Marco a l'air hanté, lui aussi, par le soldat qu'il a tué.

Pourquoi c'est à elle que je parle des esprits qui m'habitent, et pas à François, par exemple ? Peut-être à cause de ses grands yeux gris tantôt calmes comme l'eau qui dort, tantôt agités comme en pleine tempête. Lorsqu'ils sont tourmentés, ils m'agacent ou m'inquiètent. Lorsqu'ils dorment, ils me mettent en confiance. Je demande soudain :

– Toi, tu as pu l'enterrer, ton père ?

– Non.

J'attends qu'elle m'en dise plus, mais rien ne vient.

– Tu avais des frères, des sœurs ?

– Un frère, Nathan. Les fantômes, c'est à cause d'eux que tu voulais enterrer Reggie ?

J'acquiesce d'un mouvement de tête.

– Tu n'as pas à t'en vouloir de ce que tu as fait. Et Marco non plus. C'est comme une guerre, tout ça.

– Tu ne sais pas ce que c'est, de tuer.

– Si. Moi aussi, je l'ai fait.

Je reste muet, incapable de l'imaginer tuer quelqu'un. Se bagarrer, oui. D'ailleurs, le récit d'une bagarre avec les filles de l'hôpital a fait le tour du lycée. Mais tuer...

– C'était un pillard, un assassin, comme le tien. Ils étaient deux, ils voulaient me violer. Je n'ai aucun remords... Je veux dire, comme toi, j'étais en état de légitime défense. Et je ne vais pas laisser ce salopard me hanter.

Être en état de légitime défense suffirait à bien vivre un meurtre ? Je ne peux pas le croire. Je ne peux pas croire qu'elle vive ça bien. Elle pousse un long soupir avant de s'allonger à terre.

– Ça me fait tellement bizarre d'être ici. Je...

Elle pleure ? Oui, elle qui a l'air d'un roc, elle pleure ! C'est si inattendu que j'en suis touché au cœur.

– J'ai connu quelqu'un qui habitait ici, dit-elle. Enfin, qui squattait... Alex... Nous avons soigné les animaux du zoo ensemble, quand tout le monde les a laissés tomber, il y a un mois. Puis il a été assassiné, par Reggie, justement. Celui que tu as tué.

Ses larmes continuent de couler, mais elle détourne le visage pour que je ne les voie pas.

– Alex... Je l'aimais, je crois. Il est pour toujours avec moi, mais il ne me hante pas.

Elle se trompe. S'il ne la hantait pas, elle ne pleurerait pas.

Au repas de midi, j'ai encore faim alors que j'ai tout fini. Un plateau prend la place du mien. Il est plein.

– C'est pour toi, dit une fille que j'ai déjà vu quelque part.

François m'envoie un coup de coude, sourire en coin.

– Pour te remercier, ajoute-t-elle.

– De... de quoi ?

Je la dévisage. Yeux marron, nez fin, lèvres pâles, cheveux courts et blonds.

– Tu m'as sauvé la vie.

Je comprends subitement. La fille agressée par Reggie et sa bande !

– Je t'ai vu par la fenêtre entrouverte, ce jour-là. C'est grâce à toi que j'ai pu m'enfuir. Tiens, prends aussi ça, je l'ai piqué à la cuisine quand j'étais de corvée de vaisselle.

Elle me tend une tablette de chocolat. Un vrai trésor ! Si cette denrée est facile à trouver à l'extérieur, au sein du R-Point elle fait partie des privilèges des parqués, qui ne nous en laissent presque jamais. J'hésite avant de répondre :

– Merci. Je prends le chocolat, mais mange. Tu es toute maigre...

Elle rougit alors que je pousse son plateau devant elle. Après un grand sourire, elle se met à manger. Elle avait faim. Timide, elle ne m'adresse plus la parole, seulement des regards reconnaissants. Au moment de regagner nos quartiers, François me lance :

– Hé ! Je savais pas que t'étais un héros !

Je ne réponds rien. Mais sentir ce chocolat dans ma poche me réchauffe tout entier. Il aura une saveur particulière, j'en suis sûr.

Dans la soirée, nous retrouvons Marco au pavillon pour préparer notre évasion. Il nous confie une information précieuse, connue des seuls élus et qu'il a entendue avant de démissionner : le 1er décembre, un couvre-feu national sera mis en place, de 18 heures à 6 heures du matin, couplé avec l'interdiction de porter des armes et de circuler en voiture. Ce qui est déjà le cas ici sera étendu sur tout le territoire et tout individu qui ne respectera pas ces consignes sera emmené de force dans un R-Point.

– Nous avons appris à l'occasion, ajoute Marco, que la situation à Lyon était beaucoup plus dure qu'ailleurs en France. On pense que c'est à cause des attaques de pillards qui sont très virulentes ici, et parce que des moyens militaires importants ont été concentrés aux abords du laboratoire P4.

– C'est quoi, P4 ? je demande.

– Une classification. Dans les labos P4, on étudie les virus les plus dangereux. C'est ici, à Lyon, dans ce labo réputé, que se font les recherches, depuis le début, pour trouver le remède à U4.

Quoi qu'il en soit, il sera encore plus difficile et dangereux de rejoindre Paris après le 1er, nous devons donc hâter nos préparatifs. J'ai beau avoir vu de mes propres yeux l'homme-mouche muni de son lance-flammes qui a bien failli me carboniser, la nouvelle de ce durcissement national m'assomme. Les adultes craignent-ils qu'on leur échappe, et qu'à cause de notre nombre on les écrase ? Ont-ils peur de nous ? Je trouve ça absurde ! Ils devraient nous considérer comme la relève de l'humanité, plutôt que comme des ennemis à mater… Même en pleine apocalypse, ils n'arrivent donc pas à nous faire confiance ?

Marco, François et moi tentons de forcer dès ce soir le bungalow où sont rangés les canoës. Un gros cadenas à code en verrouille l'entrée. Impossible de le faire sauter… Il ne nous reste qu'une solution : défoncer la porte. Malheureusement, ça ne va pas être une opération très discrète. Espérons que personne ne viendra à passer dans le coin…
– On dira que c'est pour une collecte de bois ! lance François d'un air assuré à un Marco dubitatif.
Nous appuyons tous trois, de tout notre poids, sur le manche d'une pagaie trouvée au bord du lac que nous avons glissée entre deux lattes, pour faire levier. À force, on réussit à déclouer deux planches et à en briser une. Victoire ! Il ne nous en faut pas plus pour nous faufiler à l'intérieur avec une lampe. La chance continue de nous sourire : six canoës sont disposés sur des palettes en métal. Nous en délogeons un rouge et un jaune, puis nous explosons encore quelques planches pour élargir le trou et les faire passer à l'extérieur. Tels des voleurs, nous les transportons l'un après l'autre contre les grilles de la Cité internationale, non loin du Rhône. De hauts buissons permettent de les dissimuler. Enfin, nous allons rejoindre Stéphane et quelques autres autour d'un feu de bois dans la prairie, en essayant de prendre un air le plus détaché possible.

Stéphane se penche vers moi avant que chacun regagne son lit.

– Je ne partirai pas avec vous, me chuchote-t-elle à l'oreille, mais je vous aiderai, demain. Je le promets.

J'essaie de cacher ma déception. J'espérais encore rejoindre Khronos en compagnie de Lady Rottweiler, Experte de WOT.

## 29 NOVEMBRE

Notre évasion occupe toutes nos pensées, toute la journée. Comment voler de l'eau et des vivres, indispensables pour le voyage ?

– Dans les cuisines, c'est trop risqué, chuchote François. L'endroit est surpeuplé et il y aura toujours quelqu'un pour nous surprendre.

– Alors faufilons-nous dans la tente qui contient les réserves du camp !

Pendant que Marco engage la conversation avec le garçon et la fille censés surveiller la tente, François et moi passons entre la toile et le mur du lycée, ainsi personne ne peut nous voir. Nous dérobons aussi des sacs plastique qui nous serviront à envelopper nos affaires, si par malheur elles tombent à l'eau. Quant à Stéphane, comme promis, elle nous aide en allant prélever à l'infirmerie de quoi nous constituer une trousse de premier secours. Nous n'aurons plus qu'à aller nous coucher ce soir, comme si de rien n'était, François et moi dans notre appartement, Marco et Stéphane dans le lycée, et à attendre l'aube, pour nous évader. Nous évader ! Alors que le monde nous appartient...

Le soir, nos sacs sont prêts. Nous les avons cachés dans la paille auprès de Happy. Il reste un dernier problème à régler et il est de taille : comment transporter mon chien blessé jusqu'aux canoës sans nous faire repérer ? Marco, François et moi en discutons dans la cuisine du pavillon, confortablement allongés sur une dizaine de coussins. Nous aurions pu nous installer dans la salle de repos, mais cette cuisine nous plaît, on s'y croirait presque en famille. La patte de Happy cicatrise bien, mais il est encore trop faible pour supporter une attelle.

– Je sais ! s'exclame soudain François. La brouette de l'équipe potager !

– Hé, pas mal, répond Marco. On n'a qu'à... Ah, tiens, voilà Lady.

Trois coups, puis deux, viennent de retentir contre la porte d'entrée. C'est le code convenu entre nous. Marco se lève pour ouvrir.

– Tu as les médocs, Lady ?

Quand j'arrive dans l'entrée, Stéphane est adossée à la porte. Haletante. Je sens tout de suite que quelque chose de grave s'est passé. Elle ne lâche pas Marco des yeux :

– Ils sont dans le R-Point. Cinq militaires armés. Peut-être plus. Ils te cherchent...

Un salaud a dénoncé Marco !

– On se barre tout de suite, continue Stéphane, je viens avec vous. Plus le choix. Je me suis enfuie quand ils ont voulu m'interroger.

François, pâle comme un linge, debout derrière moi, marmonne :

– Si je comprends bien, c'est foutu pour la brouette ?

J'improvise un plan B : je saute sur mon sac à dos et je sors la corde. Avec mon couteau, j'en coupe un bout et je demande à François de m'aider, pendant que j'enfile les bretelles. Avec l'aide de Marco, il allonge Happy sur le sommet de mon sac. Il gémit mais se laisse faire pendant qu'ils le sanglent avec la corde, en veillant à ne pas le blesser. Ça devrait tenir sur une si courte distance. Sans un mot, François et Marco prennent leur sac et Stéphane empaquette à la va-vite quelques affaires. Nous nous jetons tous les quatre dehors. Par chance, le brouillard s'est levé et nous dissimule aux regards dans le jour déclinant...

## NUIT DU 29 AU 30 NOVEMBRE

– Ça aurait été plus facile avec un caniche nain, murmure François en me voyant galérer sous le poids de Happy.

Malgré la tension, nous échangeons un sourire complice. Le brouillard est si épais qu'il faut faire attention à chacun de nos pas, et aussi à ne pas prendre une mauvaise direction. Derrière nous, du côté du lycée, des cris fusent et des halos de lumière tournoient. Les recherches ont commencé. Ou plutôt la traque. Comme si Marco était un animal... D'ici, tout paraît étouffé et contenu par la brume comme un voile épais.

Les canoës sont toujours là. Nous jetons nos sacs dedans, sauf moi qui continue de porter Happy, et chacun saisit une extrémité pour transporter les bateaux jusqu'à l'eau. Nous grimpons les marches qui mènent à la Cité internationale. Les grilles sont ouvertes et nous pouvons traverser les lieux. Seuls nos souffles parlent pour nous dans les ténèbres.

Après avoir descendu un autre escalier, nous voici sur les quais du Rhône. Enfin ! Mon cœur bat fort et je tremble d'excitation. François m'aide à détacher Happy.

À l'aide du reste de ma corde, nous faisons glisser les canoës sans bruit dans l'eau, et nous les retenons pour les empêcher de dériver, le temps d'embarquer. C'est le moment le plus délicat. Marco se glisse le premier dans l'un des canoës. Je lui tends Happy, mais mon chien, effrayé, se débat tant qu'il finit par m'échapper, et tombe lourdement dans l'embarcation. Nous retenons notre souffle pendant que le bateau gîte après le choc. Heureusement, Marco parvient à le stabiliser. Puis il aide François à le rejoindre, avant de changer de canoë pour aider Stéphane à descendre. Enfin, je rejoins Happy et François. Par chance, nous avions pris quatre pagaies. On espérait tous secrètement que Stéphane viendrait quand même.

Même précipitée, notre fuite a été bien planifiée. Chacun sait ce qu'il doit faire et Stéphane suit nos consignes silencieuses. Nous attachons les canoës ensemble, en laissant suffisamment de mou pour ne pas nous faire chavirer. Puis nous nous laissons entraîner par le fleuve. Nous ne sommes plus dans le R-Point ! On a presque réussi. Les deux canoës glissant silencieusement dans la nuit nous mènent vers la liberté...

Nous corrigeons notre trajectoire à coups de pagaie lorsque les canoës menacent de taper contre les quais en béton. J'ai bien étudié la carte avec François : je reconnais le pont Churchill. La brume est dense, mouvante, son silence est d'une qualité inégale, comme emplie de souffles. On n'entend que le clapotis de l'eau sur les coques en plastique. Tous nos sens sont en éveil, alors que des vrombissements lointains d'hélicoptère nous rappellent la menace qui pèse sur nous. Par chance, le brouillard nous rend invisibles. Les ponts se succèdent au-dessus de nos têtes, comme autant de portes franchies vers la liberté... Ou vers des ténèbres encore plus grandes ?

Notre plan initial prévoyait que le jour éclairerait notre progression, mais notre départ précipité modifie sérieusement la donne. La nuit s'installe, au contraire, et l'obscurité est totale, maintenant. Même l'air semble noir et lourd. Mon cœur bat plus vite, comme quand j'étais petit et que j'avais peur que le monstre sous le lit n'attrape ma cheville si je me levais pour aller faire pipi.

*Maman...*

J'ai beau écarquiller les yeux, le néant m'engloutit au fur et à mesure que nous avançons. Des murmures me parviennent, s'entremêlant, pressés et empressés. Est-ce Stéphane et Marco qui discutent ? Je ne vois plus leur canoë. Ont-ils lâché la corde ? S'ils sont loin, ce ne sont pas leurs murmures que j'entends. Qui parle, alors ? Et d'où viennent ces clapotis ? Est-ce que j'imagine tous ces bruits ? Où sont Stéphane et Marco ? Ont-ils dérivé ? Se sont-ils perdus, engloutis par le Rhône ? Non, je ne peux que rêver.

Et si je ne rêvais pas ?

*Maman, papa...*

Une panique blanche me saisit. Surtout ne pas hurler, pour ne pas nous faire repérer. Surtout ne pas faire de mouvements brusques, malgré les souffles sur ma nuque. Neutraliser ma peur, la contrôler. Éloigner les esprits.

Soudain, une traînée de lumière pâle apparaît à la surface de l'eau. Ça ressemble à un visage ! Je me frotte les yeux, je voudrais demander à François si lui aussi l'a vu, mais je ne parviens à émettre qu'un filet de voix qu'il n'entend pas. D'autres lueurs s'élèvent alors, des volutes comme des voiles fantomatiques. Et encore des visages sous l'eau. Je souffle :

– Les Marais des morts...

– Quoi ? fait François.

Mais il ne peut pas savoir de quoi je parle s'il n'a pas lu *Le Seigneur des anneaux*. L'épisode des Marais des morts !

– Qu'est-ce que tu dis ? articule François d'une voix angoissée.

Il faut que je me reprenne, sinon François va paniquer.

– Je disais que j'ai froid, c'est tout.

J'ai beau me raisonner, je pense soudain à tous ceux qui sont morts et qui errent. Ils sont des centaines, des milliers, adultes et enfants. Ils m'entourent et sont là pour moi. Je suis dans leur royaume. Ils essaient tous de voir mon visage et de le toucher, ils sont ignobles et terrifiants, mais surtout ils me supplient :

*Tu l'as bien fait pour Reggie, fais-le pour nous aussi, délivre notre âme de cet endroit sombre, humide et froid.*

D'autres jouent des coudes pour se presser encore plus près de moi, et soufflent :

*Tu ne pourras pas tous nous enterrer, remonte plutôt le temps pour nous vacciner et empêcher notre mort.*

Je sens leur haleine dans mon cou et je jurerais que certains passent sous mon manteau. J'ai de plus en plus froid, mais mon cœur bat rapidement. J'ai peur et je suis triste.

— Je rêve, dis-je pour me rassurer, ça ne peut être qu'un rêve.

— Mais de quoi tu parles, putain ?
— C'est juste un cauchemar éveillé.
— Mais qu'est-ce qui t'arrive ? Arrête !
— Ils ne sont là que dans ma tête !
— Mais de qui tu ?...
— Les fantômes...
— Les... Les... Les quoi ?

Un cri d'épouvante déchire la nuit. C'est François. Est-ce lui qui s'agite tant dans le canoë, ou bien est-ce que ce sont les esprits qui le secouent ? Je m'agrippe aux rebords, mais peine perdue : il se retourne d'un coup.

L'eau glaciale me saisit. Happy aboie plusieurs fois et je l'entends battre l'eau de ses pattes. Est-ce François qui appelle au secours ? Tout est flou, images et sons. L'eau s'infiltre dans mes vêtements qui s'alourdissent.

Soudain, un violent coup de pied dans le ventre me coupe le souffle. Le coup me projette violemment vers le fond. Je ne parviens plus à bouger. Tout devient encore plus sombre. L'eau. L'eau noire partout, même en moi.

L'atmosphère s'adoucit soudain. L'eau ondée prend des reflets lumineux et chauds. Les esprits, maintenant tranquilles et muets, me regardent tendrement. Camila vient me prendre la main. Papa et maman m'escortent. Je me sens plus heureux que jamais. Je vais enfin les retrouver. Soudain, la main de Camila me lâche, mes parents s'éloignent. J'ai de nouveau très froid.

## 30 NOVEMBRE

Quelque chose de doux me caresse la joue.
— Hé, salut ! s'exclame Stéphane. Bienvenue chez les vivants.

Je suis allongé dans un lit une place, et nu sous les draps. J'espère que ce n'est pas Stéphane qui m'a dévêtu ! Où sommes-nous ? La pièce est une chambre de petit garçon, avec des boîtes de puzzle sur les étagères et des maquettes de fusées suspendues au plafond. Deux bougies sont allumées sur une commode en pin aux tiroirs constellés d'autocollants de Schtroumpfs et de super-héros, et un feu brûle dans une cheminée toute proche.

Quelqu'un joue du piano, dans une autre pièce. J'ai rarement entendu une aussi belle mélodie. Stéphane, assise sur une chaise à mes côtés, avec Happy qui dort à ses pieds, répond à mes interrogations muettes :

— C'est François. Incroyable, pas vrai ? Il dit qu'il a commencé le piano à l'âge de quatre ans.

On écoute, transportés ailleurs l'espace d'un instant. Je regarde Stéphane, et je constate seulement que nous ne sommes pas seuls. L'effroi est de courte durée. Ils sont là dans la pénombre, bienveillants cette fois.

Je n'ai pas peur. Ils sont plus d'une dizaine. Ils nous entourent. Les fantômes. Parmi eux : Papa, maman et Camila, sortis de mes cauchemars, durant ma noyade. Ne sont-ils plus seulement dans ma tête ? Suis-je vraiment fou, maintenant ? Dans le doute, je leur souris brièvement, et ils me rendent mon sourire.

– Heureuse que tu sois de retour parmi nous, Yannis.

Stéphane ne les voit pas, son calme l'atteste. « Parmi nous », elle ne sait pas ce que cela veut dire vraiment.

– Tu as bien failli te noyer, poursuit-elle. On a réussi à vous sortir de l'eau, mais on a eu très peur d'être repérés à cause des cris de François. Il a vraiment cru à tes fantômes ! On t'a porté à deux comme on a pu. Par chance, Happy a réussi à boitiller avec nous jusque dans cette maison.

– Et qui...

J'ai du mal à parler, à cause de ma bouche pâteuse et d'une immense faiblesse écrasante.

– Qui m'a sauvé de la noyade ? Marco ?

Un sourire triomphant illumine le visage de la fille aux yeux gris.

– Hé non, c'est moi, figure-toi ! Ne fais pas cette tête. J'ai toujours été à l'aise dans l'eau.

Je ne lui connaissais pas cet air espiègle. Il lui va bien.

– Merci, Steph.

– Stéphane. Je n'aime pas les diminutifs.

– Pardon. Merci, S...

– J'arrête de t'embêter. Tu as besoin de repos.

Elle ajoute quelques mots encore, qui se mélangent au piano et bercent les fantômes. Je m'endors.

Je dors beaucoup, mais je me sens toujours très faible, le soir venu. Je suis mortifié à l'idée de ralentir notre fuite. Demain, ce sera le 1er décembre et le couvre-feu sera appliqué partout. À cause de moi, notre périple s'annonce encore plus dangereux...

Les autres essaient de mettre à profit cette halte forcée. La maison a échappé au pillage et mes compagnons peuvent reconstituer nos vivres et le contenu de nos paquetages. Dans l'eau, j'ai perdu mon sac à dos, avec mon matériel, ma figurine de Frodon et le cahier où je cochais chaque journée passée. Ils côtoient désormais les poissons et les morts du fleuve. Mais il y a pire : la lettre de mon père et la photo de ma famille que je gardais contre mon cœur sont trempées et irrécupérables. Les mots se sont effacés et la photographie est partie en lambeaux. C'est comme si je les perdais une nouvelle fois... François a lui aussi perdu son sac à dos dans le Rhône. Heureusement, on en trouve facilement d'autres, dans un placard.

De ma vie d'avant, il ne me reste que mon téléphone portable, inutilisable, et ses accessoires, restés dans une poche de mon manteau. Je recopie soigneusement les mots de la lettre de mon père, au plus près de mon souvenir. Je me méfie de ma mémoire. J'essaie aussi de dessiner les visages de mes parents et de Camila, avec les crayons à papier que je trouve dans la chambre où je me repose. Le résultat est minable, vu que je suis nul en dessin, mais c'est toujours mieux que rien. À partir de ces contours maladroits, je pourrai toujours reconstituer plus ou moins l'image de leurs visages. Cela n'empêche pas mon cœur d'être aussi lourd qu'une pierre coulée tout au fond du Rhône.

La nervosité de mes trois compagnons est palpable. François essaie de détendre l'atmosphère, grâce à ses blagues et à ce piano providentiel. Il connaît des airs gais et entraînants, qui nous rappellent qu'il existe autre chose que le silence et les pensées morbides qui y tournoient.

Quand j'arrive enfin à me lever, je les trouve tous les trois plongés dans l'étude de notre itinéraire devant le feu de cheminée. À leur ton concentré, je réalise que le temps presse. Apparemment, François a localisé notre position – Francheville – et commencé à repérer les routes secondaires qui nous permettront de rejoindre Paris. Là-bas, Marco nous conduira chez un joueur de WOT qu'il connaît du côté de la porte de Gentilly.

Je parcours machinalement du regard les titres de magazines qui traînent ici et là. Titres d'un autre monde. « Pourquoi Kate n'est-elle pas princesse ? » « Les ailes de poulet rendraient-ils les enfants agressifs ? » Mes compagnons m'observent d'un air inquiet.

— Nous devons partir d'ici cette nuit, dis-je. Au moins nous éloigner le plus possible de Lyon avant la proclamation de la loi martiale à minuit. Je me sens assez fort, ça ira.

— Ce n'est pas mon avis, réplique Stéphane. Tu es encore tout pâle et tu tiens à peine sur tes jambes.

— Eh bien, dit Marco, peut-être qu'il peut faire autre chose que marcher.

— Du vélo, par exemple ! s'exclame François. C'était

une grande famille de sportifs, ici, on dirait. J'en ai trouvé cinq dans le garage.

– Yannis pourrait en faire, dans son état, non ? renchérit Marco. Au moins jusqu'au village de François qui se trouve à une dizaine de kilomètres. Ça demanderait moins d'effort qu'une marche, il me semble. Et c'est vrai que dès demain, ce sera plus risqué.

– Mais tu délires, ou quoi ? s'énerve Stéphane. Regarde-le, on dirait qu'il a vu la Mort en face...

Je n'ai jamais vu Stéphane s'adresser ainsi à Marco. Celui-ci est plus sombre que jamais, et son regard lance des éclairs noirs. François les observe tous deux avec autant de surprise que moi. Que s'est-il passé entre eux ? Soudain, une sorte d'éblouissement me vrille la tête. Un silence bourdonnant me rend sourd. Un voile brouille ma vue. La sensation de ne plus maîtriser mon corps me pétrifie, puis le noir complet m'envahit.

Lorsque je reprends conscience, Stéphane est près de moi, un sourire doux aux lèvres. Sa présence bienveillante me rassure. Mais je sombre.

– Tu es encore tombé dans les pommes, Yannis.
Cette fois, c'est François qui est à mon chevet.
– Ça va ? me demande-t-il. Tu as eu de la chance de ne pas te faire mal en t'écroulant.
– Ça va...
François passe une main dans ses cheveux blonds, l'air préoccupé.
– Tu veux me dire un truc ? je lui demande.

Il paraît ravi de sauter sur l'occasion.

– Ben d'abord, je voulais m'excuser d'avoir paniqué comme ça, sur le bateau. Et puis je voulais savoir...

– Quoi ?

– Tu... tu les as vraiment vus, ces fantômes ? Je veux dire... ils existent pour de bon ?

Je n'ai pas le temps de répondre, parce que Marco, aussi noir qu'une ombre, vient d'apparaître dans l'encadrement de la porte. François sursaute, comme si Marco lui-même était un fantôme de plus dans cette maison hantée.

– Excuse-moi, François, dit Marco, je peux parler à Yannis seul à seul ?

François bredouille :

– Heu... J'étais en train de lui parler mais...

– S'il te plaît, insiste Marco.

– Bon, ben je vais jouer un peu de piano en bas. Schubert, ça vous va ?

Marco hausse les épaules. Visiblement, il s'y connaît autant que moi en musique classique... François s'éclipse, impressionné par l'air sévère de Marco. Il attrape une bougie au passage. Je le soupçonne d'avoir peur du noir, lui aussi...

Les premières notes de piano retentissent à la façon d'une eau qui coule sur des galets. Marco s'assied sur la chaise et plante son regard comme une lame en moi :

– Qu'est-ce qui se passe entre Lady et toi, hein ?

– Entre Lady et... Mais... Je ne vois pas ce que...

– Dès qu'elle peut, elle est près de toi. Ça veut bien dire quelque chose, non ?

De quoi parle-t-il ? J'y suis : Stéphane est certainement venue me voir plusieurs fois, pendant que j'étais inconscient.

– Tu te trompes, Marco, je te promets. Entre Stéphane et moi, ça n'est que de l'amitié, et encore... On ne se connaît pas vraiment. Et puis, c'est pas mon genre de fille... pour ça, en tout cas. Elle est trop... Enfin, je sais pas. Trop tout, peut-être, enfin j'en sais rien, mais c'est pas possible, quoi.

– Il ne s'est rien passé entre vous ? insiste Marco, surpris.

– Ben, non. Rien du tout. Même pas en rêve !

Marco baisse les yeux.

– Alors, c'est encore pire que ce que je pensais.

– Tu t'es pris un râteau, ou quoi ?

Je comprends à son silence malheureux que j'ai visé juste.

– Ne t'inquiète pas. Ça ne veut rien dire. Tu sais, elle est encore sous le choc de la mort d'Alex. Il faut que tu sois patient.

– Tu crois ?

Je prie pour ne pas me planter, quand je vois la lueur d'espoir fou dans son regard. Stéphane apparaît soudain dans la chambre :

– Bonne nouvelle, les gars : les vélos sont en bon état. Dès que Yannis sera sur pied, on se casse... Tout va bien, Yannis ?

J'acquiesce en évitant le regard de Marco.

## 2 DÉCEMBRE, SOIRÉE

J'ai retrouvé des forces suffisantes, en grande partie grâce aux soins de Stéphane, qui effectivement vient souvent à mon chevet. Happy aussi va mieux. François s'est beaucoup occupé de lui pendant ma convalescence. Il a aussi cherché un moyen de le transporter. C'est un garçon obstiné. Il a visité tous les garages et cabanes de jardin du coin, jusque à ce qu'il trouve son bonheur : une carriole pour enfants, qui s'attache à un vélo ! Marco a décrété que ce serait lui qui la tirerait, et personne n'a osé lui enlever cette occasion de prouver sa force.

Il est plus taciturne d'heure en heure. Ça me fait mal au cœur de le voir comme ça, mais je n'y peux rien si Stéphane et moi en sommes venus à nous faire de plus amples confidences. Elle m'a parlé de sa tristesse pour Marco, qu'elle aime beaucoup... mais dont l'amour l'éloigne au lieu de la rapprocher de lui comme il l'espérait. Je lui ai aussi demandé pourquoi elle venait avec nous au rendez-vous de Khronos, si elle n'y croit pas, mais elle ne m'a pas répondu. Tout cela m'inquiète un peu, parce qu'on a besoin d'être unis, pour être forts le moment venu, le 24 décembre...

Le jour décline. C'est l'heure.

J'ajoute quelques objets dans nos sacs, auxquels mes amis n'ont pas pensé : un briquet, un réchaud à gaz, une nouvelle boussole dénichée dans un tiroir, une corde – récupérée sur un hamac d'intérieur –, des nouilles lyophilisées... J'ai une plus grande expérience qu'eux trois réunis, en matière de survie en pleine nature, et je sais trop bien ce qui m'avait manqué durant les premiers jours de mon périple, au départ de Marseille. Nous pouvons partir.

Nous allons devoir redoubler de prudence. Hier, nous avons entendu des hélicoptères passer au-dessus des toits. Avec le couvre-feu, les patrouilles ont dû s'intensifier.

Nous pédalons comme des gamins en promenade sur les petites routes sombres. Emmitouflés dans nos doudounes, avec nos gants, écharpe et bonnet, chacun un sac sur le dos, nous jetons des coups d'œil réguliers à Happy, bien calé dans une couverture chaude, au fond de la carriole. Nous pourrions presque nous croire en vacances, si ce n'était ce silence auquel je ne parviens pas à m'habituer, ces vitres brisées, ces voitures délaissées, ces détritus éparpillés, et ces tracts volants appelant les survivants à se rendre aux R-Points les plus proches, le plus vite possible, pour raisons de sécurité.

La sécurité ! Ils n'ont que ça à nous vendre ! Et quelle sécurité... Je me sens beaucoup mieux ici, sur ce vélo, avec mes amis, libre d'aller où ça me chante, même dans ce paysage d'apocalypse, plutôt que dans un R-Point surpeuplé aux règles strictes. Nos vélos fendent l'air avec le seul bruit de leur mécanisme et des pneus sur la route. J'admire mes compagnons. Aucun ne se plaint. Moi, je sens que le souffle me manque dès que ça grimpe un peu, mais pas question de le montrer aux autres. Je ne veux pas être un poids.

La nuit nous protège. La lune, dans son dernier quartier, éclaire faiblement la route. Les étoiles n'en sont que plus éblouissantes. François chuchote :
— On y verra beaucoup plus clair après être passés par chez moi.
— Pourquoi ? demande Marco.
— Vous verrez, répond-il avec un sourire dans la voix. Je vous donne un indice : mon père travaillait dans l'armée.
Je me sens vaguement mal à l'aise. Tout ce qui touche à l'armée me rappelle à présent de mauvais souvenirs...

Nous arrivons à Saint-Cyr-au-Mont-d'Or au bout d'une heure. François nous mène jusqu'à son quartier. Sa rue. Sa maison : une masse sombre entourée d'un jardin.
— Suivez-moi, souffle-t-il. À l'intérieur, nous pourrons allumer nos lampes. J'avais fermé tous les volets, parce que j'avais...
Peur, devinons-nous, même s'il ne finit pas sa phrase. Peur des pillards, de l'inconnu, peur de tout. Comme chacun de nous au même moment. Je pose mon vélo contre un tertre surmonté d'une pierre plate et verticale. Trois renflements de terre. Sans doute ses parents

et le grand frère dont il m'a parlé, quelquefois. Il a eu le courage d'enterrer les siens dans son jardin. Le courage, et la chance, en quelque sorte.

Moi, ma chance, c'est d'avoir Happy. Je le sors de la carriole et le serre fort dans mes bras. Son museau humide se pose contre ma joue, qu'il lape d'une langue humide. Je réalise seulement maintenant que c'est un miracle qu'il ait survécu au renversement du canoë. Et, c'est ici, au pied de la tombe des parents de François, que mon cœur se gonfle de soulagement.

La porte est ouverte. François entre le premier, et referme derrière nous. Happy gémit un peu et se serre contre mes jambes, comme lorsqu'il sent une présence hostile. François émet à son tour un gémissement presque semblable.

Tous les tiroirs, les armoires, les placards ont été vidés, et leur contenu jonche le sol. Les miroirs et les cadres sont brisés. Je ramasse la photo de deux petits garçons entourés de leurs parents, déchirée et piétinée. François et son grand frère. Des graffitis défigurent les murs, le plafond, le sol, les fauteuils, les draps… Pourquoi détruire le peu qu'il nous reste en ce monde ? Ces pillards sont vraiment trop cons ! François erre d'une pièce à l'autre, l'air hagard. Des larmes coulent silencieusement sur ses joues.

– Tirons-nous, murmure Stéphane, ça ne sert à rien de rester ici.

Un son discordant nous fait sursauter. François est assis dans sa chambre dévastée, devant ce qui était son piano. Le pillards l'ont presque entièrement détruit, sans doute avec une barre à mine. François appuie sur une autre touche, et encore une autre, et encore une...

Marco pose doucement une main sur le bras de François, qui se fige. Il reste abattu une longue minute, devant le clavier brisé. Nous n'osons pas le déranger. Puis il redresse la tête et déclare, mâchoires serrées :

– Je dois trouver quelque chose. Dans la chambre de mes parents.

Il se dirige à l'étage, puis redescend farfouiller dans le garage. Nous l'entendons vider des caisses, des poubelles, des sacoches, puis finalement s'exclamer joyeusement :

– Je les ai !

Il revient et me tend un drôle de masque noir avec deux grosses lentilles.

– Qu'est-ce que c'est ? je demande. On dirait des lunettes.

– Mais pas n'importe quelles lunettes. Des lunettes ILR.

– Des quoi ?

– Des lunettes à Intensificateurs de Lumière Résiduelle.

– Et en français ? s'impatiente Stéphane.

– Vous ne comprenez pas ? Avec ces lunettes, on peut voir dans le noir ! Comme... Comme Happy. Ça amplifie les sources de lumière faible, par exemple les étoiles.

Après quelques secondes de stupeur, on félicite François chaleureusement. En effet, ces lunettes vont nous être d'une aide précieuse !

– Maintenant, allons-nous-en, décide François gravement. J'ai les clés de la voiture.

Marco prend le temps de siphonner le réservoir d'une voiture abandonnée, pour qu'on ne manque pas d'essence, et nous rejoint dans le garage. L'Audi rouge est en parfait état, le réservoir à moitié plein. On aurait pu trouver couleur plus discrète mais, comme on dit, la nuit tous les chats sont gris. Alors sans doute que les voitures aussi.

À présent, c'est à moi de jouer. J'enfile ces étranges lunettes qui me font penser à l'équipement qu'Adrial prélevait dans le futur sur WOT. François me donne les clés et je m'installe à la place du conducteur. Marco s'engouffre à l'arrière et tend la main à Stéphane, qui fait mine de ne pas voir son geste. Elle s'assied à mes côtés, devant. François soulève le rideau métallique du garage et monte à l'arrière. Quand Marco éteint sa lampe, nous replongeons dans le noir complet. Seuls Happy et moi distinguons encore ce qui nous entoure. J'en profite pour gonfler ma poitrine et imiter la posture d'Adrial en pleine action.

– C'est parti, dis-je d'une voix plus grave et imposante que voulu.

Stéphane pouffe à mes côtés, me trouvant sans doute trop sérieux. Je ris à mon tour, histoire de me moquer un peu de moi-même, avant de tourner la clé et faire vrombir le moteur. On est tous soulagés : il ronronne parfaitement.

C'est parti ! je me répète comme pour nous porter chance tout en quittant Saint-Cyr-au-Mont-d'Or. La nuit nous ouvre ses bras.

## NUIT DU 2 AU 3 DÉCEMBRE

Peu à peu, la route départementale s'enfonce dans la campagne obscure. Même avec les lunettes, je ne vois pas très loin, et je dois rouler à faible allure. Aucun signe de la catastrophe, par ici. Ça me fait penser à ces sorties en car avec l'école, quand on allait visiter les sites de Saint-Rémy-de-Provence ou des Baux. C'était le même genre de petites routes peu fréquentées.

*Je me souviens aussi...*

Le fantôme de maman est apparu, assis sur le capot du moteur, cheveux au vent. La surprise et la peur me font faire une embardée. Je donne un violent coup de volant.

*Une fois, j'avais accompagné ta classe, tu ne te rappelles pas ? C'était beau, les Baux...*

Je cligne des yeux : le fantôme a disparu.

Je me concentre sur la route. Personne ne dit rien dans la voiture. Happy et François se sont endormis grâce à la douce tiédeur du chauffage. Stéphane et Marco sont plongés dans leurs pensées. J'ai bien mémorisé l'itinéraire de François et je me guide à l'ancienne : en suivant les panneaux.

J'aurais préféré que Marco dorme aussi. Son silence me met mal à l'aise.

– On met de la musique ?

– À vos ordres, chauffeur ! s'exclame Stéphane, et je comprends que ce silence l'oppressait autant que moi.

Je ralentis et me penche pour chercher un CD dans la boîte à gants, puisque je suis le seul à y voir. Je prends le premier qui me tombe sous la main et l'insère dans la fente. On reconnaît tous la musique de Fauve. Ce disque appartenait au grand frère de François. J'espère que ça ne va pas remuer trop de mauvais souvenirs dans son sommeil. On continue notre trajet avec enfin plus de dynamisme.

Combien de kilomètres avons-nous parcourus ? Cent ? Cent vingt ? En tout cas, au bout de deux heures, je commence à ressentir de la fatigue. Rouler dans ces conditions demande une très grande concentration : chaque virage est une surprise que j'ai encore du mal à gérer, vu ma faible expérience en matière de conduite. Mes paupières commencent à se fermer toutes seules. Après un nouvel écart, j'informe mes camarades que je dois faire une pause. Je range la voiture sur le bas-côté et je coupe le moteur. La musique s'éteint et le silence nous saisit. J'ouvre la fenêtre pour entendre le bruissement de la forêt et les cris brefs d'animaux nocturnes. Je ferme les yeux pour écouter et me reposer.

– Tu veux... ? commence Stéphane.

Mais je n'entends pas la fin de sa phrase. Marco sort précipitamment de la voiture, nous sommant de nous taire. Chacun de nous retient son souffle, sauf François qui ronfle doucement.

Un bourdonnement faible s'intensifie de seconde en seconde. Dans le ciel, un objet noir, coiffé d'une demi-sphère grise et aux six bras munis d'hélices tournoyantes, vole avec la maladresse d'un frelon malvoyant.

– Un drone... murmure Stéphane, pétrifiée.

La peur nous retombe dessus, brutalement. Grâce à mes lunettes, je discerne une espèce d'appareil photographique fixé entre les pattes de l'engin. Une lueur rouge y clignote discrètement.

– Merde, les militaires ! s'exclame Marco. Ils sont là.

La colère me submerge. Pourquoi s'acharner sur Marco ? Comme si parmi tous les crimes commis dans ce chaos, le sien était le seul que les adultes ne voulaient pas laisser impuni ! Qu'ils s'occupent d'abord de sauver des vies !

Nous secouons François. Marco prend le sac de Stéphane et ils portent le mien à deux. Nous abandonnons la voiture précipitamment et nous enfonçons dans les champs. Happy semble ravi de ce changement de programme. Nous courons le plus vite possible dans une boue collante, faiblement éclairés par les étoiles. Au travers des herbes hautes, nous distinguons l'œil rouge du drone qui progresse vers l'Audi. J'ai l'impression d'avoir basculé dans un mauvais film, dans une de ces chasses à l'homme dont étaient friandes les chaînes américaines, branchées sur les réseaux policiers. Pourvu que ce drone ne soit pas muni d'une caméra thermique...

Nous reprenons notre course, serrés les uns contre

les autres. François trébuche et je l'aide à se relever. Stéphane et Marco nous soufflent de nous presser et nous tendent les mains, déjà à l'abri, à l'orée d'une forêt. Nous les rejoignons enfin. Le drone a soudain acquis la dextérité et la vitesse d'un colibri. Il a repéré sa cible et a fondu sur elle sans hésitation. Mais une fois au-dessus du toit de la voiture, il paraît ne plus savoir quoi faire de sa proie... Peut-être n'a-t-il été programmé que pour repérer les véhicules qui circulent après le couvre-feu ? Ou bien est-il gêné par l'obscurité ? Quoi qu'il en soit, nous n'avons plus qu'une seule solution, désormais : continuer à pied.

## NUIT DU 4 AU 5 DÉCEMBRE

Nous dormons le jour, blottis dans les dépressions du sol, dans des granges ou des maisons abandonnées, enveloppés dans nos duvets, Happy serré contre moi. Le ciel est opaque pendant ces journées glaciales de décembre, où le soleil peine à émerger des nuages. La lumière est blanche, les ombres grises et les oiseaux rares.

La nuit, lorsque nous traversons des zones forestières, nous nous attachons avec la corde, le premier de cordée muni des lunettes guidant les autres.

Peu à peu, je ralentis la marche, bien malgré moi. Mon flanc gauche me lance, et le froid s'insinue jusque dans mes os. Je n'ose rien dire pour ne pas nous ralentir… mais aussi pour refouler le souvenir de Reggie qui a planté son couteau dans mon corps à cet endroit.

Mais la douleur devient si intense que je ne peux réprimer un gémissement.

– Yannis ? interroge Stéphane. Tu vas bien ?

Marco, qui est en tête, ne freine pas la marche. Et la corde serrée autour de ma taille me fait de nouveau gémir.

– Marco, arrête-toi, bon sang ! Tu vois bien que Yannis a un problème !

Je sens que Stéphane tire sur la corde pour obliger Marco à stopper.

– Qu'est-ce qui se passe ? s'inquiète François.

C'est sa phrase fétiche depuis trois jours. Il la prononce sur tous les tons, le plus souvent dans les nuances angoissées. Il alterne avec « Où on est ? », « C'est quoi ça ? », « On est perdus ? »... Lui si plein d'assurance et de bon sens quand nous étions entre quatre murs, perd tous ses moyens lâché en pleine nature. Pour se rassurer, il fait des calculs du genre :

– Nous marchons à trois kilomètres par heure, je pense. Peut-être quatre. Dans l'obscurité, avec Yannis affaibli, Happy et sa patte en moins, on ne va pas plus vite. Ça fait trois heures qu'on marche, on a donc parcouru entre dix et onze kilomètres. On a abandonné la voiture du côté de Montceau-les-Mines, on doit se trouver à...

Mais de nuit et sans repère, il se trompe souvent, aussi devons-nous vérifier sur la carte avec la boussole.

Pour l'heure, c'est moi qui retiens toute l'attention. Je suis tombé à genoux. Stéphane a pris les lunettes que portait Marco et déplie son duvet sur le sol enneigé, afin que je m'allonge. Les baumes résineux et le crissement des feuilles mortes et gelées sous mon corps acquièrent soudain plus de réalité que n'importe quoi d'autre.

– Je sais que ça caille, mais laisse-moi regarder. On dirait que tu souffres de ton ancienne blessure...

« Ancienne blessure »... Un mois à peine après la fin

du monde, toutes les blessures sont neuves. Mais je ne dis rien. Stéphane dézippe mon blouson, soulève mon pull et mon tee-shirt. Ses mains fraîches se posent sur mon torse. Des flocons de neige fondent sur mon visage. Happy vient les lécher. Je pourrais mourir là, ce ne serait pas si désagréable.

– Merde, souffle Stéphane. Ça s'est rouvert. Faut désinfecter.

– OK, dis-je.

– C'est tout ce que ça te fait ?

– Il va mourir ? demande François agenouillé aussi à côté de moi.

Un bruit claque, sec et bref. La main de Stéphane est partie d'un coup.

– Hé, c'était pas la peine de me gifler ! Qu'est-ce qui te prend, Stéphane ?

– Laisse tomber, François, lâche Marco. Cette fille est une violente…

Le soupir de Stéphane glisse sur la peau de mon ventre. Ses gestes sont précis tandis qu'elle désinfecte rapidement la plaie avant de me rhabiller.

– Tu peux marcher encore un peu ? me murmure-t-elle. On ne va pas aller plus loin pour cette nuit, mais il faut au moins qu'on trouve un endroit pour s'abriter.

Marco part en repérage et revient peu après. Il nous conduit à un abri de chasseur. Stéphane réquisitionne le seul lit disponible et me confectionne un endroit douillet pour que je m'y repose au mieux. J'aimerais la serrer entre mes bras, rien que pour lui exprimer ma reconnaissance, mais c'est Happy qui vient se blottir tout contre moi. J'enfonce mon nez dans sa fourrure. Son odeur, la même depuis que je suis tout petit, m'aide à m'endormir comme un bébé.

## 5 DÉCEMBRE

C'est une autre odeur qui me réveille, fruitée et sirupeuse. Des pêches au sirop.

— Salut, sourit Stéphane, les lèvres blanchies par le froid. Le propriétaire de cette cabane était fan de fruits en conserve ! Tiens, manges-en un peu, ça te fera du bien.

Encore une boîte de conserve... Nous ne mangeons plus que ça depuis des jours. Nous les réchauffons grâce au petit réchaud à gaz récupéré à Francheville. Je rêve d'aliments frais, rien que d'y penser j'en salive, mais je souris tout de même pour faire plaisir à Stéphane. Le point faible de notre quatuor est qu'aucun de nous ne possède l'âme d'un cueilleur, d'un chasseur ou d'un cuisinier. En réalité, nous n'avons jamais appris tout ça. Je commence à me dire qu'il va falloir s'y mettre, tout en mordant dans une pêche molle et un peu écœurante.

J'observe le décor qui nous entoure. C'est une cabane toute simple, faite de planches de bois clouées, avec deux tôles en guise de toit. Et puis ce lit en métal dont le matelas sent le moisi, une petite table en formica, une chaise en plastique et un placard bancal posé à même le sol terreux.

– Où sont les deux autres ?

– Dehors. Ils avaient besoin de voir la lumière du jour, après ces nuits passées à marcher, et... je les ai un peu chassés, je l'avoue, pour qu'ils ne te réveillent pas.

– Merci... Fallait pas. Je me sens un peu mal, quand même de...

– Mais non. C'est du sérieux, ta blessure. Il faut que tu te ménages un peu.

Ses yeux gris sont plus clairs aujourd'hui. Mais sa peau plus pâle, aussi. Ses mains sont croisées sur ses cuisses. Elles sont longues et j'en vois les veines. J'essaie de deviner son corps sous les vêtements. N'a-t-elle pas maigri ? Elle continue pourtant de dégager une impression de robustesse. Mais surtout d'immense solitude.

– Qui te manque le plus ? je demande soudain, en relevant le nez de la boîte de conserve.

Surprise, elle me foudroie d'abord du regard, puis se détend et sourit, en hochant doucement la tête.

– La personne qui me manque le plus, c'est... mon père, finit-elle par dire.

– Je comprends. Mes parents me manquent atrocement. C'est peut-être idiot, ce que je vais dire, mais ça me réconforte qu'on ait tous la même blessure. Qu'on soit tous orphelins. Ça nous fait une raison de survivre, ensemble.

Elle se mord les lèvres.

– Tu as peur ? je demande. Peur de comment on va s'en sortir, tout seuls ?

– Pas du tout.

J'ai du mal à la croire.

Un long silence. Elle soupire, puis se lève pour ouvrir les volets.

– Viens voir, me dit-elle.

Je me lève. La douleur est moins vive. Je la rejoins près de la fenêtre que j'ouvre puisqu'il fait aussi froid dehors que dedans. Nos épaules se touchent et chacun sent que l'autre grelotte. Devant nous, le monde offre toute sa beauté sous le soleil de mi-journée. La neige recouvre les champs et les arbres. Tout brille, et au loin nous discernons la fumée d'une cheminée. Ce n'est pas la première que l'on voit. Dans ces contrées, l'armée semble inexistante. Des ados essaient de survivre dans l'exploitation agricole de leurs parents, sans être inquiétés apparemment. Ils en ont, de la chance. Ici, pas question de rafle ni de R-Point. Il en découle un sentiment de sérénité. Rassurés, nous nous sommes même risqués à faire des feux pour nous réchauffer, car ils peuvent être confondus avec ceux des fermes alentour.

– Regarde !

Stéphane tend son doigt. Quelque chose de roux bondit puis reste immobile dans l'étendue blanche. Un renard ! On l'observe en silence, fascinés l'un et l'autre, jusqu'à ce qu'il disparaisse derrière les troncs d'arbre droits et serrés.

– C'était mon baptême de renard, dis-je.

Stéphane éclate d'un grand rire frais. C'est la première fois que je la vois rire. Je me retiens de lui dire que ça la rend belle. Elle refait mon bandage, les mains légèrement tremblantes. J'aime toujours autant sentir ses mains sur ma peau, pendant qu'on parle avec légèreté, doucement, comme des enfants qui chuchotent sous la table dans un repas de famille de la vie d'avant.

Mais dès que les couleurs s'estompent autour de nous, la douceur de ces moments s'envole. L'apocalypse redevient bien réelle, me tord le ventre et me dessèche la gorge. Marco, comme chaque soir, se place en tête. Il enfile les lunettes de vision nocturne, nous nous attachons avec la corde, puis nous repartons. Stéphane esquisse un geste pour me soutenir, mais je secoue la tête. Je peux tout de même marcher seul.

Au fil de notre progression, chacun se rapproche de l'un ou de l'autre pour échanger, plaisanter. Même la noirceur de Marco a besoin de complicité. C'est comme si la nature, même enneigée, nous rappelait à la vie. Nous rappelait la vie, simplement. Nous taisons le froid qui engourdit nos pieds. Les engelures qui se profilent. La peau des lèvres qui gerce. Nous parlons d'autre chose. François raconte des anecdotes du lycée, les blagues un peu foireuses avec ses potes. Puis, brusquement, il repart dans ses calculs sans fin afin de déterminer avec le plus de précision possible où nous nous trouvons. Avec Marco, je parle surtout d'avenir. Il a de grandes idées sur la façon dont doit se reconstruire la société. Je l'écoute patiemment, en essayant de ne pas relever toutes les incohérences que j'y vois. Marco cultive un drôle de mélange d'utopie et de désespoir. Il parle de cette société comme si elle devait se faire sans lui. Comme s'il était perdu, lui aussi, à sa façon... C'est avec Stéphane que tout est le plus clair, surtout dans nos longs silences où nous laissons les pulsations de l'Univers entier nous envahir. Elle refuse de parler de passé ou d'avenir mais cela ne me gêne pas. Quant à moi, je lui ai avoué la présence plus fréquente de mes fantômes, même en dehors de mes rêves. Elle n'a pas eu l'air de me trouver si fou que ça.

Nous marquons une pause toutes les deux heures. Stéphane resserre alors mon bandage. Ses mains sur ma peau. Son souffle. Nos paroles chuchotées. C'est un pur moment de bonheur dans l'atmosphère glaciale, mais toujours bref car l'agressivité et l'impatience de Marco reparaissent alors invariablement...

## NUIT DU 6 AU 7 DÉCEMBRE

Hier, nous avons décidé pour la première fois de prolonger notre marche pendant les premières heures de l'aube, puisque ici l'armée semble parfaitement absente.

Nous avons passé le reste de la journée dans une grange humide et venteuse, aux abords de Saulieu, puis avons repris la route avec le crépuscule. Nous nous écartons de la D906 pour emprunter des petits chemins qui s'enfoncent dans la forêt du Morvan.

– C'est pour cette raison que j'ai choisi cet itinéraire, a expliqué François. Sous le couvert des arbres, nous serons moins repérables que sur les routes. Ça paraissait raisonnable, sur le papier...

Au milieu de la nuit, plus aucun de nous quatre ne parle. Le froid se renforce et l'humidité nous glace les os. Les bruits de la forêt nous semblent tout proches. Hululements, cris, chants, bruissements, feulements. Ne rien y voir aiguise nos autres sens. Happy grogne. Je réalise que je serre la corde entre mes poings plus fort que je ne le devrais. Quand la lune se lève, un très mince croissant se dessine dans l'encre du ciel, nous éclairant légèrement plus que les nuits précédentes.

Soudain, nous poussons tous un cri : une chouette ou je ne sais quel volatile vient de frôler nos têtes.

– Vous... Vous croyez qu'il y a des chauves-souris, par ici ? souffle François.

– Arrêtons-nous un moment, décide Marco. François a l'air épuisé.

Ce dernier proteste, mais cet arrêt est bienvenu pour chacun. Pour nous réchauffer, nous confectionnons un feu grâce à des brindilles ramassées au cours de la journée.

Nous regardons les flammes en silence, en nous grattant. La crasse ou les poux... Le feu nous raconte à chacun des récits d'autres âges, j'y vois parfois des images de WOT. Les muscles de mes jambes me font mal et mon estomac réclame un peu plus à manger que nos faibles restes. J'ai soif, aussi. Nous manquons d'eau. Nous nous enveloppons dans nos duvets, allongés en cercle autour du brasier, Happy couché tout contre moi. Avant de retrouver la solitude du sommeil, on instaure un système de garde. Marco a insisté, malgré le calme qui règne dans ces campagnes, pour ne pas baisser la garde. Il prend le premier tour.

Quand il me réveille une heure plus tard, il me fait signe qu'il n'a rien vu de suspect, me tend les lunettes silencieusement, puis sombre dans un sommeil profond.

Je suis le seul éveillé et j'interroge le ciel et la lisière de la forêt. Stéphane s'agite et sort de son duvet.

— Un problème, Stéphane ? je murmure.

— Non. Faut que j'aille faire pipi, dit-elle sur le même ton, en se levant.

Je souris et lui tends les lunettes.

— Tu y verras mieux, comme ça.

Elle les saisit, les enfile, et les étoiles sont si claires que je la vois s'éloigner jusque dans la forêt. J'attends qu'elle revienne.

J'attends qu'elle revienne.

Happy, soudain, se met à grogner près de moi.

— Qu'est-ce que t'as, mon vieux ?

Un mauvais pressentiment se mue en panique.

Je me lève et cours le plus vite possible, Happy sur mes talons.

— Stéphane !

Ce mot m'étrangle. Où est-elle ? Plus je m'enfonce dans la forêt, moins j'y vois. Je résiste à la tentation d'allumer ma lampe frontale, par crainte de l'exposer davantage à un éventuel danger. Je suis Happy qui a pris les devants et paraît savoir où aller.

Tout d'abord, je ne vois qu'elle, dans une clairière presque semblable à celle que je viens de quitter, et la pensée absurde d'un monde parallèle me traverse l'esprit. Je n'ai jamais vu Stéphane comme ça, sous la lueur des étoiles baignant les lieux. Elle est debout, immobile, raide, bras le long du corps, comme tétanisée. Je reste dissimulé à l'orée des bois, et je murmure tout bas :

— Stéphane ?

Ses traits sont figés et son regard fixe quelque chose. Tout son corps est immobile, comme paralysé. Je suis enfin son regard.

Mon cœur fait un bond dans ma poitrine.

Je réalise alors que Happy grogne depuis déjà plusieurs secondes.

Un loup grogne beaucoup plus fort, face à Stéphane.

Quatre autres sont embusqués à deux mètres à peine du premier.

C'est un loup adulte, peut-être même un vieux loup, au pelage étrangement aussi gris que les cheveux et les yeux de Stéphane. Son regard à lui est teinté d'orange. Il la domine. L'animal aussi a peur, mais ressent encore davantage la terreur de Stéphane. Mon père m'a toujours dit qu'il ne fallait jamais montrer sa peur à son adversaire, quel qu'il soit. Mais il est trop tard, et Stéphane ne maîtrise rien, je le vois bien.

L'animal effectue un pas de plus et bande ses muscles. La tension monte dans la meute entière.

Adrial se réveille en moi, mais je résiste. Il m'inquiète depuis le meurtre de Reggie. Ma peur à moi, c'est la sauvagerie dont je suis capable. Je me concentre, tout en cherchant des doigts mon couteau dans ma poche. Je le déplie.

Le loup se ramasse sur lui-même, prêt à bondir.

Je serre fort le manche de mon couteau.

La peur grandit tellement en Stéphane toujours paralysée que je peux la sentir, presque la toucher.

La lame est-elle assez grande pour... Pour quoi, au juste ? Elle provoquerait encore l'écoulement du sang, la douleur. La mort. C'est ce genre d'armes qu'utiliserait Adrial. Mais moi ? Est-ce mon genre d'armes à moi ?

Non. Je ne suis pas Adrial. Je replie mon couteau.

Le loup grogne plus fort et un filet de salive coule de sa gueule.

Happy, tendu, retrousse ses babines.

Je tiens Adrial à distance mais je me souviens de l'une de ses aventures vécues dans les temps anciens, en pleine guerre des Prédateurs. Il avait été sauvé d'un fauve grâce à un autochtone qui avait fait tournoyer et siffler quelque chose au-dessus de sa tête. Ça s'appelait un rhombe.

Je réfléchis à toute vitesse et je fouille dans la poche de mon manteau. Pourvu qu'ils y soient encore… Oui ! J'attrape la coque en plastique de mon téléphone portable ainsi que les écouteurs. Le loup grogne. J'essaie de ne pas trembler tout en nouant l'extrémité du fil que j'ai glissé dans le trou de la coque qui sert pour le haut-parleur. Ensuite j'inspire, j'expire, je me lève, avance dans la clairière pour me placer entre Stéphane et le loup prêt à bondir. Je fais tourner à grands gestes le rhombe au-dessus de moi, de plus en plus vite, à la manière d'une fronde. L'air, en s'engouffrant dans le trou réservé à l'objectif photographique, produit un sifflement puis une sonorité aiguë comparable au vent un jour de tempête.

Le loup se rétracte, effrayé, et ne tarde pas à faire volte-face. En moins de quelques secondes, toute la meute détale.

Happy bondit et court et aboie après les loups. Je finis

par comprendre que le son du rhombe l'inquiète aussi, alors je stoppe mon geste.

Un bruit mat me rappelle à la réalité. Derrière moi, Stéphane est tombée à genoux.

Je me précipite pour lui ôter les lunettes. Elles sont mouillées, tout comme ses joues. Elle pleure en silence, comme si aucune respiration n'accompagnait ses larmes. Comme si le temps ne passait pas. Bouleversé par son air perdu, je m'agenouille aussi, la prends dans mes bras et la berce. Je me souviens soudain d'une comptine en arabe que me chantait maman. Une berceuse. Je ne connais pas le sens des paroles, mais je la fredonne doucement dans l'oreille de Stéphane :

– *Mama, mama gaya, bahdy chouailla, gayba halawouillettes...*

Le souvenir perce mon cœur et fait couler mes larmes sur la doudoune de Stéphane.

– Promets-moi de ne rien leur dire, me demande-t-elle tandis que je m'allonge à côté de Marco et François.

Je n'ose pas lui répondre qu'elle devrait ravaler sa fierté, parfois. Il n'y a aucune honte à avoir peur d'une bête sauvage. Je promets cependant, puis je m'endors pendant qu'elle prend son tour de garde, visiblement incapable de fermer les yeux... comme un animal aux aguets.

## 7 DÉCEMBRE

À l'aube, tout est si blanc, même le soleil et son contour, qu'il n'y a plus d'horizon. Nous croisons quelques fermes, suspendues dans cet espace uniforme. Elles sont habitées, comme l'attestent la cheminée fumante et les vaches broutant avec placidité les quelques brins d'herbe épargnés par le froid, dans les prés avoisinants. La fin du monde n'a pas eu lieu pour elles, on dirait. Toutes leurs congénères n'ont pas eu cette chance : hier, espérant trouver refuge dans une étable abandonnée, le spectacle horrible et puant des vaches emprisonnées, mortes de faim, les pis pleins à craquer, nous a arraché des cris.

Nous pourrions demander asile à l'un de ces jeunes fermiers, mais nous redoutons d'être dénoncés. Nous ne trouvons aucun lieu pour nous cacher, cette fois, alors que le soleil se lève et nous expose dangereusement. J'imaginais la forêt du Morvan plus touffue. En réalité, les parties boisées alternent avec de grandes prairies et de longues étendues cultivées autrefois – cet autrefois d'il y a quelques semaines à peine. Nous y marchons alors en ligne et non plus en colonne, et je ressens de la fierté à progresser auprès de ces trois-là et de Happy. Survivants mais aussi déserteurs, nous avons choisi de prendre notre vie en main. De ne pas laisser les adultes la diriger. Le monde palpite autour de nous et peut-être bien pour nous.

– Il faut absolument se reposer, maintenant, murmure Marco tout en observant le soleil blanc, sa main en visière contre son front. Nous avons marché une bonne partie de la nuit et toute la matinée.

– J'ai tout le temps peur de voir surgir un drone, souffle François. Vous croyez qu'ils peuvent tirer ?

– Par là, dit Stéphane pour ne pas répondre, en désignant un massif forestier. On va dormir au milieu de ces troncs droits et serrés. Ce sont des résineux, leurs branchages nous cacheront de ces mouchards.

On s'enfonce parmi les ifs et les épicéas, dont j'aime l'odeur de résine présente même par ce froid. Je confectionne un feu, mais il s'éteindra vite avec l'humidité, et aucun de nous n'est en état de rester éveillé pour guetter et entretenir le brasier. Nous sommes à la merci des loups. Je sens que Stéphane y pense. Nous n'avons pas assez de corde pour nous attacher tous à des branches en hauteur, comme je l'avais lu dans mon livre de survie, malheureusement perdu dans les eaux du Rhône, alors je propose de construire un abri. François a déjà réalisé une cabane à partir de branches attachées entre elles avec des cordes. Il a appris cette technique – le froissartage – lors d'une année chez les scouts, quand il était petit. On s'amuse à bâtir cet abri, pourtant si temporaire, heureux comme des gamins.

Après avoir mangé notre maigre repas, nous nous allongeons pour dormir. Happy contre moi, je ne manque pas l'échange habituel de regards avec Stéphane, avant de fermer les yeux. Nous nous sourions, et cela remplit nos cœurs pour les rêves à venir. C'est l'un de nos rituels, et je m'endors avec ce sourire.

Le réveil est brutal. Marco me secoue sans ménagement et ses paroles me font l'effet d'une douche glacée :
– Les militaires sont tout près. Faites vos sacs. Il faut que vous vous barriez... Vite.

Tandis que je sors à la hâte de mon duvet, Marco nous raconte qu'il a vu des soldats rôder non loin. Ils ne nous ont pas encore repérés, mais ça ne saurait tarder.

Il fait déjà presque nuit dehors, en cette fin d'après-midi. François devient tout pâle quand il comprend. Happy lève son museau intrigué. Stéphane est déjà prête.

Je distingue l'arme de Marco serrée dans son poing, pendant qu'il nous explique son plan : il va tenter de brouiller les pistes et de retarder les militaires pendant notre fuite. Je proteste :
– Pas question. On reste ensemble.

Ses yeux me foudroient sur place.
– C'est pour te sauver la peau que j'ai dû en tuer un, à Lyon. C'est à cause de ça qu'ils nous cherchent ! Et c'est à cause de tes conneries qu'on a perdu deux jours quand tu es tombé dans le Rhône. Alors, maintenant, tu fais ce que je dis sans discuter.

Les larmes menacent de jaillir, tellement j'ai de fureur

à contenir. Comment peut-il me parler comme ça ? Oublie-t-il que j'ai tué, moi aussi ? Et Stéphane aussi ? Nous avons tous notre part de réalité à supporter. Et la souffrance ne donne aucun droit. Aucun !

– Allez, magnez-vous, grince-t-il. Barrez-vous.

Il se croit dans WOT, ou quoi ?

– On se retrouvera porte de Gentilly, lâche-t-il avant de sortir de notre abri, si je parviens à vous rejoindre.

– On s'attend avant ! je crie. On doit se retrouver avant l'entrée à Paris !

Stéphane nous fait signe, à François et moi, de partir devant. Elle veut sans doute essayer de faire entendre raison à Marco. Nous avons parcouru cinq cents mètres dans le froid quand elle nous rattrape. Elle me prend à l'écart : elle va rester avec Marco, moi je dois m'occuper de François, explique-t-elle. Elle refuse que nous restions tous ensemble, prétextant qu'elle seule saura canaliser sa colère.

Mes yeux s'embuent et j'en ai honte immédiatement. Stéphane me prend dans ses bras, comme pour cacher cette honte. Je l'enlace à mon tour, puis nous nous séparons rapidement, et nous détournons l'un de l'autre. J'entends ses pas crisser dans la neige, tandis qu'elle court rejoindre Marco.

Elle me manque déjà. J'espère qu'elle ne croisera pas de loups. J'aurais dû lui donner mon rhombe.

Des coups de feu lointains me glacent le sang. Qui a tiré ? Pas le temps de chercher à le savoir. Il faut fuir.

Le paysage est toujours enneigé. Le blanc paraît gris

à cette heure. François, Happy et moi courons sur un sentier qui paraît déchirer la forêt. Je réalise que c'est moi qui ai gardé les lunettes, et je les sors de mon sac pour les chausser. Dans ma tête, tout tourbillonne. Les choses sont allées trop vite, ce n'est pas ce que je voulais. J'aurais dû imposer mon avis : rester ensemble, quoi qu'il arrive ! En réalité, ne pas savoir ce qui est en train d'arriver à Stéphane m'est insupportable. Mais il est trop tard pour revenir en arrière.

Le croissant de lune éclaire notre course éperdue. Combien de temps fuyons-nous ainsi ? J'essaie de ne pas penser à la présence des militaires, toute proche. L'image du lance-flammes tendu vers moi m'obsède. Comme celle du drone. Ne pas y penser, ralentir les battements de mon cœur.

Soudain, le bruit d'une chute, suivie par un gémissement.

Je me retourne.

Une ombre s'est jetée sur François.

## NUIT DU 7 AU 8 DÉCEMBRE

— **F**rançois !
Quelqu'un le maintient fermement, une lame posée contre son cou. Dans le crépuscule finissant, je remarque que son agresseur porte une espèce de... bec d'oiseau, aux narines longues. Je distingue derrière lui une camionnette blanche stationnée sur le chemin. Happy rugit.

— Retiens ton chien. Et fais-le grimper à l'arrière de la camionnette.

La voix est étrange, comme synthétique, mais c'est une voix d'adulte. Pourtant, la camionnette blanche n'a pas l'air d'appartenir à l'armée. Et un militaire se moquerait pas mal d'un chien...

— Fais ce que je dis ou j'égorge ton copain.

Je me jette sur Happy pour enserrer son encolure et le caresse pour le calmer.

— Yannis ! gémit François.

— Ta gueule ou je te saigne !

François sanglote.

— Maintenant, toi, grimpe à l'arrière de la camionnette avec le chien.

– Je saigne ! gémit François.

– Ta gueule, je te dis. Et toi, vite !

Je m'exécute, entraînant Happy avec moi. François est jeté à ma suite à l'arrière du véhicule. Tout est noir. Seule une plaque de plexiglas nous sépare de notre agresseur. La camionnette démarre en trombe. François continue de pleurer doucement, terrorisé.

Le véhicule roule pendant une bonne heure, mais j'ai tellement perdu mes repères que je n'en suis pas certain du tout. Le temps paraît long dans les ténèbres. Puis la camionnette stoppe et le moteur s'éteint. Je reconnais au-dehors le bruissement de la forêt. La porte coulissante s'ouvre avec fracas.

– Sortez, dit la voix grésillante.

Aveuglés par sa lampe fixée sur le front, nous ne voyons toujours pas le visage de l'adulte. J'observe sa silhouette plus en détail. Ce qui me frappe, c'est qu'il ne porte pas de combinaison NBC, mais un bonnet en laine, une doudoune longue, un pantalon large et des après-skis maculés de boue. Une odeur de jasmin écrasé se mêle à une autre, épaisse et forte, qui me fait penser à du potage. Ces effluves proviennent d'une ferme qui se dresse devant nous. Je salive mécaniquement. L'homme nous fait signe de le suivre.

– Dépêchez-vous.

À l'intérieur de la masse sombre de l'habitation, c'est petit, modeste... et chaleureux. L'odeur appétissante y est plus forte. Dans une cheminée, des braises rougeoient, nous enveloppant d'une douce chaleur. Malgré la situation, je suis bouleversé : j'ai tellement rêvé d'un feu de cheminée, toutes ces nuits et journées passées à grelotter dehors ! Un chaudron y est suspendu. Je reconnais alors le fumet d'une soupe riche en viande, légumes et épices.

Les meubles sont en bois, et une bibliothèque est remplie de livres. Des cages suspendues au plafond abritent des oiseaux qui pépient doucement. Deux chats à la queue sauvage et touffue sautent sur les meubles, jusqu'aux poutres où ils s'allongent en feulant vers Happy qui reste à bonne distance, méfiant. L'homme leur adresse un signe d'apaisement, puis nous indique des tabourets. François et moi nous y asseyons prudemment. L'individu allume des bougies, puis disparaît dans l'ombre de sa cuisine. Nous l'entendons remplir un récipient. Est-ce vraiment le bruit de l'eau qui coule d'un robinet ? François et moi nous jetons un regard surpris. Ce n'est pas possible, il n'y a plus d'eau courante depuis longtemps ! Une écuelle est posée à terre, et Happy se met à laper.

De retour dans le séjour, l'inconnu enlève son bec, qui était retenu par un élastique autour de sa tête, et le retourne. Des herbes et des fleurs séchées en tombent. L'odeur du jasmin s'élève, entêtante. Je comprends d'un coup : il s'agit d'un bec bubonique, semblable à ceux que portaient les médecins pendant la grande peste de Marseille, en 1720, j'ai vu ça en cours d'histoire. Ils le remplissaient d'herbes censées les prévenir des infections.

Le visage de l'homme est encore masqué par un drôle d'appareil avec une grille ronde placée sur la bouche. Il s'assied sur un banc pour enlever ses chaussures humides.

Il ôte aussi sa doudoune. Un gros pull en laine, visiblement tricoté à la main, l'enveloppe encore. Il s'en débarrasse aussi car la cheminée réchauffe bien l'atmosphère.

Cet homme n'a rien d'un militaire.

Enfin, il retire son appareil, l'accroche à un clou de la cloison lambrissée, à côté du bec.

Puis son bonnet.

Il se lève et se tourne vers nous.

L'homme porte de longs cheveux blonds rassemblés en queue de cheval. Un nez fin. Une bouche bien dessinée. Des yeux noirs doux et profonds. Des rides fines sur le front, autour des yeux et des commissures des lèvres. Cet homme est une femme.

– Qu'est-ce que vous voulez ? demande-t-elle avec sa vraie voix, douce et tranquille.

– Heu… Rien, je réponds.

– Mais c'est vous qui… commence François.

On se regarde, lui et moi, complètement perdus. Les oiseaux dans leurs cages pépient sans discontinuer. Un chat rayé de noir et de gris tente de se lover sur mes cuisses. Happy le chasse d'un coup de museau. Elle reprend :

– Vous avez peur ?

– Ça… Ça dépend de quoi, je réponds.

– Ah, tu crois que la peur dépend de quelque chose, toi ! Et de l'enfer, t'en as peur ?

– Oui, je dis en soufflant.

– Eh bien, il me semble que ça suffit…

Son regard nous scrute quelques secondes, puis s'adoucit.

– Désolée de m'être d'abord occupée de l'animal. C'est une habitude que j'ai prise, depuis peu. D'abord les animaux.

Puis, abruptement :

– Est-ce que vous avez de la force ? Est-ce que vous pouvez m'aider ?

Nous restons bouche bée pendant qu'elle disparaît de nouveau dans la cuisine pour en revenir, quelques instants plus tard, avec deux verres d'eau et deux bols. Elle plonge une louche dans le chaudron dans la cheminée, et les remplit de soupe. Elle pose le plateau sur la table et s'installe face à nous. La soupe fume délicieusement.

– Allez-y, dit-elle au bout d'un moment. C'est pour vous.

François m'interroge du regard. Je hoche la tête pour lui signifier d'avoir confiance. A-t-on le choix ? On meurt de faim ! Je tends la main pour saisir un verre. J'avais vraiment soif et l'eau est un véritable nectar. Puis je me rue sur la soupe. Une éternité que je n'avais pas mangé quelque chose d'aussi bon ! J'en ai les larmes aux yeux. François m'imite. Pendant ce temps, la femme explique, avec une longue pause entre chaque phrase :

– J'étais en train de ramasser les petits animaux pris dans mes pièges. Je le fais de nuit pour ne pas être vue, quand la lune est suffisamment claire. Je connais si bien les chemins alentour que je peux même rouler sans phares. Heureusement, parce que depuis le 1$^{er}$ décembre et cette loi à la con, on ne peut plus circuler en voiture. Quand ils ont balancé des tracts par hélico sur toute la région, ça m'a fait un choc. Bah, d'une certaine manière, ça m'arrange, ce couvre-feu. Comme ça, les jeunes fermiers du coin ne m'emmerdent plus. Au début, je voulais les aider et leur donner des conseils. Mais pour eux je ne suis qu'une vieille folle, ou une sorcière à éliminer. Que j'aie survécu leur fait peur. Les rend en colère aussi. Ils auraient aimé que ce soit leurs parents, à ma place... Quand je ne suis pas à la maison, ils en profitent pour piller mes vivres et saboter mes installations. Mes installations... Voilà où je voulais en venir. Elles ne sont pas finies, et je dois faire vite. J'attends quelqu'un. C'est pour ça que je vous ai enlevés.

Une adulte bien vivante se trouve devant nous. Et nous parle. Sans nous braquer ou nous menacer. Ça me paraît fou !

– Quand je vous ai vus sur la route, j'ai cru que vous faisiez partie de ces petits cons qui ne cherchent qu'à me tabasser. Mais j'ai vu le clebs. Personne de méchant ne resterait avec un chien à trois pattes...

– Et ce... Cet... ? ose François en dessinant un cercle avec son doigt autour de sa bouche.

– Oh, cet appareil ! C'est un modificateur de voix. C'est juste pour faire peur.

– Ça a marché, marmonne François, à moitié furieux de s'être fait avoir.

La femme sourit et ajoute :

– Quant au bec, il m'a peut-être sauvé la vie, au début. Maintenant je le garde aussi pour impressionner ceux que je croise.

Je demande timidement :

– Et pourquoi vous...

– Pourquoi je ne suis pas morte, malgré mes cinquante ans bien tassés ?

Une milliseconde de silence, puis elle sourit encore, et son visage rayonne d'une grande bonté.

– Je ne sais pas pourquoi j'ai survécu au virus. Je sais juste comment j'ai survécu après. Je faisais partie d'un groupe écologiste, avant le chaos. On vivait déjà pratiquement sans électricité. Du coup, je n'ai pas changé grand-chose à mes habitudes. Le plus difficile, ça a été de rétablir l'eau courante.

Mis en confiance, on lui raconte une grande partie de notre aventure à Lyon. Je lui parle aussi un peu de mon périple depuis Marseille, et ses yeux brillent quand elle m'écoute.

– Vous devez dormir, les enfants, dit-elle à la fin de notre récit. Après tout ce que vous avez vécu, vous méritez de vous reposer dans un vrai bon lit.

Elle nous mène jusqu'à une chambre lambrissée, au plafond soutenu par des poutres solides. Nous n'osons pas demander à qui elle appartenait, mais de toute évidence une jeune fille vivait là. Boutis coloré posé sur le lit, miroir encadré de ferronnerie en arabesques, sachets de lavande posés sur la commode... Un objet plus insolite est rangé contre la fenêtre : un berceau en osier, orné de dentelles. Avait-elle aussi un bébé ? Inutile de poser trop de questions... Les draps sentent bon, la couette est en plumes d'oie, et même si je dois partager le grand lit avec François, je m'endors avec un sentiment de sécurité peut-être illusoire mais bien réel...

## 8 DÉCEMBRE, MATIN

Une odeur de chocolat chaud me réveille, si bien qu'un bref instant, je me crois de retour chez moi. Je me lèverais et je verrais ma mère dans la cuisine, son sourire s'agrandirait et elle me lancerait un bonjour joyeux.

Mais quand j'ouvre les yeux, la réalité c'est François qui ronfle encore dans le lit, mes vêtements qui puent, et ce monde bourré d'orphelins. Je trouve quand même le courage de me lever.

*Bonjour*, murmure le fantôme de maman assise sur la table en chêne du salon.

Les fantômes de papa et de Camila me saluent, installés près de la cheminée, caressant Happy qui ne les sent ni ne les voit... Enfin, je crois.

– Bonjour ! me lance la femme.

Je souris tristement. La même tristesse voile le regard de notre hôtesse. Nous baissons les yeux tous les deux, mais décidons de jouer la comédie du bonheur pour quelques instants.

– Bonjour, je réponds tout en m'asseyant à la table où du pain de mie complet et de la confiture de fraise m'attendent. Au fait, vous vous appelez comment ?

– Appelle-moi Elissa, avec deux «s». Et toi ?

– Moi, c'est Yannis, et mon copain, François. Mon chien, là, qui a l'air d'avoir adopté votre tapis, c'est Happy.

– Happy... répète-t-elle avec un sourire tout en m'apportant mon bol de chocolat réchauffé grâce à un petit réchaud à gaz.

Puis elle vient s'installer à mes côtés pour siroter un ersatz de thé.

Nous restons un long moment en silence, savourant ce qui existe au-delà des mots.

– Vous savez, dis-je, je croyais que les derniers adultes étaient tous devenus nos ennemis... Sans que je comprenne pourquoi.

– Et moi, j'avais perdu foi en l'humanité entière, mon petit Yannis. J'ai vu des ados survivants se transformer en véritables bêtes. Je les ai entendus raconter qu'une poignée de militaires s'était muée en machine répressive dans les grandes villes. S'il n'y avait pas eu ton chien à trois pattes qui m'a crevé le cœur quand je l'ai vu, je vous aurais fui. Juste fui. Je vous ai embarqués avec le chien quand j'ai vu qu'il vous défendait. Les chiens, ça ne défend que les bons maîtres.

– Je comprends.

– C'est un miracle que vous ayez survécu. Les garçons comme vous sont déjà morts depuis longtemps.

– On a eu de la chance, je réponds d'une voix sourde tout en pensant douloureusement au clou planté dans le cou de Reggie.

«Les garçons comme nous» ? Que veut-elle dire ? Je ne sais même plus vraiment qui je suis...

– Qui es-tu vraiment, Yannis ?
– Qu... Quoi ?
– Tu ne le sais peut-être pas toi-même...
– De quoi vous parlez ?

Elle me scrute de ses grands yeux noirs, de longues secondes.

– Je te sens en quête de quelque chose que tu ignores toi-même. Toi, peut-être. Mais tu sais, on ne se trouve pas, en réalité. On se construit. Il suffit d'avoir une image idéale de soi-même à atteindre. Sais-tu qui tu veux devenir ?
– C'est que... Devenir ? Après tous ces morts ?
– Oui. Tu es là. Je suis là. Le soleil brille dehors et l'herbe poussera encore au printemps. Ce n'est donc pas la fin du monde.
– Mais c'est la fin d'un monde.
– Tu as raison. Mais au cours d'une vie, on connaît la fin de plusieurs mondes, tu sais. Le plus difficile, c'est de survivre en restant digne.

Elle soupire et se redresse avec un geste de la main qui balaie l'air devant elle.

– Laisse tomber, Yannis, vivre seule me rend bizarre, je crois. Et je ne suis pas sûre d'être bien placée pour te donner des leçons de vie.

La porte de la chambre s'ouvre alors sur un François ébouriffé et endormi qui nous fait sourire. Un matin comme ça, c'est vraiment comme si le monde d'avant existait encore.

La journée se déroule comme si le monde ne s'était pas écroulé, au fil de tâches simples. Il a cessé de neiger, et la température paraît se radoucir. Nous découvrons au-dehors une éolienne, des cages à lapins et un enclos à poules, qui fournissent des œufs frais. Elissa a appris à vivre en autonomie complète. D'abord avec les autres membres de sa communauté puis, quand ils sont morts, grâce à des ouvrages de botanique et d'agriculture. Elle a appris à reconnaître les plantes bienfaisantes, et à faire pousser de quoi se nourrir. Elle sait tuer et dépecer un lapin, et ensuite le faire cuire. Maintenant que le froid est là, c'est plus difficile car elle doit se débrouiller sans son potager – elle a été obligée de se ravitailler dans les habitations et magasins des alentours –, mais dès la belle saison, elle n'en aura plus besoin. Nous l'aidons à poursuivre son grand objectif : enfouir les tuyaux d'une pompe à bélier hydraulique, qui lui a permis de rétablir l'eau courante dans sa maison, et ce avant l'arrivée du gel. Par chance, pour l'instant le temps est clément et la neige a un peu fondu. Après avoir brisé la couche gelée en surface, la terre est meuble et facile à creuser.

Ce travail physique et utile me fait du bien, mais ne parvient pas à chasser mon inquiétude. Je n'arrête pas de penser à Stéphane et Marco. Je leur ai dit qu'on s'attendrait avant de repartir pour Gentilly, mais comment pourraient-ils deviner où nous sommes ? C'est à nous de les retrouver, en espérant qu'il ne leur est rien arrivé. Je me sens suffisamment en confiance avec Elissa pour lui parler de nos amis, alors qu'elle tamise de la farine en la passant à travers une moustiquaire. Puis on fait une pâtes à crêpes avec cette farine, que l'on met à cuire sur une poêle. Je me souviens de ces moments où j'observais ma mère cuisiner. Le souvenir du goût du miel de ses pâtisseries fait couler la salive dans ma gorge.

– Nous allons repartir demain, dis-je pour finir. On a un rendez-vous à Paris.

– Un rendez-vous ?

– Avec Khronos ! lance François négligemment.

– Khronos ?

Je lance un regard plein de flammes à François. D'un autre côté, je ne vois pas bien ce qu'il peut y avoir de dangereux à en parler à une ermite qui ne voit jamais personne. Alors, on lui raconte WOT, le message de Khronos, et notre désir de nous rendre au rendez-vous.

Elle se tourne vers nous avec un sourire mystérieux.

– Je comprends mieux pourquoi vous avez réussi à rester en vie...

## 10 DÉCEMBRE

La neige n'a pas fondu partout; autour de la ferme il en reste quelques îlots. Je suis content d'avoir aidé Elissa.

François et moi vivons une sorte de renaissance : nos vêtements sont lavés, sentent bon, et sont doux sur la peau. Nos corps aussi sont propres, ainsi que nos cheveux que nous avons traités avec du shampooing anti-poux. J'ai même lavé Happy dans une grande bassine ! Et puis nous pouvons manger et boire des aliments chauds ou frais, à notre guise, grâce aux bouteilles de gaz. Faire couler de l'eau des robinets. Aller dans de vraies toilettes, sèches, bien sûr. Tout ce confort, simple mais précieux, a un prix que nous payons volontiers en cueillant, cuisinant, lavant, creusant, bricolant...

Nous restons cependant sur nos gardes, et jetons souvent des regards anxieux vers le ciel avant de sortir de la maison. Nous n'oublions pas que des drones peuvent rôder. Nous n'en parlons pas à Elissa pour éviter de l'effrayer, déjà honteux de l'exposer à son insu au danger.

Le souvenir du bonheur, oui... Je sirote un thé fumant, adossé à la porte d'entrée, pendant que François, assis sur le perron, profite des derniers rayons du soleil d'hiver qui disparaît peu à peu derrière l'horizon. Je regarde Elissa poser un collet à l'orée du bois. Elle revient triomphante, une sorte de mulot dans la main. Comme elle approche, je sens son incroyable présence. Lorsqu'elle est là, tout paraît s'ordonner soudain. Il n'y a plus de drames anciens ou possibles. Même l'état de notre monde paraît naturel et, jusqu'à la chose la plus minuscule, tout se met immédiatement en place. Elle me sourit dans la vapeur de son haleine. Le froid est vif. Il a encore neigé cette nuit et creuser sera difficile aujourd'hui.

– Tu as dit l'autre jour que tu attendais quelqu'un, Elissa, dis-je. Qui ?

Son sourire frémit.

– Oh, ne fais pas attention à tout ce que je raconte. Je débloque, parfois. J'attends, ou je n'attends pas. Qu'est-ce que ça change ? C'est comme votre Khronos. Parfois j'y crois. D'autres fois...

– Et ce berceau dans la chambre ? s'étonne François.

– Ce... berceau...

Elissa se laisse tomber sur un billot de bois. Nous n'avions pas osé parler de ce berceau, auparavant – qui ose encore parler de bébé, en pleine apocalypse ? François rougit comme s'il avait blasphémé. Notre hôtesse prend une longue inspiration.

– Oui, j'attends quelqu'un. Je veux croire qu'elle est encore en vie. Ma fille... Elle allait sur ses dix-huit ans et vivait déjà avec son copain, à Autun. Elle... Elle était enceinte. Je suis allée chez elle... Tout était dévasté.

Je ne sais pas où elle est, mais elle va revenir, elle va revenir, je... je veux y croire. Elle doit me trouver là. Tout sera prêt pour accueillir son bébé. C'est pour le bébé que je fais tout ça. C'est pour lui, l'eau courante. Ils vont revenir. Je dois rester...

Elissa change de physionomie brusquement et se redresse, aux aguets. Happy qui chassait une bestiole dans la neige se fige à son tour.

– Quelqu'un approche, murmure François.

François et Elissa sont prêts à se replier dans la ferme, mais l'attitude de Happy les fait hésiter. Il jappe joyeusement et court vers la forêt. Il n'exprimerait une telle impatience que pour une seule personne.

– Stéphane, dis-je pour moi-même...

À cet instant, deux silhouettes émergent du bois. C'est elle ! La vue de mon amie inonde mon cœur de soulagement et de joie... Mais quelque chose ne va pas.

Marco précède Stéphane. Un fusil d'assaut à la main, il marche droit sur Elissa. Chacun de nous pâlit d'un coup à la vue de son regard dur et froid.

– Lève les mains !

Je ne comprends pas tout de suite ces mots pourtant simples. Je m'attendais à un « Salut ! », un « Tiens, qui est votre amie ? », ou « Tout va bien pour vous ? » Quel naïf ! À croire que j'ai oublié dans quel monde nous vivons désormais. Le temps se suspend, l'atmosphère change de densité et l'air me manque.

Happy, lui, a compris et aboie violemment en direction de Marco.

— Toi, la vieille, tu passes les clés. Vous deux, vous allez chercher des vivres, et vous montez dans le camion.

Je murmure : « Marco, Stéphane », et Elissa me regarde, stupéfaite. Elle comprend que ces deux-là sont les amis que François et moi attendions...

— D'accord, dit-elle calmement. Je vais vous donner les clés de la camionnette. Vous allez pouvoir partir avec vos amis Yannis et François. Ils vous attendaient. Et je ne parlerai de vous à p...

— Mais tu viens avec nous ! je m'exclame.

Elle me fixe de son air doux.

— Non. Je veux rester ici. Pour attendre, tu sais bien, Yannis. Je ne risque...

— Ça suffit ! coupe Marco.

Il avance encore d'un pas. Je vois ses mains se crisper sur la crosse de son arme levée. Ses doigts tremblent. Un mètre à peine entre le canon et le front d'Elissa. Mon cœur se glace. Jappements indignés de Happy. Stéphane se rapproche, l'air indécis. Qu'est-ce qu'elle fout ? Pourquoi ne réagit-elle pas ?

— Les clés ! Grouille ! ordonne Marco.

— Elle vient de te dire qu'elle allait te les donner, s'insurge François, alors baisse ton arme !

— Oui, ça vient, murmure Elissa en fouillant sa poche. Allez rejoindre votre Khronos. Lui seul vous sauvera. Il vous sauvera, qu'il existe ou pas.

À ce nom, Marco se fait plus menaçant :

— Comment tu connais Khronos, toi ? T'es avec l'armée ? Tu veux nous piéger ?

— Laisse-la !

Il est devenu fou ou quoi ? Je serre les poings de colère.

— Éloigne-toi, Yannis, m'intime-t-il, nerveux.

Sa mâchoire se contracte. Tout en lui se rétracte. Mais je réponds fermement :

— Non.

Je fais même le contraire. Je me place devant Elissa. *Non*, je répète en moi-même. Stéphane secoue la tête comme pour dire non elle aussi, mais non à quoi ?

— Non, murmure François à son tour, pour me dissuader de me placer en bouclier humain.

— Elissa est notre amie, dis-je. Et c'est moi qui lui ai parlé de Khronos.

Stéphane, aide-moi. Fais comprendre à Marco qu'il doit me croire ! Happy, lui, devient comme fou en voyant l'arme pointée maintenant vers moi.

— Ta gueule, sale clebs ! hurle Marco. Ta gueule ! À cause de toi, je... on...

Ce regard injecté de sang ! Il n'est plus lui-même. Il pourrait me tuer, je le sens. Il le pourrait ! Deux mètres derrière lui, Stéphane bouge enfin. Elle sort un pistolet de sa poche, doucement, comme un sabre de son étui. Je ferme les yeux. Toi aussi, Stéphane, tu serais prête à tirer sur ma nouvelle amie, juste parce que vous la soupçonnez de faire partie de l'armée ? Crois-tu que j'aie pu me laisser abuser à ce point ? Je retiens mon souffle.

— Lâche ton arme, Marco, dit-elle posément.

Je rouvre les yeux. Ce n'est pas moi qu'elle braque... mais Marco !

– Si tu ne la lâches pas tout de suite, je te tue, ajoute-t-elle.

– Mais Lady, tu es dingue, tu vois bien que...

– Lâche ton flingue, putain !

Marco ne lâche rien.

– Tout de suite, Marco !

– Tu ne tireras pas.

Il ricane :

– De toute façon, on est du même côté, tous les d...

Stéphane agit alors d'un seul coup, sans prévenir. Elle lui assène un coup de crosse, avec une violence qui me fait sursauter. Elle a touché le visage de plein fouet, et un jet de sang gicle dans la neige. Marco tombe à genoux, sans desserrer les doigts.

– Lâche ton putain de fusil, maintenant !

Il le laisse enfin tomber, pour placer sa main en coupelle sous son nez qui pisse le sang. Il jette un regard effrayé vers Stéphane qui paraît se réveiller à peine d'un cauchemar. Elle écarquille les yeux comme si elle avait du mal à croire qu'il s'agit bien de la réalité.

– Ça va aller, Stéphane, dis-je doucement.

Je m'approche d'elle et pose ma main sur son pistolet pour l'abaisser. Elle se laisse faire. François ramasse le fusil d'assaut à terre.

Tout se fige l'espace d'un instant. Elissa paraît une statue de cire dans un paysage blanc. Stéphane, une colonne de marbre en train de s'effriter. Marco, une masse informe au sol. Un oiseau s'envole soudain du toit de la maison, pressé de s'enfuir.

– C'est OK, Stéphane. C'est OK. Respire...

Elissa fait volte-face et rentre dans la ferme sans un mot. Je jette un coup d'œil à Stéphane, pâle et lointaine, et suit Elissa. Je la trouve effondrée sur une chaise. Elle lève un regard troublé vers moi.

– Qu'est-ce que vous êtes en train de devenir, tous ? Qu'est-ce qui vous arrive, hein ? Yannis, ne deviens pas comme eux. Retourne auprès de tes amis. Ils ont besoin de toi. Montre-leur qu'une autre voie est possible. S'il te plaît.

Elissa me supplie de son regard empli de bonté. Je lui souris faiblement pour la rassurer, puis je cours au-dehors pour rejoindre Stéphane. Elle est en train de vomir sur un tas de fumier. Tout son corps se révolte devant sa propre violence.

– J'étais... J'étais obligée, Yannis, parvient-elle à dire entre bile et spasmes. Sinon, il tuait ton amie, et Happy.

– Oui. J'ai vu. Tu as fait ce qu'il fallait.

Je n'aurais pas frappé en plein visage, moi, cependant. Mais j'ignorais aussi qu'un jour je tuerais quelqu'un, avant d'être amené à le faire. Qui suis-je pour la juger ? Elle semble suffisamment bouleversée comme ça...

Un peu plus tard, attablés chez Elissa, Stéphane nous raconte d'une voix monocorde que Marco a tué les trois soldats qui nous suivaient dans la forêt. De sang-froid, précise-t-elle avant de se retrancher dans un silence tourmenté. C'est pourquoi elle a exigé que François l'enferme à l'arrière de la camionnette, tout à l'heure, afin de le neutraliser. Elle a peur de lui, désormais. Moi, je ne sais pas quoi penser : Marco a déjà tué un militaire, c'est vrai, mais c'était pour me sauver. A-t-il de nouveau tué pour sauver Stéphane ? Mais pourquoi alors était-il prêt à nous tirer dessus, François et moi ? Qu'est-ce qui lui a fait péter les plombs ? Stéphane a l'air très choquée.

Elissa nous rejoint, une tasse fumante entre les mains.

– Si jeune et déjà meurtrier, soupire-t-elle.

Ses phalanges blanchissent à force de serrer la tasse. Stéphane sort enfin de son monde intérieur.

– Cela fait trois nuits que nous vous cherchons, lâche-t-elle sur un ton de reproche.

– Nous vous attendions, je réponds. Comme prévu.

Elle fronce les sourcils. Les flammes crépitent dans la cheminée. Je ne comprends pas. Qu'attendait-elle de François et moi ? Nous en veut-elle de nos quelques jours de répit avec Elissa, pendant qu'elle vivait, elle, un véritable cauchemar ? Elle se tourne vers ma nouvelle amie comme par dépit. Depuis son irruption, elle la regarde comme une énigme.

– J'ai besoin de savoir, madame : avez-vous, il y a une dizaine d'années environ, participé à un programme de recherche concernant un vaccin contre la méningite ?

– Je... Je ne me souviens plus quels vaccins ils ont testé sur moi... J'ai été cobaye scientifique, il y a... treize ans, je crois. C'était bien payé et j'étais un peu ric-rac à cette époque, alors...

Elissa a sûrement reçu le MeninB-Par qui a protégé les quinze-dix-huit ans du virus. Voilà pourquoi elle a survécu.

– Marco pensait que vous étiez une militaire, reprend

Stéphane. Seuls les militaires ont survécu, parmi les adultes. C'est pour cela qu'il...

Qu'il a perdu les pédales ? Elle ne finit pas sa phrase, trop émue, et change aussitôt de sujet :

– Je vais faire la vaisselle. Les garçons, pendant ce temps, vous rassemblez vos affaires ? Nous ne devons pas trop tarder par ici...

Elissa la rejoint et je les entends chuchoter dans la cuisine.

Quelques minutes plus tard, Elissa tire les fameuses clés de sa poche et les pose dans la paume de ma main, refermant mes doigts autour d'elles.

– Je te donne ma camionnette. Je n'en ai plus besoin. Je n'ai qu'à attendre, et toi, tu dois continuer ton chemin. C'est dans l'ordre des choses.

– Mais si les militaires te trouvent, Elissa...

– Ne t'inquiète pas pour moi. Je suis pleine de ressources. Et l'avenir, c'est toi. C'est vous. Vous devez vous sauver.

Elle désigne Stéphane et François, devant la camionnette.

– Partez.

Je me jette dans ses bras. Cette femme forte me paraît légère, soudain. Des larmes coulent sur mes joues. Que va-t-elle devenir ? La reverrai-je un jour ?

– Tout ira bien... murmure-t-elle.

– Yannis, me presse Stéphane, il faut faire vite, d'autres soldats ne sont peut-être pas loin.

Je me détache d'Elissa. François charge les affaires

à l'arrière, puis nous nous installons tous les trois à l'avant de la camionnette. Happy se couche aux pieds de Stéphane et François. Je mets le contact. Le moteur vrombit. J'appuie sur l'accélérateur en m'efforçant de ne pas jeter un seul regard dans le rétroviseur.

## NUIT DU 10 AU 11 DÉCEMBRE

Mes larmes coulent dans le soir déclinant. J'en ai assez de perdre ou de quitter les gens ! Assez !...

Stéphane passe sa main sur ma joue. Ce contact m'apaise. J'aimerais que ses doigts chauds restent sur ma peau.

– Vous savez quoi ? dit François. Happy sera mille fois plus à l'aise à l'arrière et... moi aussi. Comme ça, je tiendrai compagnie à Marco, je m'assurerai qu'il va bien. Et je le surveillerai, s'il le faut.

Je stoppe la camionnette et descends pour ouvrir le hayon.

– Vous avez ligoté Marco ? je m'exclame. Dans son état ?

Son nez a beaucoup saigné, et coagulé dans les narines, l'empêchant de bien respirer.

– C'est Stéphane qui... marmonne François.

– Merde, souffle Stéphane quand elle constate les dégâts.

Elle nettoie et place des cotons dans les narines de Marco, horrifiée de le voir dans cet état. Elle semble enfin le revoir tel qu'il est : un être humain. Il parvient à manger un peu de ce qu'elle lui propose.

– Pardon, murmure Marco.

On en reste tous les trois stupéfaits.

– Pardon, répète-t-il.

Ses yeux brillent dans la pénombre.

– Je voulais vous protéger.

Il paraît pitoyable, ainsi.

– Libérons-le ! Ce n'est pas un animal, Stéphane. Il a pété un câble, c'est tout.

– Laissons ses mains attachées, Yannis.

Son regard gris se plante dans le mien. J'y lis de la peur. La même qu'en présence des loups. Le visage de Marco se tord en une grimace de douleur, mais je cède à Stéphane. Je ne supporte pas cette peur qui se répercute en moi.

L'air est frais alors je m'empresse de reprendre le volant, dans la chaleur de l'habitacle. La nuit tombe brutalement. Je chausse mes lunettes de vision nocturne, et Stéphane en sort une paire d'un gros sac qu'elle a mis à ses pieds.

– D'où elles viennent, ces lunettes ?

– Des militaires que Marco a tués.

– Et qu'est-ce que tu as, à part ça ?

Elle m'énumère alors un véritable inventaire d'armurerie : quatre pistolets automatiques et semi-automatiques, dont trois SIG-Sauer de 38 mm de calibre, et un Manurhin. Des grenades. Il y a aussi deux fusils d'assaut...

Je n'aime pas ça et j'hésite... Je voudrais lui dire de jeter toutes ces armes et de n'en garder qu'une pour chacun de nous. Un pistolet par tête, ça me paraît amplement suffisant.

Mais comment lui demander ça après le traumatisme qu'elle a subi en assistant au meurtre des trois soldats ? Elle a besoin de se rassurer, ça crève les yeux. De neutraliser Marco. D'avoir de quoi se défendre… Je secoue la tête dans le noir, impuissant, et appuie sur l'accélérateur.

Au bout de longues minutes de conduite, je pose la question qui me préoccupe depuis un moment :

– Tu crois qu'Elissa risque quelque chose ?

Stéphane s'est murée dans le silence. Je dois insister pour obtenir une réponse. Elle finit par lâcher :

– Non, Elissa est maligne. Et puis, pourquoi les soldats lui feraient-ils du mal ? Ils ne s'intéressent qu'à ceux qui tuent des militaires. Marco. Moi, à cause de lui. Et toi aussi…

Surpris, je fais un écart. Qu'est-ce que c'est que cette histoire ?

– Je n'ai tué aucun soldat, je proteste.

– Sauf qu'ils s'en foutent. Ils nous mettent tous dans le même panier.

Elle insère un disque dans le lecteur. Une chanson française des années soixante-dix grésille dans les haut-parleurs. La musique nous enveloppe.

– Ils t'ont classé comme criminel, Yannis, m'explique-t-elle avec un soupir. Ils ont mis des chasseurs sur nos traces, ils vont nous traquer. Et ils nous attendront, au rendez-vous de Khronos, pour vous… pour nous abattre.

– Quoi ?

– L'un des militaires avait une clé USB. J'ai eu le temps d'en consulter une partie du contenu en le branchant sur sa tablette, avant qu'elle ne soit détruite. Et j'ai piqué la clé. Ils ont des dossiers sur chacun de nous. Marco, François, moi, toi. À leurs yeux, nous sommes des assassins. Et ils ont trouvé un point commun entre nous : on se rend tous au même rendez-vous, à Paris. Donc c'est devenu à leurs yeux un rendez-vous criminel. Tu piges ?

Je mets un long moment à encaisser cette nouvelle catastrophique. De nombreuses zones restent floues et incohérentes à mes yeux, cependant. J'essaie de recoller les morceaux de ce que je sais :

– Si les militaires nous attendent là-bas, pourquoi tu veux quand même y aller ?

– Je n'y ai pas réfléchi...

Pas réfléchi ? Elle a détourné les yeux. Est-ce qu'elle me cache quelque chose ?

– L'urgence, c'était de se barrer, poursuit-elle. Pour ne pas attirer l'armée chez votre amie.

– Quand même... Tout ce déploiement de forces rien que pour choper quatre ados, ça me paraît bizarre. Tu ne crois pas qu'il y a autre chose ?

Et si c'était *parce que* nous voulons nous rendre au rendez-vous de Khronos que nous sommes ainsi pourchassés depuis le début ? Peut-être que tous les Experts sont traqués ? Peut-être que les autorités ont peur de Khronos ? Peut-être qu'il a un réel pouvoir qui les terrifie ! Et peut-être que cette clé USB contient les informations qui nous

manquent, et même – qui sait ? – l'identité de Khronos !
Stéphane interrompt le fil de mon raisonnement :

– Toi, tu crois qu'on peut encore faire confiance à quelqu'un, Yannis ?

– Tu peux avoir une entière confiance en moi. Ça, je te le promets.

---

Les premières tours annoncent la capitale, plongée dans les ténèbres. Notre angoisse augmente subitement. Quelle est la situation à Paris ? Celle de Lyon était si différente de celle de Marseille... Combien d'hommes armés à terre ? Existe-t-il des R-Points, ici, et si oui combien ? Combien de pillards, et combien de bandes ? Combien de drones ? Pour l'instant, c'est surtout l'absence de bruits naturels, murmures, cris, chants, ou déplacements, qui m'étonne. Juste un silence lourd, froid et inquiétant.

Aucun mirador à l'horizon, ni aucun homme-mouche. Aucun hélico-bourdon. Aucun ado, bien ou mal intentionné. Tout est endormi... Ou plutôt mort.

J'ai réussi à convaincre Stéphane de délier Marco, et même de le laisser nous rejoindre à l'avant. Elle a cédé car nous avons besoin de lui : il est le seul à connaître un peu les lieux. Il va nous guider jusque chez son copain Expert. À peine libéré, Marco siffle avec une grimace ironique :

– Tu es prête pour ta petite réunion familiale, Stéphane ? On sera conviés ?

– Qu'est-ce que ça veut dire ? je demande, surpris.

– Il délire, coupe Stéphane, abrupte. Ne fais pas attention à lui.

Qui espère-t-elle retrouver à Paris ? Son frère Nathan ? Mais pourquoi, alors, cette tension entre eux ? Quand Marco s'installe à la droite de Stéphane, celle-ci se raidit. François, lui, est resté à l'arrière avec Happy.

L'air est froid et épais. Les barres d'immeubles se multiplient. Les vestiges du monde d'avant sont plus détériorés qu'à Marseille, les affiches de publicité et de cinéma, délavées et déchirées. Davantage de temps a passé.

Le bruit du moteur me rend nerveux, j'ai peur qu'à cause de lui on nous repère. J'accélère pour arriver plus vite, évitant les grandes artères. Dans les petites rues de banlieue, le paysage dévasté ressemble aux rues de Marseille ou de Lyon, avec ses voitures abandonnées, ses vitres brisées, ses traces d'incendies volontaires ou accidentels, ses poubelles débordantes et ses chiens errants. Je crains à tout instant de voir surgir une bande de pillards qui nous barrerait la route. Souvent, les véhicules abandonnés nous obligent à faire demi-tour, ce qui joue encore plus avec nos nerfs. Les quelques magasins que nous longeons sont tous entièrement vides. La situation doit être la même dans chaque ville désormais : tout a été dévalisé et se ravitailler va devenir vraiment problématique. Comment allons-nous survivre ? L'image d'Elissa traverse mon esprit.

– Coupe le moteur, Yannis, m'ordonne soudain Marco, peu avant 22 heures.

Sans lunettes de vision nocturne, trop douloureuses pour son nez fracassé, il ne peut rien avoir vu. Il a dû entendre quelque chose, plutôt. Je m'exécute aussitôt, et en une seconde notre camionnette ressemble à tous les autres véhicules stationnés dans la ruelle. Avec mes lunettes ILR, je découvre des cadavres en état de décomposition avancée dans les voitures voisines. Un frisson d'horreur me parcourt, au moment même où je perçois le vrombissement des hélicoptères. Ils volent bas et se rapprochent. La peur au ventre, nous retenons notre souffle. Ils nous survolent durant plusieurs secondes.

Le battement de mon cœur ralentit.

Les pales tranchent l'air méthodiquement.

Avec une rapidité cruelle.

Puis le bruit s'éloigne et disparaît. L'air redevient respirable.

Nous repartons, pétris d'angoisse.

Quelques minutes plus tard, Marco, qui étudie la carte avec une lampe torche, nous annonce que la porte de Gentilly est tout près. Tout à coup, des lumières jaunes et crues nous surprennent au détour d'une rue.

— Merde, ils ont illuminé le stade Charléty ! s'écrie Marco.

Ce stade est puissamment éclairé, plus loin. Un R-Point ?

— Prends le rond-point, fais demi-tour ! m'ordonne Marco.

Je m'engage sur le rond-point, je passe devant le pont

du périphérique où un barrage a été dressé, je tourne encore... Soudain, la camionnette dérape.

– Qu'est-ce que... ? s'exclame Marco.

– On nous tire dessus ! je m'écrie.

Une rafale de mitraillette vient d'imprimer ses impacts sur le rétroviseur et le pare-brise. On a tous baissé la tête par réflexe. Pas le temps de demander si quelqu'un est touché. Je perds le contrôle de la camionnette, qui fait un tête-à-queue. Un pneu éclate. Je parviens à l'immobiliser et elle manque de basculer sur le côté, sur le terre-plein central. Je jette un regard à Stéphane et Marco. Ils n'ont rien. J'espère qu'il en est de même pour François et Happy... Sur notre droite, de puissants projecteurs sont braqués sur nous. Marco passe la tête par la fenêtre ouverte côté passager et souffle d'une voix blanche :

– Ils arrivent.

Aussitôt, il épaule l'un des fusils d'assaut. Stéphane le supplie de ne pas tirer. Mais il nous presse de fuir. Et lui ?

– François ! appelle-t-il. Tu te barres, en passant par l'avant de la camionnette !

J'admire le sang-froid et le bon sens de Marco. Mais lui, bon sang ? Il ne va pas encore se sacrifier pour nous ?

Une voix amplifiée par un haut-parleur nous glace d'effroi :

– Sortez du véhicule, les bras levés ! Vous avez violé la loi sur le couvre-feu.

Les militaires ! Ne pas paniquer. Je respire à fond, puis je sors le plus doucement possible côté conducteur, là où ils ne peuvent pas nous voir. Happy aboie pendant que François essaie de forcer la vitre intérieure à coups de poing. Mais elle ne cède pas. Marco conseille alors à François de sortir par le hayon dès qu'il ouvrira le feu. Il le couvrira. Et Stéphane, pourquoi ne sort-elle pas ? Qu'attend-elle ? Je l'appelle doucement. Elle s'extrait enfin du véhicule. Je tape sur la carlingue.

– François, putain ! Sors, maintenant !

Le hayon s'ouvre enfin en grinçant et Happy me saute dessus la seconde suivante.

– Ne tentez pas de vous cacher ou nous allons ouvrir le feu, hurle le mégaphone, alors qu'un nouveau projecteur s'allume. Sortez les bras levés très haut. Vous avez enfreint la loi martiale et le couvre-feu...

Marco se glisse à son tour dehors.

– Qu'est-ce que vous attendez ? Barrez-vous, murmure-t-il. Je vous offre deux minutes d'avance. Une fois de plus.

– Nous allons tirer, dernière sommation, prévient la voix, menaçante.

– François, viens !

François descend enfin, blême, les bras levés. En plein dans leur lumière...

– François, fait Stéphane, on se casse !

– Maintenant ! lance Marco.

À son signal, je m'élance. J'entends derrière moi les halètements de Happy et le souffle saccadé de Stéphane. La camionnette nous protège, il faut juste qu'on atteigne cette ruelle, là-bas. Une rafale me glace le sang. Je cours encore plus vite. Plus vite, plus vite.

La ruelle.

Atteindre la ruelle.

Plus vite.

Je me jette derrière une grosse voiture noire à l'angle de la ruelle. Stéphane, qui me suivait de près, se glisse près de moi. Mais personne ne nous rejoint. François est toujours à côté de la camionnette, paralysé par la terreur, les yeux rivés vers la source des tirs. C'est alors que je vois Marco...

Dans la lumière des projecteurs, il s'avance à découvert, dans une posture digne des plus grands combattants de WOT. Crosse du fusil d'assaut contre son épaule, il tire sans s'arrêter et se dirige... vers la mort.

– Marco ! lâche Stéphane dans un souffle.

Elle esquisse un geste pour s'élancer vers notre ami, mais je la retiens.

De nouvelles rafales éclatent.

Marco...

Il reste suspendu quelques secondes dans les airs, comme un danseur arrêté en plein vol. Son corps, projeté en arrière. Touché. Encore, et encore. Secoué de soubresauts. Perforé de balles.

Des larmes coulent sur mes joues.

Dans WOT, il se serait relevé. Mais nous ne sommes pas dans un jeu et il est impossible qu'il survive à ça. La vraie vie est ainsi, fragile et précieuse. Elle devrait être notre plus grand trésor. Tant de morts. Tant de violences. Pourquoi Marco ?...

Il tombe enfin à terre, sur le dos, danseur désarticulé dont les jambes forment à présent un angle ridicule.

Un autre monde vient de finir.
Un monde avec Marco...

Une voix puissante, irréelle, me ramène à mon autre ami :
– Ne faites aucun geste ! Ne bougez pas, gardez les bras en l'air.
En voyant François s'exécuter, je comprends qu'il est perdu.
La main de Stéphane broie la mienne.
Il faut fuir.

# QUATRE

## 11 DÉCEMBRE

Toute la journée, Stéphane et moi hantons Gentilly, Montrouge, Vanves, Malakoff. Partout, des barrages nous empêchent d'entrer dans Paris. Sacs de sable, grilles antiémeutes et ados à la solde de l'armée, bardés de fusils. Rien à faire...

Nous n'avons pu que longer la ceinture périphérique, par les toits, pour nous rendre compte de la situation. J'espère aussi apprendre quelque chose qui nous aiderait à retrouver François... Sans succès. Encore en état de choc, nous surplombons des rues dévastées, assistons à des bagarres, et fuyons la puanteur. Les ordures ne sont plus traitées depuis plus d'un mois et demi.

Courir sur les tuiles, les dalles de béton ou de zinc me fait du bien. Parfois, je me résous à courir aux côtés de mon chien dans les rues, pour qu'il ne nous perde pas, mais je cherche à éviter le plus possible le sol puant et les rats. J'observe le manège de certains ados, en bas, qui troquent des vivres contre des piles ou de l'essence. Comme à Marseille, un nouveau réseau économique s'est mis en place, au sein duquel les sources d'énergie sont la nouvelle monnaie. Cette économie est déjà monopolisée par une poignée de petits malins. Je pense à Elissa, qui savait fabriquer sa propre énergie avec l'eau, le vent ou le soleil, et qui ne dépendait de personne. Comment feront ces ados quand leurs ressources seront épuisées ?

Le couvre-feu est bien sûr appliqué ici aussi. Comme la nuit tombe, nous choisissons en hâte pour refuge un appartement peu fourni, sous les combles d'un immeuble. Dans l'urgence, nous n'avons pas trouvé mieux.

Stéphane me rejoint sur le toit, d'où j'observe Paris. Seuls quelques rares endroits sont illuminés : le stade Charléty, et d'autres R-Points, sans aucun doute.

Puis nous redescendons et tirons des matelas dans le salon. Stéphane déniche oreillers et couvertures. Dormir chacun seul dans une chambre nous paraît trop effrayant. Alors qu'elle arrange nos «lits», j'évoque enfin ce qui ne cesse de me tourmenter :

– Il faut retrouver François.

– C'est de la folie. Comment veux-tu qu'on le sorte des mains de l'armée, alors qu'ils doivent nous rechercher ?

– On doit essayer ! Il faut se rendre au R-Point le plus proche pour obtenir des informations sur lui.

Comment abandonner un vivant, dans ce monde où la Mort fauche à grands gestes ? Un ami, en plus ! L'image de Marco fusillé me hante. François est certainement retenu au stade Charléty. Il existe forcément un moyen de contourner ou de forcer les barrages.

– Je connais un autre moyen, Yannis.

— Pour libérer François ?

— En tout cas pour l'innocenter. Pour nous innocenter tous. Toi, moi, lui.

Stéphane s'assied sur son matelas, s'adosse au mur et prend une grande inspiration. Je m'assieds à mon tour et attends, le cœur battant. La pénombre encourage les confidences. Elle laisse passer un long silence, puis se lance :

— Tu veux tout savoir ?

— Bien sûr que je veux tout savoir !

J'ignore ce qu'elle a à me révéler mais ça a l'air important. Elle regarde droit devant elle avant d'expliquer à voix basse :

— Pour commencer, mon frère Nathan a moins de quinze ans et pourtant, il est en vie. Ma mère aussi est en vie. Et mon père. Ils ont tous été mis à l'abri du virus par l'armée, à Paris. Mon père est le Dr Certaldo, c'est un médecin très réputé. Il a été sauvé pour trouver un remède au virus. On l'a nommé contrôleur général, il organise le retour à la vie normale.

Je reste sonné un instant par autant de révélations en une seule tirade.

— C'est... C'est pour ça que tu m'as accompagné jusqu'ici ? Ta famille est à Paris, c'est ça ?

— Oui. Je suis venue pour les retrouver.

J'hallucine ! Mais non, ça a l'air vrai. Deux colères grandissent et se mêlent en moi. D'abord, Stéphane m'a caché la vérité. Nous avons vécu tant de choses ensemble, et elle ne m'a jamais rien dit ! Et ensuite... Sa famille est vivante, et pas la mienne. C'est injuste !

On protège toujours les mêmes, les riches, les notables ! Poings serrés, je ravale ma rage pour continuer à l'écouter. Sa voix se fêle légèrement alors qu'elle poursuit :

– Ce n'est pas tout. Si nous sommes traqués, c'est sur ordre de mon père...

– Quoi ?

– Il a donné des ordres pour me retrouver...

Je devine les mots qu'elle n'ose pas ajouter : « sans les criminels qui m'accompagnent ». Et merde ! Ça change tout ! Sidéré, je revois en un éclair tout ce qui s'est passé ces derniers jours, avec un œil neuf. D'abord, sans les liens entre Stéphane et Marco, la mort du premier militaire à Lyon serait restée sans suite, classée comme un accident isolé. Marco aurait peut-être fini par être inquiété, mais il aurait facilement pu justifier la légitime défense, et il n'aurait en aucun cas été ainsi traqué dans tout le pays. Et sans cette traque absurde commanditée par le père de Stéphane, Marco n'aurait jamais tué les trois soldats dans la forêt ! Par ricochet, c'est aussi à cause de ce Dr Certaldo que Marco est mort, que François a été capturé, et que... et que le rendez-vous du 24 décembre sera fliqué ! Si l'armée s'intéresse à moi et aux Experts, c'est donc à cause du père de Stéphane. Sans lui, rien de tout cela ne serait arrivé... Je suis furieux contre son père... et contre elle !

– Pourquoi tu me l'avais caché ?

– Je me sentais tellement privilégiée, par rapport à toi... Je ne te connaissais pas, j'avais peur que tu m'en veuilles d'avoir une famille bien vivante, alors que tous les tiens sont morts. À Lyon, je pensais qu'on ne se verrait pas longtemps, j'ai préféré mentir. Ensuite, quand je suis partie avec vous, je me suis... enferrée.

J'explose :

– Tu sais ce qui fait le plus mal ? C'est que pendant toute cette foutue poursuite, j'étais persuadé que c'était à cause de moi ! Marco m'avait dit que c'était ma faute si nous étions tous en danger !

– Je ne savais pas que mon père nous faisait traquer, avant que le militaire nous le dise dans le sous-bois, Yannis. Marco ne pouvait pas savoir, lui non plus.

Je secoue la tête, furieux quand même. Elle me regarde d'un air suppliant :

– Je vais aller voir mon père et lui dire que tu es innocent. Que François est innocent. Il va le faire libérer, je te le promets !

Je reste poings et dents serrés durant plusieurs secondes. Est-ce que je me serais confié aussi tard qu'elle, dans la même situation ? « Mets-toi toujours à la place des gens pour les comprendre », me conseillait maman, lorsque je m'énervais trop, selon elle. C'est difficile ! Je tente de contrôler ma colère et dis gravement :

– Il ne faudra plus jamais me mentir. Plus jamais. C'est... C'est trop grave, pour nous deux.

Elle promet. Puis pose sa tête sur l'oreiller douillet. Je la regarde s'endormir. Moi, je reste longtemps les yeux ouverts dans le noir, idées et sentiments en vrac. J'alterne entre le désir de l'étrangler et celui de lui pardonner. Je m'endors finalement avec un pardon dans le cœur sans comprendre comment il s'est imposé.

## 12 DÉCEMBRE

Alors que Stéphane dort encore, je me faufile par la lucarne pour me glisser sur les toits, en quête d'un meilleur refuge. Une bonne intuition, un coup d'œil par un vasistas, et me voilà à briser le carreau sous mes coups de pied... *Yes !* L'appartement est idéal, vaste, luxueux, et rempli de matériel de survie... Un véritable bunker improvisé. Par chance, aucun cadavre. Je cherche un ordinateur portable, comme dans chaque appartement que je visite. J'ai toujours l'espoir que je pourrais en trouver un avec une batterie chargée et regarder un film. Désormais j'ai encore une autre raison : la clé USB du militaire, qui contient peut-être des informations sur Khronos... Mais les locataires ont dû emporter leur ordi dans leur fuite.

Par la grande baie vitrée qui donne sur le balcon, la vue est imprenable sur Paris. Cet endroit semblait nous attendre tranquillement...

À mon retour, quand Stéphane est réveillée, je l'amène jusqu'à notre nouveau palace, sans rien lui dire, juste pour le plaisir de voir la surprise sur son visage.

En fin d'après-midi, malgré le froid vif, Stéphane a enfin pu se laver, grâce aux bidons d'eau stockés dans la salle de bains, et ses cheveux gris ont retrouvé leur brillance. Au fond d'une penderie, je lui déniche des vêtements, ainsi qu'un bonnet pour qu'elle cache ses cheveux, trop repérables. Elle essaie des pulls, des chemises, des pantalons. Je plaisante pour que son regard s'illumine encore et, pour la première fois depuis longtemps, nous rions, comme des enfants qui jouent avec des déguisements. Elle est belle quand son visage rayonne de joie !

Mais très vite, une fois la nuit tombée, le sérieux me rattrape. Je dois faire part à Stéphane de quelque chose de grave. Elle est lovée dans un fauteuil profond, sous son duvet déplié sur elle comme une couverture, face à la baie vitrée qui s'ouvre sur les ténèbres de l'ancienne Ville Lumière, Happy couché à ses pieds. Je lui tends un tract que j'ai ramassé ce matin. Lampe frontale fixée sur la tête, elle lit silencieusement l'imprimé signé par l'«autorité provisoire légale de la République française» et le «gouverneur de la zone militaire de Paris» qui annonce que la loi martiale sera durcie à partir du 15 décembre, au nom de notre sécurité à tous, bien entendu.

«*Toute personne demeurant hors d'un R-Point sera considérée comme criminelle, et susceptible d'être traitée comme telle.*»

Désormais, il sera interdit de circuler non seulement la nuit, mais aussi le jour.

Stéphane soupire profondément.

– Au moins, dis-je pour détendre un peu l'atmosphère, dans deux jours on sera à égalité avec tous ceux qui courent encore dehors. Deux hors-la-loi parmi d'autres...

– Et tu comptes faire quoi, ensuite ? Attendre gentiment le 24 décembre ici, en espérant que les militaires vous feront une haie d'honneur jusqu'à la tour de l'Horloge, pour ta grande partie de retour vers le passé ?

– Je ne sais pas. Qu'est-ce que me conseillerait ton père, selon toi ?

Elle me décoche un regard assassin. Elle peut bien se moquer, j'irai à ce rendez-vous, quoi qu'elle en pense. Mais avant, il y a plus urgent à accomplir...

– Viens.

Je l'entraîne dans le couloir, lui demande de gravir l'échelle de secours, et de sortir ensuite par la trappe. Je veux lui parler là où je me sens le mieux, au plus proche du ciel, sur les toits.

Assis sur les planches de métal des toits hérissés d'antennes, pieds calés contre un rebord, nous admirons les étoiles. Le passage de blindés, au loin, nous distrait de ce spectacle. On les observe en silence, ravalant notre crainte et notre répulsion. Je prends une grande inspiration, avant d'expliquer doucement ce qui tourne dans ma tête depuis hier :

– Ton plan peut fonctionner, Stéphane. Aller voir ton père et tout lui dire. Il a peut-être le pouvoir de libérer François. Mais ce plan peut aussi foirer. Et même s'il fonctionne, François sera toujours coincé dans un R-Point. En plus, après le 15 décembre, il nous sera quasiment impossible de tenter quoi que ce soit pour lui...

— Mais il est vivant, Yannis, et c'est tout ce qui compte, non ? Alors que si on agit sans l'aide de mon père, on mettra sa vie en danger. Et la nôtre, aussi !

Le clair de lune lui donne un teint de porcelaine. Elle aurait tout d'une poupée, sans ses sourcils froncés. Elle ne peut pas comprendre : François m'en a tant voulu la fois où j'ai failli partir sans lui du R-Point de Lyon ! Cette fois, je ne vais pas l'abandonner.

— Nous, on est vivants, répète-t-elle de son air buté.

Je sais qu'elle pense à Marco.

Les blindés ont disparu, rendant son calme à la nuit. Elle frissonne : est-ce de peur ou de froid ? Je fais mine d'abandonner mon idée, pour sonder où elle en est :

— Alors c'est quoi, la priorité, maintenant ?

— Je ne sais pas. Tu ferais quoi, à ma place ?

J'irais sauver François le plus vite possible ? Ou plutôt les Experts ? Ou bien j'irais retrouver ma famille sans attendre ? Si seulement j'avais la chance de pouvoir serrer mes parents et ma petite sœur dans mes bras, moi aussi... Mais ce n'est pas le cas, et je ne sais que répondre.

Nous restons silencieux une seconde, puis elle déclare qu'il nous faut avant tout lire ce que contient la clé USB. Elle espère y découvrir des informations sur les siens. Et moi sur Khronos.

— Alors, dis-je, on va chercher un ordinateur avec de la batterie. Et ensuite...

– Ensuite ?

– Ensuite...

Une hésitation, puis nos voix se mêlent :

– Ensuite nous irons au rendez-vous du 24 pour tenter de sauver les Experts.

– Ensuite nous irons ensemble voir mon père.

Nous avons parlé en même temps. Nous nous regardons, hébétés par nos contradictions.

– Est-ce que tu ne peux pas... ? commence-t-elle.

Je secoue la tête. Qu'est-ce qu'elle s'imagine ? Que je vais l'accompagner dans la quête de son père ? Pense-t-elle vraiment qu'il sera ravi de la voir débarquer avec un jeune Arabe poursuivi pour meurtre ? Je risque juste de faire foirer leurs retrouvailles, oui.

– Et toi, tu ne peux pas... ?

À elle de hocher doucement la tête de gauche à droite. Je suis déçu, même si je sais depuis longtemps ce qu'elle pense du rendez-vous du 24. Je soupire devant l'évidence :

– Tu vas retourner auprès de ta famille, Stéphane. Et moi je vais rejoindre Khronos.

Nos destins sont différents... Sauf si le maître de WOT peut remonter le temps. Et dans ce cas, j'ai tout prévu : j'ai inscrit, avec un feutre permanent qui traînait dans un tiroir du salon, les noms de Stéphane, de François et de Marco sur la doublure de mon blouson. Ainsi, je les retrouverai, dans un passé qui portera un autre futur.

Stéphane reste muette un long moment, comme prise au dépourvu. Je perçois en elle une inquiétude, la même qui me serre la gorge peu à peu : quand on aura chacun atteint nos objectifs, est-ce qu'on aura envie de se retrouver ? Et si oui, y arrivera-t-on ? Je l'espère de tout cœur, mais rien n'est plus sûr dans ce chaos. En attendant, nous devons poursuivre nos chemins.

Et mon chemin, dans l'immédiat, doit me mener à François. Car, une fois que Stéphane sera auprès de sa famille, je n'aurai plus que lui. Et François n'a que moi. Je dois regarder la vérité en face : jamais elle ne viendra avec moi le chercher. Elle ne compte que sur son père. Toute autre tentative reviendrait à le trahir. Malgré tout, elle lui fait encore confiance. Plus qu'à moi...

Il ne me reste pas beaucoup de temps pour agir. Demain, avant l'aube, je partirai. Seul, je peux m'en sortir, je le sais. Je ne dirai rien à Stéphane, pour qu'elle ne tente pas de m'en empêcher.

J'espère qu'elle aura la force de m'attendre, et qu'elle sera là à mon retour.

– Jure-moi une chose. Tu me préviendras, avant de t'en aller ?

Elle me répond d'un air résigné, et d'une voix lente :
– Oui. Ça, je te le jure.

Cet espoir me suffit : la savoir là, quand je reviendrai avec François, et avoir un peu de temps avec elle, encore, au moins le temps de trouver ensemble le moyen de lire la clé USB. Cette promesse me réchauffe le cœur. Rasséréné, je souris dans les ténèbres. Même les miettes d'un éventuel bonheur sont bonnes à prendre en ce monde.

## 13 DÉCEMBRE, AVANT L'AUBE

En état de stress, je n'arrive plus à dormir. Les aiguilles d'un réveil à piles luisent dans le noir : il est 3 heures du matin. C'est très tôt, mais tant pis. Mieux vaut agir que tourner en rond. Je me lève tout doucement, pour ne pas réveiller Stéphane qui dort paisiblement. Comme la nuit dernière, nous avons choisi de nous mettre duvet contre duvet pour nous tenir chaud. Devant cette baie vitrée à la vue magique, on croirait presque dormir à la belle étoile. Stéphane, dans la détente du sommeil, ressemble à un ange. L'une de ses jambes dépasse du duvet. Je le rabats doucement, pour qu'elle n'ait pas froid... et pour dissiper le léger trouble qui me saisit.

Sans faire de bruit, je me dirige dans la cuisine pour remplir mon sac à dos avec un peu de nourriture et une bouteille d'eau.

Quelques minutes plus tard, je serre Happy contre moi et lui chuchote à l'oreille :

– Sois sage, mon bon chien. Je reviens très vite. Tu la protèges, d'accord ?

Un dernier regard sur la table où j'ai laissé un mot

et un petit déjeuner pour Stéphane, un bisou sur le museau de mon chien au regard plein de questions, et je quitte notre « palace » le plus silencieusement possible. Le couloir, la trappe, les toits. Je prends une forte inspiration, et m'élance dans la nuit des sommets parisiens.

Il commence à pleuvoir. Je passe par une lucarne afin de redescendre dans la rue. Accéder au stade Charléty par les toits est impossible, de toute façon... Je m'immobilise dans l'appartement où je viens d'atterrir : des coups irréguliers résonnent à côté, en dessous, partout dans le bâtiment. J'empoigne le pistolet automatique que j'ai calé dans ma ceinture, je progresse à pas de loups vers la porte d'entrée et je l'ouvre.

La cage d'escalier est noire comme un trou de taupe ; je chausse mes lunettes ILR. J'ai toujours peur de buter sur un cadavre, même si aucune odeur de putréfaction ne m'alerte, ici. Je stoppe soudain, entre le quatrième et le troisième étage, sentant une présence.

Une porte grince un niveau au-dessus et claque. Un courant d'air froid me fait frissonner.

– Il y a quelqu'un ?

Aucune réponse. Rien que la pluie lancinante, qui bat tôle, plastique, ciment, avec des chants différents.

– Il y a quelqu'un ? je répète, plus fort. Je ne suis pas un soldat. Je suis comme vous ! Un survivant comme vous !

Ma voix résonne et se répercute sur les six étages de marches en béton. J'attends. Plus aucun bruit, plus aucun mouvement. Je reprends ma descente. Étage 3. Étage 2.

J'atteins le palier suivant lorsque l'intuition d'une présence m'arrête.

– Personne n'est comme nous, prononce une voix fluette.

Une silhouette menue apparaît. Une fille, perdue dans un long manteau de laine, coiffée d'un bonnet à pompon, avec une drôle de bestiole sur l'épaule. La fille caresse l'animal. Je reconnais un furet.

– Et nous sommes très nombreux.

D'autres silhouettes approchent, penchées au-dessus des rambardes, à tous les étages. Des dizaines et des dizaines d'ombres, évoluant dans les ténèbres sans lampe ni lunette nocturne. Un court instant, je crois voir mes fantômes. Mais des fantômes ne grelotteraient pas comme ils le font, malgré leurs grosses doudounes et leurs pantalons épais. Bizarrement, je n'ai pas peur. Peut-être parce que leur peur est palpable.

– Je ne vous veux pas de mal, dis-je. Je veux juste sortir d'ici.

– Qui te dit que ce n'est pas nous qui te voulons du mal ? répond la fille, piquée au vif.

– Des dizaines d'armes sont braquées sur toi, renchérit un garçon maigre à ses côtés.

Ils avancent tous d'un pas, l'air déterminé mais les mains hésitantes. Aux étages du dessus, un mécontentement bruisse. Je recule.

– Qu'est-ce que vous voulez ? je demande, et en un éclair j'ose sortir mon arme pour la pointer sur la fille au furet.

Après coup, je n'en reviens pas de mon audace qui

aurait pu me coûter la vie. Mais bizarrement, ni la fille, ni ses compagnons ne réagissent devant le canon pointé.

– Laissez-moi partir.

Le canon touche la tempe de la fille.

– Il est armé, déclare celle-ci.

Les autres reculent enfin.

– Mais, fait la fille, tu n'as pas de lampe ? Comment y vois-tu dans le noir ?

– Il est peut-être comme nous, finalement ? marmonne un gars.

– C'est quoi, comme vous ?

Tout ce cirque commence à m'impatienter.

– OK, dit la fille au furet. On t'explique si tu baisses ton arme et si… si tu nous donnes tout ce que tu as à manger et à boire. Sinon, on te bute.

Et merde. Je vide mon sac à dos des quelques denrées que j'avais emportées. Un garçon les récupère immédiatement, avant de les faire disparaître.

– Voilà, dis-je. Maintenant, laissez-moi partir.

– Bien, répond la fille fluette. Je t'accompagne jusqu'à la sortie. Les autres, gardez vos armes pointées sur lui jusqu'à la fin. Au moindre geste suspect, n'hésitez pas à tirer.

Je marche sur les pas de celle qui est manifestement le chef de cet immeuble. Elle descend les marches en caressant le mur de sa main, jusqu'en bas. Le furet passe d'une épaule à l'autre, disparaissant parfois dans ses cheveux mi-longs. La porte d'entrée est pourvue de deux grandes vitres où la lumière de la lune et des étoiles s'infiltre faiblement. J'ôte mes lunettes : la fille est blonde. Elle est jolie. Mais son regard est vide. Je comprends soudain.

— Tu es aveugle... je murmure.

La fille se raidit, alertée. Je lis la peur sur son visage.

— Ne t'inquiète pas, je vais partir comme prévu, même si je sais maintenant que je ne risque rien. Aucun de tes compagnons ne peut me viser, n'est-ce pas ? Je ne vais pas chercher à reprendre mes vivres. Promis. Vous... Vous êtes tous aveugles dans ce bâtiment ?

La fille hésite, caresse nerveusement sa bestiole couinante, puis répond faiblement :

— Oui. Je ne perçois que les différences de luminosité... On vient de l'Institut national des jeunes aveugles. On y était tous en internat. Quand on s'est retrouvés tout seuls, on a occupé cet immeuble et on a survécu jusque-là grâce à ce qu'on a trouvé dans chaque logement. Mais maintenant, tout est vide, et on n'ose pas sortir. On ne ferait pas long feu, dehors.

— Pourquoi ne vous rendez-vous pas dans le R-Point le plus proche ? je demande. Là-bas, vous seriez nourris, logés. Et chauffés, aussi. Vous devez crever de froid, non ?

La fille fronce les sourcils. Je sens une révolte en elle. Une révolte que je reconnais pour l'avoir souvent ressentie.

— Et toi, pourquoi n'y es-tu pas non plus, hein ? Ce n'est pas parce qu'on est aveugles qu'on a envie de perdre notre liberté. Et on se débrouille, merci.

Un long silence passe entre nous. Je saisis la main de la fille et je la serre.

– Au revoir. Bon courage. Tenez bon encore quelques-temps jusqu'à ce que...

Je pense au rendez-vous de Khronos. Je lève le menton, prêt soudain à y croire coûte que coûte, plus que jamais.

– Tenez au moins jusqu'au 24 décembre. Ce soir-là, vous verrez, quelque chose va changer. L'espoir renaîtra. Tenez jusque-là.

– D'a... D'accord... Jusqu'au 24... bredouille la fille sans comprendre.

– Tu crois que c'est possible de retrouver un ami au R-Point du stade Charléty ?

– Charléty n'est pas un R-Point. C'est un centre de tri. Ça fait combien de temps que ton ami y est ?

– En fait, il a été capturé il y a trois jours.

– Alors ne cherche pas à Charléty. On l'a forcément amené directement au R-Point de la Salpêtrière.

– C'est loin ?

– T'es pas d'ici, toi. Non, pas très loin. Mais c'est dans Paris, et il y a des barrages.

Le furet couine. La fille relève fièrement la tête.

– Mais je sais comment les traverser.

À la condition que je ne parle d'elle et de ses compagnons à personne, Anne m'a donné de précieuses indications. Je rase les murs sous la pluie battante, jusqu'à ma destination : un bistrot au fond d'une petite cour. Des tags impressionnants ont été peints sur le rideau métallique. Je crois discerner des lettres stylisées : un J, un O, un S, un H. C'est ici. Je suis bien chez le frère d'Anne, Josh. La pluie cesse enfin.

– Qu'est-ce que tu fous là ? rugit quelqu'un dans mon dos.

Je me retourne prudemment. Un garçon avec bonnet et manteau noirs, un foulard à têtes de mort noué sur la bouche, me tient en joue.

– Barre-toi d'ici ou je te bute. J'te préviens : j'hésiterai pas.

Son regard lance des flammes. La blondeur de ses sourcils me rappelle Anne :

– Joshua ?

– Comment... ? Qui... ?

– C'est ta sœur qui m'envoie. Il paraît que tu peux me faire passer dans Paris.

– Et pourquoi je ferais ça ?

– Parce que...

Je pourrais le menacer de dénoncer sa petite sœur aux autorités, pour possession d'armes. Ça serait vraiment dégueulasse mais ça pourrait lui faire peur efficacement. Cependant je choisis de répondre :

– Parce que je suis un ami de ta sœur. Ça ne te suffit pas ?

Il hésite encore. J'ajoute :

– Ou peut-être parce qu'on veut la protéger, toi et moi, et que ça peut créer des liens ?

Une détonation retentit soudain. Une balle se fiche dans le rideau métallique, au beau milieu du O de Josh.

– Merde, jure Joshua.

Il se précipite sur une plaque située pile au pied du rideau. Il l'ouvre et saute. Sans réfléchir, je l'imite. J'allume ma lampe : nous voici dans les égouts. J'emboîte le pas à Joshua sans lui demander son avis, d'abord le long de gros tuyaux qui nous laissent peu de place, puis sur de véritables trottoirs bordant une rivière saumâtre. Je cours dans une colossale éponge aux alvéoles de pierre, sans savoir qui je fuis. Qui a tiré ? Un pillard ? Un soldat ? Peu importe, il faut fuir.

Je remonte le haut de mon pull sur mon nez. Ces couloirs sont bordés d'une eau infecte, chargée d'immondices et d'ordures. Des ombres glissent à droite et à gauche sur les murailles visqueuses : des rats ! Le nom des rues du dessus est inscrit sur les murs mais je ne les connais pas, bien sûr. J'essaie de les mémoriser, pour le chemin du retour : rue de l'Amiral Mouchez, rue Cacheux, rue des Longues Raies...

– Par ici, me lance Joshua avant d'agripper une échelle métallique. Il soulève une nouvelle plaque. La fraîcheur du dehors me paraît d'une pureté montagnarde, mais nous débouchons... dans des toilettes publiques.

– Tu es dans Paris, m'informe Joshua. Pour info, cette balle m'était destinée. Je vole un peu, par-ci par-là, à Charléty ou dans les squats d'autres survivants, et même si c'est pour la bonne cause, je n'ai pas que des amis...

Je comprends qu'il fournit en vivres les aveugles. Le Robin des Bois de Gentilly plisse les yeux.

– J'ai l'impression de t'avoir déjà vu...

– C'est impossible, je réponds. C'est la première fois que je mets les pieds à Paris et je ne suis à Gentilly que depuis peu.

– En tout cas, j'espère que tu as dit vrai au sujet d'Anne.

— Je te le promets.

— Sans ma sœur, j'aurais déjà rejoint le gang des Graffeurs, qui étend son territoire dans Paris. Je n'aurais même plus besoin d'arme, grâce à leur protection ! Seulement de ma bombe de peinture... ou d'une bombe lacrymo, c'est tout. Mais je ne peux pas abandonner Anne.

— Le gang des Graffeurs ?

— Oui. En plus de l'armée, méfie-toi des gangs et des bandes qui se disputent la ville. Conseil d'ami.

Il fait le geste de partir, mais je le retiens par le bras. Son regard noir m'incite à le lâcher aussitôt. Je demande :

— Une dernière chose. C'est par où, la Salpêtrière ?

— Ah. Tu es de ceux qui vendent leur liberté contre un plat chaud ?

— Je veux délivrer quelqu'un.

Joshua reste silencieux quelques secondes, puis m'indique le chemin vers la place d'Italie, par la rue Bobillot. Il me conseille ensuite de poursuivre par de petites rues et d'éviter le boulevard de l'Hôpital.

— Bonne chance, lance-t-il avant de disparaître à nouveau dans les entrailles de la ville.

Je sors des toilettes publiques. Il fait toujours nuit. J'espérais pouvoir faire tout ce trajet en dehors du couvre-feu, mais c'est loupé. Il pleut encore faiblement, mais par chance le ciel s'est dégagé et la lune m'éclaire suffisamment pour que je n'aie pas besoin d'allumer ma lampe. Je cours le plus vite possible. Je n'imaginais pas comme ça ma première visite à Paris. J'avais en tête des images de

Grande Roue, de tour Eiffel et de Champs-Élysées. Paris en décembre, c'était pour moi des guirlandes lumineuses et clignotantes, des marchés de Noël colorés, des stands de marrons fumants et de vin chaud. Sans oublier les fameuses vitrines animées des Galeries Lafayette...

Une bruine glaçante tombe depuis quelques instants et l'humidité me transperce les os. Des panneaux indiquent enfin l'hôpital de la Pitié-Salpêtrière. Joshua m'a prévenu que l'hôpital était immense. Comment retrouver François là-dedans sans me faire prendre ? Pour réfléchir sans me refroidir, je piétine sur place, dans la rue Jeanne d'Arc. Je parcours machinalement les affiches collées sur les murs, sous le clair de lune. Certaines font la publicité d'un spectacle ou d'une pièce de théâtre. Je reconnais un humoriste marseillais, et...
Un coup au cœur me paralyse. J'allume ma lampe pour être sûr de ce que je vois : Stéphane a son regard planté sur moi.
Mais ce n'est pas elle. Juste sa photo.
Second coup au cœur : à côté, c'est moi. Et puis Marco, et François !
Un avis de recherche, placardé sur le mur. Assez abîmé pour en déduire qu'il est là depuis plusieurs jours, déjà.
Au-dessus de nos noms et de nos photos en noir et blanc, il est spécifié : « Recherchés *vivants* ».

*Ces individus sont DANGEREUX et ARMÉS.*
*Recherchés pour ASSASSINATS de représentants*

*de l'ordre, association de malfaiteurs, complot à visée TERRORISTE. Si tu vois ces personnes, ne cherche pas à les arrêter. Avertis immédiatement les représentants de l'ordre ou les responsables de ton R-Point.*

J'éteins ma lampe difficilement, tant mes mains tremblent. Terroriste ! Je suis considéré comme terroriste ! De quel complot s'agit-il ? et de quelle terreur ? Y a-t-il eu des sabotages ? des résistants ? Criminel, c'était déjà beaucoup, mais là... Même Stéphane, malgré son père contrôleur général ! Ce sont les meurtres des militaires qui nous assimilent à des terroristes, je le comprends peu à peu. Mais alors, nos visages sont placardés sur combien de murs de Paris ? Voilà pourquoi Joshua a cru qu'il m'avait déjà vu ! Je me renfonce dans un recoin obscur, sous un porche, le cœur battant.

Le bon sens voudrait que je me casse tout de suite. Je dois me planquer !

Mais comment vivre avec l'idée que j'ai abandonné mon ami François ? Comment renoncer alors que je suis si près du but ?

« Terroriste », « terroriste », ce mot tournoie dans mon esprit pendant que je tente d'élaborer un plan. D'abord, je décolle soigneusement l'affiche et je la range dans mon sac à dos. Je note alors une particularité : en bas du mur, l'une des pierres paraît déchaussée. Elle se déloge facilement. Un coup d'œil à droite, un coup d'œil à gauche. Personne. Je sors mon arme de ma ceinture et je la range dans le trou. La pierre de nouveau en place, on ne distingue rien. Par précaution, je glisse une poubelle devant.

Je file sous la bruine, à la recherche de l'entrée de ce fichu R-Point. Je tente surtout de me rassurer en me disant que la loi martiale ne s'est pas encore durcie, à Paris. Je risque gros en tant que Yannis Cefaï, mais beaucoup moins dans la peau d'un ado lambda. Et pour l'instant, on ne force pas encore l'ado lambda à se terrer dans un R-Point toute la journée. Je suis actuellement en infraction à cause du couvre-feu, mais je ne le serai plus une fois dans l'enceinte de la Salpêtrière.

Dans la rue Bruant, un accès vers le groupe hospitalier est sévèrement gardé. Je me replie rapidement avant qu'on ne m'aperçoive, puis je cherche un passage dans la rue Jenner, mais les murs sont hauts et les fenêtres ont des barreaux. Il ne me reste qu'à entrer par la grande porte, par le boulevard de l'Hôpital. En dépit de l'avertissement de Joshua. Je me rappelle alors que, dans certains films, le héros passe davantage inaperçu en restant en pleine lumière qu'en se cachant. Qui penserait qu'un gars dont la gueule est affichée partout dans Paris se rendrait de lui-même dans un R-Point ? Le froid est tel qu'il n'y a rien de suspect à ce que j'enfonce mon bonnet sur ma tête et que j'enfouisse mon visage dans mon écharpe jusqu'au nez.

Je me faufile sous une arche de pierre. Mon cœur bat fort. Je tente de maîtriser ma répulsion, après le souvenir de mon séjour au R-Point de la Tête d'Or, à Lyon. Devant une église à coupole, trois ados en gilet jaune sautillent dans le froid, éclairés par une lampe à la lumière tressautante. Ils me regardent arriver de loin, deux gars et une fille. L'un d'eux, avec une cagoule bleu marine, braque son arme sur moi. Ils ne disent pas un mot jusqu'à ce que j'arrive à leur hauteur. Je stoppe mes pas. L'arme se dresse encore un peu plus. Je lève les mains en signe de reddition.

– Je me rends, dis-je. Je m'appelle Ryiad Rahim et je veux rejoindre ce R-Point. J'en ai assez de survivre par mes propres moyens et surtout... j'ai super froid.

– Tu as enfreint le couvre-feu, constate la fille, grande, baraquée, au regard noir et dur. Tu aurais pu attendre le lever du jour pour venir ici, non ?

– Je sais.

Le plus petit des garçons note mon nom sur un calepin.

Mon cœur va exploser. Mon cœur va exploser. Mon cœur...

La fille relève une de ses mèches brunes.

– Ça mérite un petit passage en cellule, déclare-t-elle.

– Mais il est venu de sa propre volonté ! se récrie un autre.

– Ta gueule, assène-t-elle. De toute façon, on ne peut pas lui attribuer une place en dortoir maintenant, sans réveiller tout le monde. C'est ça ou bien il dort avec toi.

– OK, OK. Par contre, on n'a pas le matériel de traçage...

– Pas grave, on fera ça demain.

– Allez, baisse les bras, toi, reprend la brune avec autorité. Pas d'arme ?

Je hoche la tête de gauche à droite. L'un des garçons me tâte un peu partout. Il hésite en découvrant mes lunettes ILR dans ma poche, mais par chance il ignore de quoi il s'agit, tout comme ses camarades. La fille les enfile pour essayer, mais comme l'endroit est éclairé, elle n'en voit pas les effets. Elle me les tend avec dédain.

– OK, suis-moi.

Elle m'entraîne dans un bâtiment moderne, plusieurs dizaines de mètres plus loin, à droite de l'église. L'entrée est gardée par un ado maigre au visage rose, armé jusqu'aux dents.

– Je te confie ce gars-là, dit-elle. Juste pour finir la nuit. Il n'a rien fait de mal, il s'est juste rendu ici en plein couvre-feu, ce con. Dans la matinée, on suivra la procédure d'admission normale.

La fille salue le garde en dirigeant vers lui son poing, index et majeur serrés en forme de revolver. Elle fait *Paw !* puis s'éloigne. L'autre secoue la tête d'un air navré, comme pour signifier que cette fille a un grain, puis il m'ouvre la porte.

Dans un hall au sol de marbre et au plafond à moulures, une fille maigre, aux cheveux noirs coupés au carré, est assise sur une chaise en plastique, près d'un escalier. Elle tient un fusil, crosse posée au sol.

– Ce type va finir la nuit ici, annonce le garçon. Il a enfreint le couvre-feu.

La gardienne baisse les paupières d'un air entendu.

– Installe-toi dans cette pièce, à droite, me dit-elle. Il y a un matelas. Ici, au moins, tu seras au chaud. Je suppose que c'est pour ça que t'es venu. Pourquoi tu as attendu aussi longtemps ?

Sans répondre, je me dirige vers la pièce qu'elle m'a désignée, alors que le garçon repart et referme derrière lui. Je m'assieds sur le matelas pour réfléchir à la suite de mon plan.

– Au fait, tu t'appelles comment ? me lance ma gardienne.

– Heu... Ryiad. Et... Et toi ?

– Margot.

– Il y a d'autres détenus, à part moi, ici ?

– Un junkie dort dans le bureau d'à côté. J'ai fermé sa porte à clé, il a des accès de violence. Mais pour le moment, il plane. On n'avait pas vu qu'il avait une dose cousue dans la doublure de son manteau...

Un bref instant plus tard, elle ajoute :

– Autant se tenir compagnie, non ?

– Il n'y a personne d'autre ?

– Si. Au sous-sol, il y a les détenus de plus longue durée. Mais en ce moment, on n'en a qu'un.

– Oh.

– T'as une copine ?

– Quoi ?

– Une copine. Tu sais, une fille qu'on embrasse, tout ça.

– Oui ! Enfin, oui je sais ce qu'est une copine, mais non. Enfin si ! Si, j'en ai une.

L'intérêt de cette fille est peut-être ma chance et je ne dois pas la laisser filer. Je sors prudemment de la pièce. Elle m'encourage d'un sourire, alors je m'assieds sur un banc dans le hall, en face d'elle. Ses cernes m'indiquent qu'elle est épuisée. Elle a dû veiller toute la nuit. Je commence le récit de ma vie, m'inventant une petite amie formidable et très belle. J'invente tout, avec des centaines de détails, me laissant emporter par mon propre flot de paroles. Jamais je n'ai été aussi bavard ! Et aussi inventif : je suis devenu le fils d'un grand avocat et j'ai voyagé dans tous les pays. Ma copine est une princesse slave. Je suis sûr qu'elle a compris que je la tchatche, mais ma gardienne joue le jeu. Ça l'amuse, on dirait. Puis je lui pose des questions sur elle en feignant de m'intéresser à ce qu'elle fait ici, au R-Point.

De fil en aiguille, je récolte des informations : c'est elle qui a les clés des cellules du sous-sol. Son regard bleu ne me quitte pas, malgré sa fatigue. J'ai peur qu'elle fasse le lien avec les affiches, alors je garde mon écharpe sur mon menton et mon bonnet bien enfoncé, même s'ils commencent à me tenir chaud. Puis je reprends un monologue dont je ne me croyais pas capable, ou seulement dans ma tête. Je me parle tellement à moi-même, dans ma tête...

– Raconte encore, demande Margot. On manque tellement de magie, ici. On ne nous fait plus rêver depuis des semaines.

Elle ferme les yeux pour mieux écouter. Je baisse la voix. Je finis par fredonner une berceuse arabe de ma mère, que je présente comme le chant d'amour avec lequel j'aurais séduit ma belle. Tête renversée contre le mur, sourire aux lèvres, elle se met à respirer de plus en plus profondément et régulièrement. Combien de temps s'est écoulé ? Le jour pointe au-dehors, et ses rayons illuminent le hall. J'attends encore; Margot n'a pas ouvert les yeux. Je me lève très doucement, m'approche d'elle et entreprends de fouiller ses poches, délicatement. Pas assez : soudain, elle ouvre les yeux. Je réagis plus vite qu'elle en me saisissant de son fusil pour la braquer :

– Ne crie pas, sinon je tire. Lève les bras en l'air.
– Hé merde. Merde ! Tu fais chier. Tu veux quoi ?
– Juste les clés des cellules. Pour libérer mon copain qui est en bas. Je ne te ferai pas de mal, promis.
– Pourquoi tu veux faire un truc pareil ? Au moins il est en sécurité là où il est, ton cop...
– J'ai pas envie de discuter. Les clés !

Elle soupire, baisse les yeux, puis relève la tête en me fixant intensément.

– Dans la poche gauche de mon manteau.

Je fouille son manteau et trouve le trousseau, tout en gardant mon arme pointée vers elle.

– Pas un mot. Lève-toi et passe devant.

Nous descendons une vingtaine de marches avant de déboucher dans ce que j'imaginais être une sordide cave humide. En réalité c'est un sous-sol sec et propre.

Quatre portes s'alignent devant nous. J'ouvre la première et pousse Margot dans cette ancienne réserve d'archives. Je referme à clé. Margot se met aussitôt à hurler, mais les portes sont épaisses. Je prie quand même pour que personne ne l'entende du dehors. Dans la seconde, je trouve des boîtes d'archivage en pagaille, mais personne.

– François ?

Je gémis tout en déverrouillant la troisième porte :
— Bon sang, François, tu ne peux pas être mort, toi aussi ?

Le désespoir me gagne. Les fantômes de ma famille commencent à apparaître, compatissants, quand un murmure grandit sous les cris de Margot. Quelqu'un prononce mon prénom.

## 13 DÉCEMBRE, MATIN

— **Y**annis ? Yannis, c'est toi ?
Je colle mon oreille contre la porte numéro 4. Mon cœur se soulève de soulagement.
– François ! Tu es là ? C'est vraiment toi ?
– Yannis ! Qu'est-ce que tu fous là, bon Dieu ? Tu ne devrais pas être là !

Fébrile, je galère avant de trouver la bonne clé.
– Je suis venu te chercher, François. Je vais te sortir de là.

Putain, pourquoi est-ce qu'aucune des clés ne fonctionne ?
– Et comment… ? Enfin, pourquoi t'es là, merde ?
– Dis donc, je pensais que ça allait te faire plaisir. Si j'avais su…

Margot s'est tue, sans doute épuisée de crier.
– Ça me fait plaisir, Yannis, mais… C'est pour toi. S'ils te trouvent…
– Ils ne se doutent de rien, François. Et je vais te libérer. Tu vas voir ! Ah, ça y est !

François est debout face à moi. Je l'entoure de mes bras et je le serre fort. Ça va, il a l'air en forme.

– Fuyons, vite !

Mais François ne bouge pas d'un pouce.

– François ? Qu'est-ce que tu fous ? Grouille-toi !

– Je reste là, répond-il faiblement, en restant raide comme un piquet.

– Quoi ?

François s'assied sur le lit pour s'envelopper dans son duvet.

– Tu préfères rester ici ? En prison ?

– Ils me libèrent demain.

– Mais…

– Ils ont été gentils avec moi, tu sais. Les soldats m'ont interrogé, même s'ils étaient déjà au courant de beaucoup de choses… comme du rendez-vous du 24 décembre.

– Je sais qu'ils sont au courant. Mais tu es fiché comme terroriste, François !

– J'ai réussi à les convaincre que j'étais innocent. J'ai pas tué de soldat, moi.

– Moi non plus !

– Oui mais toi tu es un Expert de ce jeu, là, WOT. Et sur votre passage y a eu plein de morts de militaires. Vous êtes tous soupçonnés de préparer une rébellion contre les adultes, et de vouloir monter une contre-armée avec ce rassemblement.

– Tu leur as pas dit que… ?

– J'ai essayé ! J'ai tout essayé pour vous innocenter, toi et Stéphane ! Ils pensent que vous m'avez manipulé et caché votre véritable objectif.

– Tu sais bien que c'est faux !

– Je te crois, moi, Yannis ! Je leur ai même conseillé d'interroger Elissa pour leur prouver que tu ne ferais pas de mal à une mouche.

– Elissa ? Ils sont allés voir Elissa ?

– Oui. Ne t'inquiète pas, ils l'ont juste interrogée. Elle a pu témoigner que toi et moi on n'était pour rien dans le meurtre des trois militaires abattus par Marco. Mais tu dois fuir quand même ! Ils croient toujours que tu as menti à Elissa et que tu es dangereux, Yannis. Si on te trouve ici...

Margot se remet à hurler. Mon cœur bat à mille à l'heure.

– Pars d'ici, Yannis. Vite.

François se lève et me serre une dernière fois contre lui.

– Pardonne-moi. Je ne suis pas aussi fort que toi. Ce qui se passe dehors me fait peur. J'ai besoin de la protection des adultes, tu comprends ?... J'oublierai jamais ce que t'as fait pour moi. Tu es un héros, et tu resteras mon ami pour toujours. On se retrouvera, Yannis, je te le promets, quand tout ça, ce sera calmé. En attendant, ne reste pas là !

Il se détache de moi et me pousse brutalement. Je reste une seconde paralysé, au bord des larmes. Du regard, nous nous disons au revoir. Puis je m'élance, le cœur en bandoulière.

Dans le hall, j'avais remarqué une meurtrière au-dessus du banc où je m'étais assis. Je saute sur celui-ci et frappe la vitre avec la crosse du fusil. Je m'y reprends à trois fois pour la briser. Le fracas a-t-il alerté le garçon qui monte la garde à l'extérieur ? Je me fige quelques secondes. Rien. Je me dépêche d'enlever le maximum de bouts de verre puis je franchis l'ouverture, abandonnant le fusil à l'intérieur. Le R-Point est plus animé, maintenant que le jour est levé. J'adopte une démarche décontractée et un air serein pour me fondre parmi ceux qui se rendent sans doutes aux sanitaires ou au réfectoire, dans les brumes matinales.

Je traverse un square et, au coin d'une allée, la chapelle et sa coupole se dressent devant moi. J'arrive devant les ados de faction à l'entrée du R-Point. Par chance, ce ne sont pas les mêmes que tout à l'heure et je passe devant eux, l'air de rien. Ici, ce n'est pas comme à Lyon, on a le droit de sortir du R-Point si on en a envie, sans rendre de comptes, en dehors du couvre-feu. En tout cas jusqu'au 15 décembre... Un garde me lance justement :

– N'oublie pas de revenir avant le 15 !

– Oui, oui, je vais chercher des affaires chez moi et je reviens.

J'arrive au porche. Je n'ai pas à avoir peur. Je n'ai pas à...

– Hé, toi, stop !

J'y étais presque, pourtant ! Il me suffisait de passer l'arche de pierre, de reprendre le boulevard de l'Hôpital, les petites ruelles, les égouts... Je stoppe mes pas. C'est fini. Tout est fini. Pardon, Stéphane...

– Attends !

Je me retourne lentement. Quelqu'un court vers moi. Une fille. Sans brassard jaune. Une fille lambda.

– Tu as perdu ton écharpe, me dit-elle.
– M... Merci, je bredouille.
– De rien. Avec ce froid, tu en auras besoin... Tiens, j'ai l'impression de t'avoir déjà vu quelque p...

Je réponds précipitamment :
– Ah mais oui, on était dans le même lycée. Moi, je me souviens très bien de toi. Content de voir que tu vas bien. Merci pour l'écharpe.

Je ne lui laisse pas le temps de fouiller dans sa mémoire et quitte rapidement l'enceinte du R-Point. Me voici boulevard de l'Hôpital.

Soudain, des cris.

Je me mets à courir. Je jette un coup d'œil par-dessus mon épaule. Des ados en gilet jaune, arme au poing, se sont lancés à ma poursuite. Ils sont à une centaine de mètres derrière moi.

J'entends un coup de feu.

Un deuxième coup de feu.

Une balle siffle tout près de mon oreille.

Je bifurque dans la première rue perpendiculaire. Pousse une porte. Fermée. Une autre. Ouverte. Dévale une cage d'escalier. Cave. Sortir de là. Sortir de là. Un soupirail ! Qui donne sur une rue calme. Je m'y faufile. Marche le plus sereinement possible. Entre dans un nouveau bâtiment. Grimpe les marches, l'échelle de secours, ouvre la trappe.

Me voilà sur les toits. Sain et sauf. Le soleil me fait face, dans toute sa gloire d'hiver. Seule sa lumière existe, l'espace de quelques secondes. Puis une flèche s'illumine au loin, dressée vers le ciel. La tour Eiffel !

C'est la première fois que je la vois ! Mais l'émerveillement ne dure qu'un bref instant. La détresse me rattrape rapidement et me coupe les jambes : je me laisse glisser contre une cheminée et je me recroqueville sur un toit humide et étincelant. Je laisse fuir tout mon désarroi dans des larmes silencieuses.

C'est le froid qui me tire de mon hébétude. Je sèche mes joues. Je repars, le cœur lourd, si lourd que par moments il m'empêche d'avancer. Je dois alors m'accroupir, reprendre mon souffle, ravaler mes larmes, et puiser au fond de moi le courage de continuer. Les images de Stéphane et de Happy me font l'effet de bouffées d'hélium. L'image d'Elissa, aussi, à qui je pense avec soulagement : il ne lui est rien arrivé à cause de moi...

Je redescends dans la rue, puis dans les égouts, pour suivre le trajet ouvert par Joshua, en sens inverse. Heureusement, je l'avais mémorisé. Je ressors devant le rideau aux graffitis. Excepté la balle fichée dans le O, aucun signe de course-poursuite ici. Je rase les murs avant de retrouver les toits. Je commence à connaître les trajets praticables par les sommets, dans Gentilly.

Mais là, je suis coincé : pas moyen de passer par les toits, trop éloignés, pour traverser les deux rues qui me séparent de notre « palace ». Problème : dans la rue, des ados à brassard jaune sont assis sous un abribus et fument des cigarettes en discutant. Qu'est-ce qu'ils attendent ?

Ils partent au bout d'une heure, mais peu après d'autres prennent leur place. Le quartier a l'air plus surveillé que d'habitude. Quelqu'un nous a-t-il reconnu hier et signalé aux militaires ? Transi de froid, je me réfugie dans un studio salubre où je déniche de quoi manger dans la cuisine. Rasséréné, je reviens inspecter la rue par la fenêtre de la chambre, et réalise que le balcon du palace est bien visible d'ici, à une trentaine de mètres à peine.

La fatigue tombe soudain sur moi comme une chape de plomb. Je m'affale sur le lit douillet. Je vois toujours la baie vitrée de notre refuge. Stéphane... Est-elle assise dans le fauteuil profond, sans savoir que je suis tout près d'elle ? M'a-t-elle attendu ?... L'inquiétude a un goût amer. Cependant, malgré moi, le sommeil me happe.

## NUIT DU 13 AU 14 DÉCEMBRE

À mon réveil, la nuit est tombée. J'ai dormi longtemps ! Trop longtemps, assez pour que Stéphane s'inquiète. Peut-être croit-elle que je ne reviendrai pas... La rue est déserte, maintenant, et je ne discerne aucun signe de vie dans le palace. Tout est sombre. Stéphane est-elle partie ?

Je sors et traverse la rue sans encombre. Par précaution, je rejoins quand même l'appartement par les toits. Les étoiles brillent comme des lucioles bienveillantes. Je saute sur le balcon. Les volets sont fermés. La nuit dernière, nous les avions laissés ouverts, pourtant... Je gratte et donne de petits coups. Happy devrait déjà sentir ma présence, mais rien ne bouge. Stéphane a-t-elle été capturée ? C'était peut-être pour ça tout ce remue-ménage dans le quartier ! Quelqu'un a reconnu les terroristes des affiches et nous a dénoncés ! Stéphane a été menottée, emmenée, interrogée, emprisonnée... Le volet bouge. Est-ce bien Stéphane qui est derrière ?

– Stéphane, c'est moi.

Je dégage le volet avec précaution. Je n'ai même plus

d'arme pour me défendre ! Je risque un pied à l'intérieur où tout est sombre, puis un autre.

Soudain, une masse noire se précipite sur moi.

Je pousse un cri et empoigne des deux mains le cou de mon adversaire... velu.

– Happy !

La crise cardiaque n'était pas loin ! Mon bon chien me lèche les mains et se frotte contre mes jambes. J'ai eu si peur de ne plus le revoir ! Une lumière m'éblouit. C'est la frontale de Stéphane.

– Rentre vite, me chuchote-t-elle.

Stéphane ! Elle est restée. Elle m'a attendu !

– Tu es vivant, prononce-t-elle d'une voix blanche.

Elle allume une bougie et éteint sa lampe alors que je me glisse à l'intérieur. Je m'apprête à la serrer contre moi, mais elle a un mouvement de recul. Elle se laisse tomber sur le canapé. Sa carapace se craquelle, puis se brise, et enfin elle éclate en sanglots. Je l'ai déjà vue pleurer deux fois, avant, mais jamais comme ça. Cette fois, ses larmes semblent avoir mille ans et jaillir d'une blessure ancienne, que mon absence a brutalement rouverte. Elle est désarmée comme face au loup du Morvan.

Je voudrais l'enlacer et la bercer comme cette nuit-là, mais elle me tient à distance, de sa main tendue.

– Reste où tu es.

Pourquoi ne me laisse-t-elle pas la consoler ? Craint-elle que je me fasse des idées ? Et alors ? Oui, je la trouve belle, oui j'aime ses faiblesses autant que ses forces, mais on vient de mondes tellement différents que je ne me fais pas d'illusions ! Je hausse les épaules, déçu, pendant que Happy essaie de la réconforter en lui léchant les mains. Ses pleurs redoublent.

J'attends longtemps qu'elle se calme. Comme elle ne me laisse pas la réconforter, je m'installe dans le fauteuil qu'elle avait déplacé dans l'entrée. Combien de temps est-elle restée là, face à la porte, à espérer que j'apparaisse ? Par-dessus ses pleurs, je lui explique alors les péripéties de mon périple, ce que m'a raconté François, ainsi que la décision qu'il a prise. Ça n'arrête pas ses larmes. Alors qu'elle se rend dans la salle de bains pour se passer de l'eau sur le visage, j'allume des bougies.

Quand elle reprend sa place sur le canapé, elle lève ses yeux gris et humides sur moi et me demande si j'ai pu parler directement à François.

– Il t'a parlé de mon père ? Mon père l'a interrogé ?

Se soucie-t-elle si peu de notre ami ? Je réponds avec froideur :

– Je ne sais pas.

– Tu trouves que je compte trop sur lui ?

Si elle compte trop sur son père ? Pour toute réponse, je fouille dans mon sac posé à terre.

– C'est trop tard, Stéphane... Trop tard pour nous et pour toi.

Je déplie l'avis de recherche que j'ai trouvé rue Jeanne d'Arc. Stéphane face à elle-même. Elle saisit l'affiche d'un geste brusque.

– Les militaires savent que tu étais dans le sous-bois avec Marco. Ils sont allés interroger Elissa. Moi, ils continuent de me rechercher pour le meurtre du militaire de Lyon. Et tous les Experts de WOT sont maintenant soupçonnés de terrorisme...

– C'est impossible, marmonne-t-elle. Mon père n'a pas pu... Tu n'y comprends rien, Yannis. S'ils ont mis cette affiche, c'est pour nous retrouver vivants. C'est écrit : « vivants ».

Elle est incroyable ! Même en pleine apocalypse elle ne veut pas admettre qu'elle, la gosse privilégiée, puisse être accusée, même à tort, et se retrouver sans protection. Une justice dans l'injustice ? Non, c'est toujours injuste et inacceptable. Mais quelle ironie !

Elle s'obstine :

– Tu n'y comprends rien... Je vais aller le trouver. Je vais lui expliquer.

– OK, vas-y, alors ! Et crois ce que tu veux. Moi, je suis sans doute trop con pour comprendre. Alors, crois ce que tu veux.

## 14 DÉCEMBRE

Nous passons le reste de la nuit à somnoler. J'ai ravalé ma rancune envers Stéphane, qui croit tout savoir mieux que tout le monde.

Au matin, je lui explique que la présence des brassards jaunes s'est accentuée dans le quartier. Gênée, elle m'avoue qu'hier elle m'a attendu dans la rue avec son fusil d'assaut. Merde. La peur lui fait constamment faire n'importe quoi. Quelqu'un a pu la voir, la dénoncer, et l'immeuble risque d'être perquisitionné. Une fois de plus, il faut partir.

Nous fourrons le maximum de vivres et de matériel indispensable dans nos sacs. Que faire et dans quel ordre ? D'abord, trouver une planque où stocker provisoirement le maximum de nos « richesses », puis repartir en quête d'un nouvel abri. Ensuite, chercher un ordinateur afin de lire les précieuses données de la clé USB. Oui, voilà ce qu'il faut faire.

Après deux heures de recherche, nous repérons enfin une rue calme et déserte : la rue Benserade. Nous transférons nos stocks ainsi que les grenades et munitions dans la cage d'ascenseur d'un bâtiment. À l'abri des pillards, espérons-le. Stéphane insiste pour garder avec nous le fusil d'assaut et les pistolets. Je comprends qu'elle ait besoin de se rassurer, mais j'espère qu'elle ne va pas péter un plomb comme Marco... Je garde donc une arme automatique en plus d'un couteau suisse qui traînait dans un tiroir du palace.

Cela fait, nous attendons ici une heure, pour être sûrs que personne ne va tiquer en nous voyant entrer avec des sacs pleins et ressortir aussitôt sans rien. Les bras ballants, on ne sait pas quoi se dire. Il ne nous reste plus qu'à trouver un ordinateur avec une batterie pleine. Ça ne devrait pas être trop difficile. Dans quelques heures, si tout va bien, elle saura où aller retrouver sa famille, et moi j'en saurai peut-être plus sur Khronos, et sur cette histoire de voyage dans le temps. De toute façon, le rendez-vous du 24 est le seul espoir qui me reste. Un espoir fou, mais auquel je m'accroche de toutes mes forces. Tout ce qui nous arrive est si extraordinaire que je veux croire que c'est possible, que je sauverai les Experts, et qu'ensemble on sauvera tout le monde dans le passé. Mais Stéphane et moi... ?

La gorge serrée, je dis :

– Si on se perd... Et si on a envie de se retrouver, on n'a qu'à se donner rendez-vous ici. OK ?

Stéphane me regarde d'un air aussi scandalisé que si je l'avais giflée. Pas besoin de lui préciser ma pensée, elle m'a compris.

– Pourquoi tu t'accroches à ce rendez-vous, Yannis ?

Croire à Khronos, c'est aussi absurde que de croire au Père Noël !

– Ça te va bien de parler du Père Noël ! Toi qui penses que ton père va tout régler d'un claquement de doigts...

– L'affiche, c'est à cause de Marco, dit-elle après m'avoir défié du regard. C'est à cause de lui que je suis recherchée pour meurtre. Mon père sait bien que jamais je...

– Non mais tu t'entends parler ? Marco nous a sauvé la vie, porte de Gentilly, je te rappelle ! Et il est mort pour ça. Et s'il a tiré sur ces militaires dans la forêt, c'est aussi pour nous sauver, parce que ton père nous faisait chasser.

– Et quand Marco a dû tuer un soldat pour te sauver la peau, à Lyon... c'était aussi de la faute de mon père, peut-être ?

Sa mauvaise foi me rend fou. Comment peut-elle charger ainsi la mémoire de Marco, qui m'a sauvé la vie ? Mes mots claquent comme un fouet :

– T'es une vraie *khamja*, Stéphane !

Je ne sais même pas ce que ce mot arabe signifie vraiment, mais je sais que c'est une insulte. Ma tante l'a murmurée, un jour, à propos de la serveuse d'un restaurant qui s'occupait ostensiblement de tout le monde sauf de nous. J'ajoute, poings serrés :

– C'est à cause de ton père qu'on est traqués, Stéphane. Tu le sais aussi bien que moi. Et même s'il accepte de t'aider, tu penses sincèrement qu'il en aura quelque chose à foutre d'un petit mec des quartiers de Marseille ?

– Arrête de jouer les victimes, Yannis. Ou bien tu vas finir par en devenir une.
– Et toi, arrête avec ton père... Chut, tais-toi.
Un bruit...
– Tu ne m'empêcheras pas de...
Je me précipite sur elle pour lui plaquer ma main sur la bouche. Du regard, j'intime à Happy de se tenir tranquille. Des pas et des voix. Tout près, dans la rue. Qui s'éloignent. Silence complet. Stéphane se dégage vivement. Sourcils froncés, elle murmure :
– Dépêchons-nous de trouver un abri et un ordi. Ensuite...
Ensuite quoi ? Ensuite, chacun sa vie ? Oui, on dirait. Chacun sa vie... Un liquide glacial coule dans ma poitrine : une fois de plus, je me sens très seul...

## 14 DÉCEMBRE, FIN D'APRÈS-MIDI

Dehors, tout a changé. À l'approche du renforcement de la loi martiale, il règne une grande agitation dans les rues de Gentilly. Des brassards jaunes quadrillent le quartier. Certains fouillent les bâtiments à la recherche de survivants pour les emmener au R-Point le plus proche. D'autres rappellent en criant dans des mégaphones que toute désobéissance provoquera des poursuites. D'autres encore guident des garçons et des filles aux sacs remplis à craquer vers leur nouveau lieu de vie. Leur belle prison chauffée.

Stéphane n'a pas voulu passer par les toits, bien que nous soyons plus légers, maintenant. Peut-être veut-elle juste me contredire, enferrée dans son ressentiment. Et bien sûr, elle a gardé toutes les armes dans son sac, ainsi que son fusil d'assaut en bandoulière, ce qui n'est pas particulièrement discret. Retranchés dans un hall, je me sens pris au piège. Comment trouver un refuge sûr, à une heure si proche du couvre-feu, avec tous les brassards jaunes qui grouillent de partout ?

Notre dispute est encore trop vive pour qu'on puisse discuter ensemble d'une solution. Les mots restent coincés dans nos gorges. Alors qu'une patrouille s'éloigne, nous sortons de notre cachette en rasant les murs, Happy sur nos talons, et repérons bientôt un hangar isolé, dans la rue Lecoq. Les brassards jaunes ne vont peut-être pas penser à visiter une ancienne usine de ferronnerie, comme l'indique une enseigne. C'est le repaire idéal. D'un signe de tête, nous nous mettons d'accord pour guetter l'endroit, planqués sous un porche.

Quelques minutes plus tard, une fille au bonnet noir se pointe dans la rue d'un pas décidé et pénètre dans la cour de l'usine. Mince, l'usine est déjà occupée... À sa démarche assurée, à deux heures du couvre-feu, je me dis qu'elle n'est pas du genre à se précipiter dans le premier R-Point venu à cause de la loi martiale. Peut-être pourrait-on s'en faire une alliée ?

Peu après, un garçon costaud apparaît à son tour et se dirige vers la paroi métallique du hangar. Je réfléchis à toute allure. Combien sont-ils à l'intérieur ? Comment les convaincre de nous cacher ? Des pas retentissent dans une rue voisine. Il faut faire vite ! Je me tourne vers Stéphane.

– Si tu veux, je vais lui parler.

– Et tu crois qu'il va gentiment t'inviter à prendre le thé ?

Alors que je m'apprête à protester, elle me lance avec détermination :

– Regarde bien dans quel monde on vit vraiment, maintenant.

Elle me balance le fusil d'assaut, avant de bondir

comme un ressort hors de notre cachette.

— Stéphane !

En quelques foulées, elle est sur le garçon à la carrure imposante. Cueilli par surprise, le type se retrouve avec un canon de pistolet pointé sur la tempe. Moi aussi je suis stupéfait. Pourquoi l'a-t-elle directement agressé au lieu d'essayer de lui parler ? Et moi, qu'est-ce que je fais, maintenant ? Une fois de plus, je n'ai pas le choix.

— Allez viens, Happy.

Je m'élance vers elle.

La crispation du visage du gars me tord l'estomac, pourtant je le braque à mon tour. Désavouer Stéphane devant lui causerait notre perte...

— Tu t'appelles comment ? chuchote Stéphane, tout près de l'oreille du garçon dont les pupilles bleues s'affolent. Réponds-moi tout bas.

— Jules.

— Tu es droitier, Jules ?

Il n'a pas fini d'acquiescer qu'elle a déjà appliqué une clé à son bras gauche, lui arrachant un cri de douleur. Ma gorge se serre. Est-ce sa colère contre moi qui la rend si violente ? La voilà redevenue la Stéphane aveuglée par la révolte et la peur, celle qui a frappé Marco. Happy tourne autour de nous avec nervosité. C'est alors que j'entends un étrange bourdonnement en provenance du hangar. On dirait une mélodie.

— Tu vois, murmure Stéphane à Jules, même si tu fais le con, je ne te casserai pas ton bras le plus utile, en tout cas pas pour commencer. Tu as une arme ?

– Dans ma ceinture...

Les gestes de Stéphane sont rapides et précis. Elle se saisit d'un long couteau de combat et me le tend. Impressionné, je le range prudemment dans mon sac. Stéphane remonte encore un peu plus le bras dans le dos du garçon baraqué.

– Tu sais si la fille est seule, à l'intérieur ?
– Je... je crois...
– Elle a un ordinateur ?
– Je ne sais pas.

Soudain, le bourdonnement se précise. Un chant ! C'est un chant, si étouffé tout à l'heure, et si psalmodié qu'il ressemblait à un vol continu d'abeilles. La fille est en train de fredonner... des paroles incompréhensibles. Stéphane demande à Jules de frapper de son poing, trois fois, sur le portail de tôle. Le chant s'est amplifié.

– C'est Jules, ouvre-moi !

Il frappe encore. Le chant s'arrête.

La porte s'ouvre au bout de quelques instants, prudemment, révélant une fille dont les quelques mèches folles échappées de son bonnet entourent un visage blanc et rond. Cette apparition, qui capte les faibles rayons filtrant par des vitres sales derrière elle, est un soleil à elle toute seule...

Ressaisis-toi, Yannis, ce n'est pas le moment !

Je braque mon arme sur elle. Happy jappe en direction de l'inconnue, méfiant.

– Désolé, murmure le garçon à la fille solaire, ils m'ont pris par surprise.

Stéphane le pousse à l'intérieur, sans le lâcher.

— Recule, intime-t-elle froidement à la chanteuse. Ferme derrière nous, Yannis. Toi, recule encore !

Je lui jette un regard réprobateur mais dans l'urgence, j'obéis. Une remorque imposante occupe le centre du hangar. Je crois que c'est avec ce genre de véhicule qu'on transporte le bétail. Le reste de l'atelier est rempli d'établis, de postes de soudures et d'autres machines. Deux vélos sont posés contre un mur. Une pièce attenante aux cloisons vitrées abrite ce qui devait être des bureaux administratifs, auparavant, et visiblement pillés, vu le désordre. Je fais signe à la fille, vêtue d'une veste de chasse, de reculer contre une machine à couper du métal. Elle obéit. Léger gémissement de Jules, suivi par une plainte presque semblable de Happy, inquiet. Notre captive, vite remise de sa surprise, dévisage Stéphane d'un air à la fois dur et interrogatif.

— Pourquoi vous nous braquez ? On ne vous a rien fait. On cherche juste à survivre, comme vous.

La voix est un peu rauque. Stéphane ne daigne pas répondre, immobile, visage fermé. Elle maintient toujours fermement Jules, qui a baissé les paupières, concentré sur sa douleur. Je ne dis rien non plus, prudent et mal à l'aise. La fille nous affronte du regard durant quelques secondes, avant de faire deux pas vers eux. Cran ou inconscience ? Stéphane pourrait casser le bras du garçon, je pourrais appuyer sur la détente, mais elle, elle se met à discuter comme si on n'était pas là.

— Il est arrivé quelque chose à Max ? demande-t-elle au garçon avec une pointe d'inquiétude dans la voix.

Stéphane reste incrédule devant tant d'assurance.

Jules, terrorisé au point d'avoir du mal à parler, finit par répondre :

— Il y a un souci avec lui, il refuse de...

Stéphane resserre sa prise sur le bras de Jules, qui laisse échapper un cri. Il serre les dents.

— Ça va ? On ne vous dérange pas ? dit-elle.

Son ton est monocorde et glacial. La couleur de ses yeux est devenue métallique. La chanteuse recule d'un pas. Stéphane avance le menton et demande :

— Tu as des armes ?

Mutisme de la fille. Je tends le fusil à Stéphane et je prononce le plus calmement possible :

— Tiens-les en joue. Je vais les fouiller.

Je suis de ton côté, Stéphane. Regarde-moi. Reviens vers moi. Ne plonge pas dans la violence...

Elle capte enfin mon regard. L'acier de ses yeux, quand ils rencontrent les miens, devient mouvant. Comme une mer démontée. Et finit par virer au gris tendre. Un soupir, et elle desserre enfin son étreinte. Soulagé, Jules se masse immédiatement l'épaule. Ma manœuvre a fonctionné.

Avec des gestes moins mécaniques, Stéphane me prend le fusil d'assaut, ordonne à « nos prisonniers » de lever les mains en l'air et d'écarter les jambes. Nos prisonniers... Dans quel merdier on s'est mis ! Impossible de revenir en arrière, maintenant... Fébrilement, je tâte le corps de la fille qui se raidit sous mes mains.

## 14 DÉCEMBRE, DÉBUT DE SOIRÉE

Ils sont maintenant serrés l'un contre l'autre, assis dans le coin du hangar le moins exposé aux courants d'air. Stéphane est accroupie en face d'eux, fusil posé sur ses cuisses. Je tente de leur attacher les mains dans le dos, à l'aide d'une corde trouvée sur un établi. Jules, pourtant, ne m'inspire aucune méfiance. Ses traits réguliers, son regard clair et doux, sa bouche fine et ses bonnes joues lui donnent un air d'enfant sage, malgré sa corpulence de catcheur. Je suis certain que c'est un gars honnête avec qui il aurait été facile de s'allier. Je ne sais pas quoi penser de la fille, par contre. Son comportement est aussi étrange que ses yeux immenses qui me fixent parfois comme pour sonder mon âme. Pour le moment, j'essaie surtout de me rappeler les nœuds que j'ai appris à la classe de voile, en primaire. La fille s'agite pour me compliquer la tâche.

– Arrête de te débattre, je la préviens, ou je vais être obligé de te faire mal.

Elle me lance un regard aussi acéré qu'un poignard, pourtant c'est pour son bien que je dis ça. Si elle bouge trop, je risque de la pincer, ou de serrer trop fort...

Alors que je m'affaire, je détaille « l'ennemie » malgré moi. Je suis particulièrement fasciné par ses lèvres. On dirait des cerises posées dans un pot de crème fraîche où l'on aurait fait tomber en pluie de minuscules billes de sucre roux. J'effleure du regard les formes de son corps, mais j'en rougis la seconde suivante, avant d'être attiré par les quelques mèches de cheveux auburn échappées du bonnet noir.

Pendant ce temps, Stéphane explique la situation à nos prisonniers. Elle parle de police militaire, de meurtre, de traque. Elle veut qu'ils nous craignent, pour obtenir d'eux un abri pour la nuit, la moitié de leurs provisions... et un ordinateur. L'étonnement se lit sur leurs visages à cette dernière exigence, mais elle ne leur en dit pas plus.

J'ajoute le plus fermement possible, en jetant un regard en biais à Stéphane :

– Ensuite, on partira sans vous faire de mal.

Mais la fille s'agite encore, peu disposée à se tenir tranquille. Elle nous sort un prétexte sans doute bidon, une histoire de cousin malade qu'elle doit retrouver... Elle cherche à nous manipuler, c'est évident. On ferait sans doute pareil, à sa place. Et maintenant elle se lève maladroitement, malgré ses mains liées, nous provoquant du regard. Je dresse mon pistolet vers son visage. Stéphane arme son fusil d'assaut.

– Cool, Stéphane, je murmure.

La prisonnière change soudain d'expression, écarquillant les yeux.

– Stéphane... J'en étais presque sûre. Je sais qui tu es.

Je suis Kori, la fille des fermiers de Menesguen, à côté de Dourdu.

Stéphane et notre captive étaient voisines ? Une telle coïncidence est-elle possible ? Stéphane fronce les sourcils, toujours sur le qui-vive. Elle scrute la fille, la cherchant certainement dans sa mémoire. Elle avance vers elle. D'un mouvement brusque, avec la pointe du pistolet elle fait tomber son bonnet noir, et une masse imposante de cheveux d'un roux sombre tombe sur ses épaules et son dos. Je n'ai jamais rien vu d'aussi beau. Une mer ocre et dansante... Une lueur s'allume dans le regard de Stéphane : elle la reconnaît. Dans la seconde suivante, tout son visage n'exprime plus qu'une question.

– Ils sont morts, répond Kori, aussi simplement que si Stéphane avait parlé. Ton frère et ta mère, avec ton beau-père. Tous les trois... L'une de mes amies a vu leurs corps. Je... je suis désolée.

Quelques secondes blêmes, puis :

– Ta gueule, murmure Stéphane en tremblant. Tu mens.

– Stéphane... dis-je avec douceur.

– Ta gueule, je te dis ! répète-t-elle, à cran. Assieds-toi !

Ça y est. Elle est repartie en mode guerrière.

– Il y a une cave, ici, un débarras ?

Kori désigne du menton une petite porte près de la pièce attenante, mais ne s'assied pas. Elle reste aussi immobile qu'une poupée de cire. Un silence de mort pèse sur nous tous. Stéphane me chuchote d'une voix blanche :

– Débarrasse-moi de cette mytho et de son copain, s'il te plaît.

Je fronce les sourcils. Je n'approuve pas, mais je comprends qu'elle a besoin d'être seule.

– Stéphane, dis-je quelques minutes plus tard, après avoir délié et enfermé Jules et Kori dans le débarras. On va manger, d'abord. Puis on va faire le point, OK ?

Kori nous a indiqué que la bétaillère contenait des provisions. J'y déniche des boîtes de conserve, ainsi que de la vaisselle et un ouvre-boîte. Stéphane m'inquiète. Ses yeux ont pris une couleur d'après-tempête, imprévisible. Pendant que nous mangeons, elle répète en boucle que la fille ment forcément, puisque son père lui a assuré que tout irait bien, quand ils seraient ensemble. Ça ne veut pas dire grand-chose. Mais je vois bien qu'elle n'est pas encore prête à l'accepter...

Je m'assieds près d'elle et laisse passer quelques secondes de silence pendant lesquelles je ressasse son comportement agressif. Je sais qu'elle est triste, mais ça n'excuse pas tout !

– Dans quel monde on vit vraiment, maintenant, hein ? dis-je en tentant de maîtriser ma colère. C'est ce monde-là que tu acceptes ? Un monde hyperviolent...

– Je n'accepte rien du tout. Je m'adapte.

– Je ne suis pas d'accord. Ce monde-là est tout neuf. On en fait ce qu'on veut. En attendant que Khronos nous fasse revenir en arrière...

Elle réfléchit un moment avant de demander d'une voix plus douce :

– Et tu veux en faire quoi ?

– Si jamais Khronos échoue ou s'il n'existe pas...

Cette éventualité me fait mal au cœur, pourtant je dois l'envisager :

– ... j'aimerais un monde différent d'avant. Un monde où j'aurais les mêmes chances... que toi, par exemple. Que tout le monde.

Je sens qu'elle est sceptique, mais elle m'écoute, alors je poursuis :

– Un monde où tout serait simple, parce qu'on n'aurait pas besoin de grand-chose, finalement. J'aimerais vivre comme Elissa. Plonger mes mains dans la terre pour y faire pousser à manger, pour moi, pour ma future famille, pour d'autres gens aussi, qui ne sauraient ou ne pourraient pas le faire. Un monde où les seules choses qui compteraient, ce seraient le vent, le soleil, la pluie, les rivières, les saisons. Les amis.

J'ai envie de dire : l'amour, aussi. Je n'ose pas et je me sens rougir. C'est un peu con, tout ce que je raconte. Pourtant, de façon totalement inattendue, Stéphane murmure :

– Tu es un rêveur, Yannis. Mais j'espère que ce monde appartient aux rêveurs...

## NUIT DU 14 AU 15 DÉCEMBRE

L'obscurité envahit les lieux peu à peu. Avec elle, mes fantômes reviennent. Je suis heureux qu'ils soient là, tant Stéphane est absente et lointaine, comme perdue dans un ailleurs qui n'appartient qu'à elle.

Je chausse mes lunettes de vision nocturne. La silhouette recroquevillée de Stéphane devient aussi spectrale que mes fantômes qui, installés auprès d'elle, paraissent la questionner. Je m'allonge en prenant Happy tout contre moi et fourre mon visage dans ses poils chauds. Il me lèche le visage. Nous nous serrons l'un contre l'autre pour nous protéger du froid qui s'intensifie. Stéphane doit geler malgré son duvet étalé sur elle. Nos deux prisonniers, n'en parlons pas : nous n'avons trouvé qu'un seul sac de couchage pour eux deux. J'espère qu'ils vont tenir le coup. Je me félicite d'avoir détaché leurs liens : cela aurait été inhumain. Peu à peu, le silence me paraît insupportable.

– Tu la connais bien, cette Kori ? Tu la voyais souvent ?

Aucune réponse.

– Stéphane ?

– Hmm ?
– Tu sais, je n'aime pas quand tu me donnes des ordres.
– Oh, Yannis, pitié... C'était juste pour les impressionner. C'est tout.
– Même pour ça, Stéphane.

Nous nous murons de nouveau dans le silence. Mes fantômes restent près de Stéphane. Eux aussi m'agacent, à la fin : j'aimerais comprendre pourquoi ils préfèrent être à côté d'elle. Je tombe dans un sommeil agité, perturbé par la tristesse et le froid.

À 6 heures du matin, la température est si basse qu'il est impossible de dormir plus longtemps. Les membres encore engourdis, je souffle sur mes doigts. Puis j'allume la lampe et je me dirige vers le débarras.

– Qu'est-ce que tu fais ? marmonne Stéphane.
– Je les libère. Ça fait douze heures qu'ils sont là-dedans.
– C'est pas une bonne idée. Avec cette obscurité, ils pourraient nous piéger facilement, Yannis. Et cette Kori est capable de tout.

Je ne réponds rien. Elle n'a sans doute pas tort. Mais elle est monstrueuse, avec cette raison froide. Je me blottis dans un coin, sous mon duvet, ruminant l'absurdité de la situation, en attendant le lever du jour.

## 15 DÉCEMBRE, 8 H 45

— Debout. Suivez-moi.
Malgré le froid, ça sent le fauve, là-dedans. Stéphane et moi avons pu aller aux toilettes durant la nuit, mais pas Jules et Kori. J'ai honte pour eux, mais peut-être d'abord pour moi-même. Je tiens mon pistolet canon pointé vers le sol, tandis que Stéphane les braque frontalement, mâchoire serrée. Jules et Kori se déplient difficilement. Je constate que leurs lèvres sont bleues. On voit leurs veines sous leur peau pâle. Ils grelottent. Je les conduis jusqu'aux lavabos d'un vestiaire pour qu'ils puissent se laver un peu.

J'aimerais leur proposer de l'eau chaude pour qu'ils se réchauffent. Je pourrais. Il me suffirait de faire chauffer l'eau des bidons stockés par Kori dans une casserole, au-dessus de mon réchaud à gaz, que je n'ai pas laissé dans la planque. Mais j'ai un rôle de geôlier à tenir... Alors que l'un penche le bidon pour faire couler l'eau dans les mains de l'autre, je reste en faction à l'entrée des vestiaires, Happy couché à mes pieds, une main dans une poche, l'autre serrant mon pistolet. Quand Jules soulève ses manches, je discerne une dizaine de fines plaies qui strient ses bras. Comme des scarifications. Comment s'est-il fait ça ? Jules et Kori murmurent entre eux, ce qui peut être une façon de se réchauffer l'âme, me dis-je pour me consoler.

Stéphane, pendant ce temps, tourne en rond, arme à la main. Nous nous adressons des regards furtifs. Elle fronce les sourcils en entendant Jules et Kori chuchoter.

– Tu les laisses parler entre eux ? me reproche-t-elle durement.

– Ça va, ils...

Mais elle leur crie déjà :

– Vos gueules ! Vous vous croyez en colonie de vacances, ou quoi ?

Cette fois, c'en est trop. Je me mets à gueuler à mon tour, mais cette fois contre Stéphane :

– C'est bon, arrête ! Ils font que parler, ils s'échangent pas des bombes !

– Tu ?...

Elle ne finit pas sa phrase, tout son corps tendu vers moi, prêt au combat. Happy ne s'y trompe pas, babines retroussées sur sa gueule. Instinctivement, j'ai serré mon rhombe improvisé, qui était encore dans ma poche. Comme face aux loups... Je soutiens son regard qui a perdu toute compassion. Finalement, c'est elle qui baisse les yeux la première. Elle envoie un coup de pied rageur dans le mur et se détourne en poussant un cri d'impuissance.

Jules et Kori, à l'entrée des vestiaires, nous observent avec des yeux ronds. Cette fois, je décide de faire chauffer de l'eau, pour le café soluble.

Nos « prisonniers » reprennent quelques couleurs en sirotant leur café. J'ai disposé une couverture dans un coin du hangar et me suis assis à côté d'eux. Nous ne disons rien. Une horloge fixée sur le mur d'en face indique 9 h 02. Stéphane, restée à bonne distance jusque-là, s'approche, fusil à la main. Elle s'adresse à eux, mais me fixe moi :

– Je sais qu'hier soir, je n'aurais pas dû vous braquer... Mais j'ai l'intention de continuer à faire preuve de cette violence aussi longtemps que nous en aurons besoin. Je vous dis ça pour que vous ne vous fassiez aucune illusion.

Se tournant vers Kori :

– Ce n'est pas parce qu'on est d'ex-voisines qu'on va sympathiser. On ne prendra pas de risques, OK ?

Constatant que son petit message fait son effet, elle embraie sur la suite des opérations :

– On a pas mal de provisions. En revanche, on a toujours besoin d'un ordinateur avec une batterie chargée.

Le regard de nos prisonniers se teinte d'incompréhension.

– Il faut donc que l'un d'entre vous aille chercher cet ordi maintenant. Qui y va ?

Le « maintenant » m'inquiète. Il fait jour et la loi martiale vient d'être renforcée. Et comment être sûrs qu'une fois dehors, Jules ou Kori ne nous dénonceront pas à l'armée ? Je m'apprête à protester lorsque Kori se lève.

– Je sais peut-être où il y en a un.
– Où ça ?
– J'ai... j'ai des amis qui trafiquent.

— Oui, je m'en doute, grince Stéphane. Tu m'as l'air sacrément débrouillarde pour une Bretonne paumée dans Paris.

— Mauvais plan, dis-je. Qu'est-ce qui nous garantit que tes amis trafiquants ne sont pas une dizaine, armés jusqu'aux dents ?

Kori hausse les épaules et tente autre chose :

— Sinon, j'ai repéré du matos dans une école du quartier. Il faudrait juste vérifier les niveaux de charge.

— Ça, ça me parle davantage, fait Stéphane.

— Ça me va aussi, je concède. On peut y aller sans trop se faire voir ?

Comme elle hoche la tête, j'ajoute aussitôt :

— J'y vais avec elle.

Regards furtifs des deux filles, aussi surprises l'une que l'autre.

— D'accord, Yannis, approuve Stéphane. À combien de temps tu évalues cette petite escapade, Kori ?

— Une heure et demie, tout au plus.

Stéphane pointe son arme vers Jules.

— Toi, Jules, tu sais où se trouve le cousin malade de Kori ? Ce sont des amis à toi qui s'en occupent, c'est ça ?

Il hoche la tête rapidement.

— Si Kori et Yannis ne sont pas là dans une heure et demie, tu me montreras où il habite, le cousin malade ?

Ça ne lui suffit pas que j'accompagne Kori avec une arme ? Quel besoin a-t-elle de menacer encore ? Elle a si peu confiance en moi ? Elle répète fermement à l'adresse de Kori :

— Une heure et demie.

Dehors, le bruit du rotor d'un hélicoptère me fait froid dans le dos. Le renforcement de la loi martiale s'applique aussi dans les airs. Ici, à Gentilly, nous sommes peut-être préservés encore pour quelques heures. Kori a remis son bonnet noir dans lequel elle a rentré tous ses cheveux. Cette fois, pas une mèche ne dépasse. J'ai enfoncé le mien aussi jusqu'aux yeux. J'enroule mon écharpe et la remonte sous mon nez, puis je flatte le flanc de Happy, alors que nous refermons derrière nous la porte qui mène à l'arrière du hangar.

– L'école n'est pas très loin, m'informe Kori dans la cour où sont garés une camionnette et un tracteur, aux ailes arrière décorées de fleurs et d'étoiles, visiblement dessinées par des enfants.

Ses paroles provoquent un halo de vapeur dans la lumière blafarde. Sous la menace de mon pistolet, elle emprunte une porte dérobée pour pénétrer dans le bâtiment d'en face. Elle a repéré les accès possibles pour traverser cages d'escalier et cours à auvent sans passer par la rue. Les rats s'en donnent à cœur joie. Ils dansent sur la mort, les ordures, les ruines et la désolation. Je me défoule en balançant un coup de pied à l'un d'eux qui valdingue contre un container. Il couine et s'enfuit. Kori me jette un bref regard et s'engouffre dans le couloir d'un immeuble. Happy chasse un autre rat en remuant la queue.

Elle me fait signe de la rejoindre près d'une porte à la vitre brisée. Je pointe toujours mon pistolet sur elle, mais elle ne s'en émeut pas plus que ça.

– C'est là, en face, de l'autre côté de la cour. Nous

n'avons qu'une dizaine de mètres à découvert jusqu'à la porte de la cantine qui n'est pas fermée, car l'école a été pillée.

Nous nous élançons dans la cour où le toboggan et les tourniquets sont couverts de graffitis aux couleurs sinistres. Le réfectoire est sens dessus dessous. Les murs tagués jusqu'au plafond. Insultes, grossièretés et autres «Fuck l'école». L'accès aux cuisines est jonché de boîtes de conserve ouvertes que Happy va renifler. Quelqu'un d'affamé s'est nourri sur place. Nous poussons une porte battante et nous voilà dans le couloir de l'école, tout aussi dégradé. Quelques dessins d'enfants y sont pourtant intacts et des bonshommes têtards nous narguent de leurs yeux sans pupille.

Nous entrons dans une salle de classe, puis une autre. Nous nous précipitons vers les ordinateurs, inutilisables faute de courant. La troisième est une classe de CP, c'est écrit sur la porte. Lumière d'église. Paillettes de poussière dorée. Papier vitrail aux fenêtres. Je plaque le canon de mon pistolet contre le dos de Kori, qui hésite avant d'entrer. Il y a un ordinateur portable, sur une table au fond. D'un geste de mon arme, je fais signe à Kori de l'allumer. Elle se plie sur une petite chaise et ouvre le clapet du portable, appuie sur un bouton et… miracle : il démarre.

– Soixante-dix pour cent de charge, m'informe-t-elle.

– Parfait. Éteins-le vite.

Je débranche l'ordinateur et le fourre dans mon sac à dos.

– Allons-nous-en.

Mais Kori ne bouge pas. Elle est en arrêt devant un aquarium où flottent deux poissons rouges immobiles. J'agite mon pistolet : nous n'avons pas de temps à perdre. Cependant, je suis retenu par son regard perdu très loin d'ici, dans des contrées d'une tristesse infinie.

– Quand j'étais petite, on avait aussi des poissons rouges, dans ma classe.

Oui, nous étions tous des enfants, il n'y a pas si longtemps. Son visage a d'ailleurs encore les rondeurs d'une gamine. Toute sa pureté. J'ai envie de toucher la peau de ses joues veloutées. Ses lèvres humides. Elle est drôlement belle, comme ça. Et surtout si calme et posée, beaucoup plus que Stéphane, toujours prête à mordre... J'abaisse le canon de mon pistolet et c'est mon regard qui la vise. Je fais un pas dans sa direction, elle tourne son visage vers moi, surprise, et me laisse approcher. Me pencher vers elle. Vers ses lèvres. Pour la première fois de ma vie, j'ose embrasser une fille, et j'espère de toutes mes forces que ce n'est pas l'arme que j'ai en main qui me donne cette audace.

Mon premier baiser. Mon premier et délicieux bai...

– Hé !

– Lève les mains. Tout de suite.

Elle a reculé de deux pas, mon arme entre ses mains. Non mais quel crétin ! Et merde, Stéphane avait raison d'avoir si peu confiance en moi ! Kori me tient en joue, sourcils froncés, mâchoire serrée. Mais dans son regard... je lis quelque chose de semblable à ce que j'ai éprouvé. Elle aussi est troublée, j'en jurerais... Happy grogne, prêt à lui sauter dessus. Je lui souffle de se calmer et j'obéis. Nouveau trouble dans ses yeux : elle ne comprend pas que j'aie retenu mon chien. Je n'explique pas, me contentant de la fixer. Je refuse de la pousser à tirer sur moi ou sur Happy. Ou bien que Happy lui fasse du mal.

Nous reprenons le même chemin en sens inverse, dans le matin pâle et brumeux, le canon du pistolet pointé dans mon dos... Happy a déniché un os sur notre trajet et l'arbore fièrement dans sa gueule. J'espère que cela provient d'un animal et non de... Inutile d'y penser.

– Tout ça n'a aucun sens, dis-je.
– Ce n'est pas moi qui ai commencé.
– Je n'ai pas voulu ça.
– Pourtant, tu l'as fait.
– Je sais. Je...
– Je ne juge que les actes.
– Je suis sûr qu'on aurait pu...
– Trop tard. Tais-toi. On arrive. Vas-y, frappe.

Mon cœur se plombe en pensant à Stéphane. Elle va me prendre pour un imbécile. Trois coups, deux coups, encore trois. C'est le code convenu entre nous.

## 15 DÉCEMBRE, 10 H 45

— Poussez la porte ! crie Stéphane au bout de quelques instants. Elle est ouverte, mais un peu lourde, je l'ai bloquée...

Kori imprime le canon entre mes omoplates. J'appuie sur la porte de tout mon poids, avec mon épaule. Un objet racle le sol. Nouvelle pression dans mon dos. Je lève les bras et avance.

— Surprise ! raille Kori.

Stéphane n'a même pas l'air étonnée que je me sois fait avoir. C'est vexant. Elle est assise contre la bétaillère, l'air épuisée, mais ne semble aucunement prête à se soumettre. Ce serait mal la connaître ! Elle saisit un pistolet automatique qui était dissimulé sous ses jambes et le dirige vers Kori... c'est-à-dire vers moi.

— Surprise aussi, répond-elle avec un rictus.

Jules, quant à lui, est affalé dans un coin du hangar. Je remarque alors le sol souillé de taches de sang, et un scalpel par terre.

— Stéphane... Qu'est-ce qui s'est passé ici ?

Happy tourne autour de Jules avec une grande agitation. Il a toujours été inquiet face à un souffrant.

– Tu l'as... torturé ?

Stéphane me fusille du regard.

– T'es malade ? Oh, Yannis, reviens sur terre ! C'est moi, Stéphane ! Je lui ai juste retiré son traceur. En douceur. Pendant que, toi, tu te faisais piquer ton flingue comme un con.

Un traceur ? Je me rappelle avoir entendu parler de « matériel de traçage » à la Salpêtrière...

– C'est OK, marmonne Jules, en plein coaltar. Elle est OK, Kori.

Mais Stéphane cherche quelque chose à tâtons. Le fusil d'assaut, bien entendu ! Kori ne baisse pas son arme.

– Bien, bien, bien, fait-elle en tentant de maîtriser un léger tremblement dans la voix. Si on se calmait un peu, chère Stéphane ? Au fond, on le sait toutes les deux : personne n'a envie de flinguer personne. Alors, même si on est un peu énervées et qu'on a mal dormi, il faut essayer de se calmer. Hein, Yannis, t'es d'accord ? Ce serait dommage. Si on était dans un jeu vidéo, je n'hésiterais pas une seconde à tirer parce que ça me détendrait et que ça n'aurait pas de grandes conséquences. Mais là, si on crève, on n'a pas le droit à une nouvelle partie. Tu jouais à des jeux, toi, mon beau Yannis, avant la catastrophe ? Avec Jules, nous étions des fans de WOT, des Experts même !

Quoi ? Ils jouaient à WOT ?

– Ah ça te fait réagir ? s'étonne Kori. Ne me dis pas que toi aussi ?

Jules et Kori sont des Experts de WOT ! J'annonce à voix forte :

– Chevalier Adrial.

C'est alors que Jules lève le bras difficilement et frappe par deux fois son cœur avec son poing.

– Spider Snake, prononce-t-il fièrement.

Jules est Spider Snake !...

– Koridwen, se présente Kori.

Mais oui ! Kori pour Koridwen. Koridwen, l'implacable combattante. Nous sommes tous dans le même camp ! Ça me donne presque envie de chialer, après toute cette tension.

– OK, abdique Stéphane. Dans le jeu, j'étais Lady Rottweiler.

– Ouaf ! fait Happy comme pour apporter sa contribution.

Stéphane, Kori, Jules et moi restons silencieux durant plusieurs secondes, digérant la révélation. Nous sommes tous des Experts de WOT. Nous avons tous répondu à l'appel de Khronos. Incroyable...

C'est Kori qui amorce le mouvement la première. Elle baisse tout doucement son arme et la pose à terre. Après une seconde d'hésitation, Stéphane l'imite. Nous voilà désarmés. Enfin.

Stéphane brise le silence à sa manière douce :

– Yannis, tu as eu le temps de trouver un ordi, ou juste de te faire piquer ton flingue ?

Elle m'énerve tant que je ne réponds pas. À la place, je sors l'ordinateur de mon sac, tout en expliquant rapidement aux autres que ma clé USB pourrait contenir des informations sur Khronos. Ils regardent maintenant l'ordinateur d'un autre œil, vivement intéressés. Nous le posons sur une caisse qui traînait dans le hangar, et je m'installe face à l'écran.

J'appuie sur le bouton d'allumage. La petite mélodie de vieux PC portable sonne étrangement à mes oreilles, comme un anachronisme. La lumière de l'écran me renvoie à mes longues heures passées devant WOT. Une sensation de nostalgie m'étreint.

Mais déjà Stéphane, impatiente, me pousse pour prendre ma place et parcourt le contenu de la clé USB qu'elle vient de brancher. Elle navigue dans le dédale des fichiers regroupés dans un dossier intitulé « STÉPHANE CERTALDO/IDENTITÉ RECHERCHE ». Pressés tous les trois derrière elle, nous voyons s'afficher des sous-dossiers intitulés Marco, François, Yannis... Des mots me sautent aux yeux :

*ACTIVITÉS CRIMINELLES. PRIORITÉ : HAUTE.*

Mon cœur bat plus vite et se fige quand elle clique sur le dossier qui porte mon nom. Elle ouvre des photos de moi, de mes parents, de Camila. Cela faisait si longtemps que je n'avais pas vu leurs visages ! J'ai envie de retenir ces images, différentes de celles de plus en plus nébuleuses de mes fantômes, ou des dessins que j'ai faits d'eux. Stéphane fait défiler les documents. Il y a une photo de notre immeuble du Panier... Je l'avais quitté en plein incendie, je le découvre désormais entièrement calciné. Il ne reste plus rien. Plus rien. Une tristesse de plomb dégringole dans ma poitrine.

– Stéphane...

S'il te plaît, ferme ce dossier. Ferme !

Les mots restent coincés dans ma gorge, mais un coup d'œil vers moi lui a suffi pour comprendre.

Elle ouvre à présent le dossier BRETAGNE/DOURDU. Des informations s'affichent sur sa mère, son frère Nathan... La confirmation qu'ils sont morts. Stéphane se fige. Se raidit. Je réalise alors qu'elle avait vraiment refusé de croire Kori. Mais voilà : maintenant, c'est écrit noir sur blanc. Sa nuque blêmit. Je pose ma main sur son épaule, pour la réconforter. Mais elle la repousse vivement, sans se retourner. Je la reconnais bien là : elle tente d'encaisser le coup sans montrer son désarroi aux autres. Rester forte en toutes circonstances, ça pourrait être sa devise.

– Stéphane, je répète, d'une voix douce.

Elle se ressaisit immédiatement, et reprend sa navigation.

Un dossier se nomme PARIS/KHRONOS. Khronos ! Nous nous rapprochons un peu plus, dévorés par la curiosité. Happy s'agite, perturbé par la tension qui émane de nous quatre. Stéphane clique sur le dossier. Nous lisons, fébriles :

*Trois des quatre éléments soupçonnés dans l'enquête criminelle en cours de reclassement ont consacré leurs dernières connexions au forum d'un jeu en ligne multijoueur appelé WOT.*

*Les joueurs ont échangé sur ce forum des informations concernant l'épidémie dans les différentes régions où ils vivent.*

*Les dernières connexions, le 1ᵉʳ novembre, de Stéphane CERTALDO, Marco GALLEHAULT et Yannis CEFAÏ ont porté sur un message du moteur de jeu KHRONOS, les invitant à se rendre à Paris, le 24 décembre.*

Mon nom en toutes lettres dans un rapport de l'armée... Même piqûre d'orgueil et même blessure que lorsque j'ai découvert mon visage placardé sur les murs de Paris avec la mention «Terroriste». Je ne sais plus qui je suis vraiment...

*Ces connexions indiquent un rendez-vous possible avec d'autres éléments criminels, même si le message du moteur de jeu KHRONOS est un leurre.*

Les mots «leurre» et « moteur de jeu » tournoient dans mon esprit sans réussir à s'y fixer. Qu'est-ce que ça signifie ?
Il y a un sous-dossier sur Khronos. Stéphane hésite un court instant à cliquer. Qu'est-ce qu'on va enfin apprendre sur le maître de jeu ?...
Stéphane clique enfin et lit à voix haute la note de l'armée :
– « Khronos est l'avatar du maître de jeu sur WOT. Il s'agit d'un moteur de jeu de type Eugene Goostman (intelligence artificielle), créé par la société Ukromania et acquis par l'éditeur du jeu, Next Games. Il est chargé de gérer les interactions entre les joueurs, au cours de leurs retours dans le temps. »
Moteur de jeu ?

– « Rendez-vous du 24 décembre : l'invitation faite sur le forum par le moteur de jeu Khronos à remonter dans le temps résulte des multiples alertes reçues par le moteur au cours de la dernière semaine de fonctionnement (coupures de courant, messages des Experts sur le virus U4 interprété par le moteur comme un virus informatique). Le moteur de jeu est programmé dans ce cas pour envoyer un message. Ce message incite les joueurs à rebooter leur jeu dans une deuxième version, en recommençant la partie en temps réel là où elle a commencé : le 24 décembre (année inconnue, "guerre des Menteurs") au pied de la tour de l'Horloge. »

Je dois relire la note trois fois, pour enfin la relier au mot « leurre » de tout à l'heure. La véritable identité de Khronos s'impose à moi. Je bredouille, complètement sonné :

– Une... une intelligence artificielle ?

Khronos est une intelligence artificielle... Je n'arrive pas à y croire. Ce n'est pas possible ! Khronos n'existe pas ? Ou plutôt si, mais c'est un logiciel ! Et le rendez-vous ? Ce ne serait que le moyen trouvé par le moteur de jeu pour nous inciter à rebooter et à revenir au 24 décembre de l'année de sa création...

– Putain !

Tout ça pour un rendez-vous imaginaire inventé par une machine... J'ai envie de pleurer. De déception et de colère contre moi-même. Comment ai-je pu croire que... ?

– On ne remonte pas dans le temps, les mecs ! Fin du rêve ! lance Stéphane, cinglante.

– Tu n'en sais rien, répond Kori, avec une étrange assurance.

– Je viens de te le lire. Le message de Khronos a été généré par un moteur de jeu, c'est juste un message de rebootage. Quelqu'un va sur WOT depuis le début ?

– Moi, répond Jules, pâle de déception.

– La guerre des Menteurs, ça commençait à la tour de l'Horloge, un 24 décembre ?

Il acquiesce à regret. Il n'y a plus aucun doute possible. Le rendez-vous est virtuel. Personne n'est Khronos ! Et Khronos n'est personne. On ne va pas remonter le temps. On ne peut pas remonter le temps. Toutes mes illusions s'écroulent comme un château de cartes. Mes fantômes ne vont-ils donc jamais connaître le repos ? Ils se matérialisent soudain face à moi. Leurs visages terrorisés me terrifient : comment les libérer, à présent ?

Kori prononce alors une phrase incompréhensible, quelque chose comme : « Il n'y a pas que Khronos qui remonte dans le temps. » Elle y croyait autant que moi, j'en suis sûr. Elle y croyait plus que moi. Elle y croit encore. Pourtant, Stéphane avait raison : autant croire au Père Noël !

Les aboiements de Happy m'arrachent à mes pensées : il jappe violemment, le museau pointé vers la porte. Je me penche sur lui, lui caresse le pelage, mais rien ne calme sa nervosité. Alors j'entrebâille la porte pour comprendre ce qui l'énerve tant.

– Une patrouille ! Au bout de la rue ! Avec des soldats, cette fois...

## 15 DÉCEMBRE, 11 H 25

— On a deux minutes, pas plus, juge Kori en jetant un œil dehors. Elle rassemble toutes ses affaires, en hâte. Stéphane et moi faisons de même, remplissant nos sacs de vivres et d'eau. J'éteins rapidement l'ordi et le range, avec la clé USB. Lampe, pharmacie. Mon réchaud. Jules nous regarde, affaibli et impuissant. Je donne à Happy son os à mâchouiller afin que ses aboiements n'alertent pas les brassards jaunes. Voilà, nous avons tout le nécessaire, il faut partir. Vite ! Stéphane hésite, avant de se saisir du fusil d'assaut. Je m'approche d'elle, pose ma main sur son poignet et lui ordonne fermement :

— Laisse ça, Stéphane.

Elle me jette un regard furieux, mais tant pis. Je pense alors à Jules, complètement désarmé, lui. Je sors son couteau de mon sac et le lui tends :

— Tiens, ton poignard, tu peux en avoir besoin.

— Merci.

— Suivez-moi, crie Kori. On se barre !

Elle est déjà dans la cour arrière. Je prends le plus délicatement possible le bras de Jules, l'enroule autour de mon cou et l'aide ainsi à se relever. Il n'est pas très vaillant, mais je parviens à le soutenir suffisamment pour que nous emboitions le pas aux filles.

Kori choisit des ruelles sombres et un chemin en partie semblable à celui que nous avons emprunté peu avant, pour nous rendre à l'école. Nous débouchons sur une rue plus large. Un cri me fait sursauter :

– Halte ! Rendez-vous !

Mauvais choix, Kori… Ils sont deux, des ados comme nous, enrôlés par l'armée comme l'indiquent leurs brassards jaunes et leurs armes pointées sur nous. Nous cherchaient-ils ou sont-ils tombés sur nous par hasard ? Peu importe, nous ne sommes pas censés nous trouver hors d'un R-Point. Stéphane et Kori ont levé les mains mais moi, je porte un blessé. Peut-être puis-je en faire un avantage ? Caché par le corps de Jules, je mets la main sur le pistolet fixé à ma ceinture. Happy grogne, attendant un ordre ou un geste de ma part.

– Vous deux, approchez ! crie l'un des garçons d'une voix trahissant une mue récente en s'adressant à Jules et moi.

Ils demandent à Stéphane et Kori de jeter leurs armes. Ils ont peur et ils sont déterminés. Mauvais mélange. Les filles lèvent les mains au ciel, sans jeter leurs armes. Je lève aussi la mienne. Sans lâcher Jules.

Happy aboie par deux fois.

– Gaffe au chien, je le tue s'il bouge !

Celui qui a parlé, un blond au visage bouffé par l'acné, s'approche pour mieux viser Happy. C'est alors que je sens Jules bander tous ses muscles et prendre une grande inspiration. Retrouvant des forces insoupçonnées, il se jette sur le blond qui n'a pas le temps de réagir : en un instant, il est plaqué au sol, immobilisé par tout le poids de Jules. Si je n'agis pas rapidement, l'autre va le tuer. Il braque déjà son arme sur lui et n'hésite que par crainte de toucher son acolyte.

– Attaque, Happy, attaque !

Affolé, l'ado nous tire dessus mais heureusement ne touche personne. Happy chope son bras dans sa gueule. Cependant, le type est tenace et continue de tirer dans tous les sens. J'appuie sur la gâchette. C'est trois détonations que j'entends pourtant. *Paw, paw, paw.* Stéphane et Kori, à mes côtés, ont tiré en même temps.

L'ado tombe à terre. Impossible de déterminer qui de nous trois l'a touché. Pourvu qu'il ne soit pas mort !

Jules, lui, se débat toujours avec son adversaire. Je m'approche et lui assène un coup de crosse sur la tête. Il est sonné, mais il respire. Je prie pour que leurs copains arrivent à temps pour sauver l'autre. J'aide Jules à se relever. Il nous souffle avec un clin d'œil que son surnom, c'est le Plaqueur. Compréhensible ! Puis j'arrache le brassard du blond et l'empoche, pensant que ça pourra toujours servir. Nous reprenons notre fuite, Happy sur nos talons.

## 15 DÉCEMBRE, 11 H 30

Kori sait où elle va. Elle connaît les lieux et nous nous en remettons à elle. Nous la suivons à l'intérieur d'un garage désaffecté et complètement calciné. Elle se précipite sur de grandes tôles d'acier posées à terre, qu'elle commence à déplacer. Nous l'aidons et découvrons une fosse étroite, le genre de fosse où les mécaniciens réparaient le ventre des camions, avant, mais longue de quinze mètres.

Kori saute dedans et nous l'imitons. Une fois dans le trou, je tends les bras pour aider Jules, puis je siffle Happy pour qu'il me rejoigne. Stéphane rabat la dernière tôle au-dessus de nos têtes, et l'obscurité devient complète. La cachette, quoique exigüe, est parfaite. Qui nous retrouverait dans cette véritable tombe ?

Je me laisse glisser à terre et enlace Happy. J'appuie ma joue contre son flanc en tentant de calmer ma respiration. Une odeur de fuel me prend à la gorge. Nous restons silencieux. À l'extérieur, des pas résonnent et je me raidis, comme les autres, certainement, même si je ne les vois pas. Des cris retentissent dans la rue, tout proches. Des voix. Un aboiement. Je fourre son os dans la gueule de Happy, afin qu'il ne soit pas tenté de répondre. Il grogne sourdement. Les pas et les voix s'éloignent. Enfin. Je m'aperçois alors que, tout ce temps, j'ai retenu mon souffle. Aucun de nous n'ose parler.

Je sens tout à coup une présence sur ma gauche.
– C'est moi, chuchote Kori en s'asseyant contre moi.
Je frémis à cause de sa chaleur inattendue. Une odeur familière émane d'elle : de la cannelle. Maman en utilisait souvent dans sa cuisine. Cela m'attire, alors que cela semble étrangement repousser Happy qui va s'allonger un peu plus loin.
Pourquoi Kori s'installe-t-elle à côté de moi ? Dire qu'elle m'a braqué alors que je l'embrassais...
La voix de Jules interrompt le cours embrouillé de mes pensées :
– Je... Je suis désolé... Si je n'avais pas eu ma puce, ils n'auraient pas...
– Ça n'a rien à voir, dit Kori. Ils doivent ratisser les rues les unes après les autres. Ils ne recherchent pas que nous.
Jules vient de nous sauver malgré son état, et il s'excuse ! Ce garçon me plaît de plus en plus.

Comme j'allume ma lampe frontale, Kori fait de même et, en nous retournant, nous nous éblouissons mutuellement. Nous poussons un petit cri de surprise, avant de rire nerveusement. Stéphane, elle, est en train de panser Jules. Elle a pour lui les mêmes gestes qu'elle a eus pour moi, pendant notre périple jusqu'à Paris.

À ce souvenir, une fine aiguille se plante dans mon cœur. Nous étions si proches, alors... J'éteins ma frontale. Inutile d'user les piles pour rien.

## 15 DÉCEMBRE, 12 H 20

— **Q**uelqu'un est capable de me prévenir dans trois heures ?

Stéphane vient de donner à Jules une aspirine pour qu'il souffre moins, et elle a besoin de surveiller le délai entre les prises. Aucun de nous n'a de montre. Je n'ai pas pu remplacer celle de mon père et j'ai appris à m'en passer. Elissa, elle, se fiait seulement au soleil, le jour, et à la rotation des astres autour de l'étoile polaire, la nuit. Mais ici, dans les ténèbres les plus complètes, nous n'avons aucun repère. Soudain, j'ai une idée. Je sors l'ordinateur de mon sac, l'ouvre et l'allume. Sa lueur crue me happe aussitôt.

— L'ordi indique 12 h 20, dis-je. Si la pile du Bios ne s'est pas arrêtée, c'est l'heure réelle. Et il reste pour cinq heures de batterie.

— À 15 h 30, on pourra te donner un nouveau médoc, Jules, l'informe Stéphane, avant de s'asseoir à ses côtés.

Un conciliabule chuchoté s'engage entre eux deux. De quoi peuvent-ils bien parler ?

Du temps passe. Je suis tenté de me plonger dans un

jeu sur l'ordinateur. Cela me ferait tout oublier, comme avant, quand je jouais à WOT. Mais cela viderait la batterie plus vite, ce qui serait stupide. Nous échangeons de temps à autre quelques mots. Kori nous apprend notamment qu'à deux cents mètres de la fosse se trouvent des égouts qu'elle connaît comme sa poche et qui nous permettront d'entrer dans Paris. Nous décidons d'attendre la tombée de la nuit pour quitter notre abri.

Mais après tout, à quoi bon ? Personne ne m'attend, dehors. Toute ma famille est morte. François est au R-Point. Elissa attend sa fille. Khronos n'existe pas. Il n'y aura pas de retour en arrière...

Pile à ce moment-là, mes fantômes réapparaissent.

*Qu'est-ce que vous foutez là ? Ça ne sert plus à rien de rester à mes côtés, je ne pourrai jamais rien pour vous. On ne remontera pas le temps. Allez errer ailleurs. Lâchez-moi la grappe !*

Le fantôme de Camila s'installe alors sur mes genoux. Elle pose ses menottes sur mes deux joues et murmure :

*On sait, Yannis. Ce n'est pas de ta faute. Et si on reste près de toi, c'est pour que tu te sentes moins seul.*

Des larmes coulent sur mes joues.

## 15 DÉCEMBRE, 13 H 30

Le temps prend son temps. C'est désespérant.
Pour nous distraire et calmer notre estomac, nous ouvrons des boîtes de gâteau de riz. Le caramel qui coule dans ma gorge me redonne un peu de vie.

Puis de nouveau l'attente.

Longue.

Interminable.

La seule façon de ne pas sombrer est de penser à notre sortie, demain matin. Où irons-nous, après ? Je pose la question à voix haute.

– Si Jules est d'accord, propose Stéphane, on se rendra chez ses amis pour y trouver un abri. C'est possible, Jules ?

Jules a dû parler à Stéphane de ce lieu dans leurs conversations chuchotées... Jules opine, mais paraît gêné.

– Il va falloir que je prévienne Jérôme, c'est notre chef, avant de vous faire monter. Il ne voudra jamais mettre la communauté en danger en faisant venir deux personnes accusées de terrorisme... Il faudrait que je trouve...

Visiblement, il ne s'agit pas de « ses amis » à proprement parler, plutôt d'une organisation hiérarchisée. Jules a peur que nous leur attirions des ennuis, c'est compréhensible. Peut-être a-t-il encore plus peur de ce que ses « amis » vont penser de lui en nous ramenant.

– Je sais ce que je vais faire... Stéphane, je vais te présenter comme une spécialiste du virus, et lui dire que tu dois voir Alicia, que tu peux savoir comment elle a survécu. Dans ces conditions, il acceptera de vous faire entrer, je l'espère.

Qui est cette Alicia ?

Après encore quelques infos et recommandations sur sa communauté, Jules se mure dans un silence si tourmenté que je n'ose pas poser la question.

## 15 DÉCEMBRE, 13 H 45

Quelque chose griffe les plaques de tôle. Des rats. Des rats qui courent, s'arrêtent, reniflent. Ils doivent sentir notre chair fraîche. Ne trouvant aucun accès, ils repartent vers d'autres festins...

## 15 DÉCEMBRE, 14 HEURES

Kori s'est assoupie, la tête contre mon épaule, et je n'ose pas bouger. Des murmures s'engagent entre Stéphane et Jules. J'allume ma lampe pour verser de l'eau dans un bol pour Happy. Je crois voir Stéphane pleurer, à côté de Jules. J'éteins rapidement, gêné.

Dans le noir, chacun de nous sait que les autres sont aussi assaillis d'images épouvantables. L'imagination est en roue libre, et rien ne nous en distrait. Nous revoyons nos parents morts, le sang, la pourriture. Les fantômes des miens s'approchent et tentent de me rassurer :

*N'y pense pas, Yannis. N'y pense pas...*

– Koridwen ?
– Mmm ?...

Elle a encore sa tête appuyée contre mon épaule. Bon sang, une tête de fille sur mon épaule ! Je n'ai pas encore osé lui demander pourquoi elle est encore assise à côté de moi. À la place, je dis :

– Je suis désolé pour la façon dont... Enfin, on n'aurait pas dû être si...

– J'aurais peut-être fait pareil. On ne peut faire confiance à personne, ces temps-ci.

– Oui, mais n'empêche... Je tiens à m'excuser pour tout ça.

– Merci, Yannis. J'accepte tes excuses. Et j'apprécie que tu m'en fasses...

Je crois bien que je souris, même si Kori ne peut le voir.

Je murmure :

– Tu y croyais, à Khronos, pas vrai ?

– J'y crois encore.

– Mais le rapport de l'ar...

Elle se raidit et s'éloigne de moi imperceptiblement.

– Ils ne savent pas. Ils ne savent rien.

– Alors ça veut dire que... tu iras quand même au rendez-vous, le 24 ?

– Bien sûr. Je suis là pour ça.

Ses certitudes m'ébranlent. Que sait-elle que l'armée ne sait pas ? Se peut-il que les autorités se trompent ? Le rendez-vous aurait encore du sens, alors ?...

– Tu es venue de Bretagne toute seule, avec ton cousin ?

– Oui. Il est handicapé mental. Je dois m'en occuper, c'est normal.

Elle m'explique qu'elle a laissé ce cousin, qui s'appelle Max, dans ce que Jules appelle sa « communauté » parce qu'il s'est pris d'affection pour la petite Alicia. Je comprends qu'elle-même préférait vivre seule, dans son hangar, plutôt qu'obéir à des ordres. Lorsque nous avons cueilli Jules, il venait prévenir Kori que Max commençait à avoir des crises d'angoisse...

– Et toi, tu viens d'où ? demande-t-elle.
– De Marseille.
– Tu es venu tout seul, toi aussi ?
– Oui. Avec Happy. Et à partir de Lyon, nous étions quatre, avec Stéphane.

J'ai envie de lui parler de Marco et de François. J'en ai besoin, même :

– À Lyon, j'ai fait la connaissance d'un garçon qui s'appelait François. Il est devenu mon ami. Il voulait venir au rendez-vous du 24 décembre avec nous, même s'il n'avait jamais joué à WOT. Lui, il n'a jamais fait de mal à une mouche. Il n'a jamais tué personne. Même en état de légitime défense. Jamais. Et pourtant, il était fiché terroriste, seulement parce qu'il était avec nous. Juste pour ça. Et il a été capturé. Et maintenant, je ne sais pas si je le reverrai un jour. On fait tous des choix différents... et même si on est amis, ça nous éloigne. C'est injuste...

Les mots s'étranglent dans ma gorge. Je pense aussi à Stéphane en disant cela. Quel chemin choisira-t-elle maintenant qu'elle sait que sa mère et son frère sont morts ? M'abandonnera-t-elle pour retrouver son père ?... Malgré l'angoisse de l'avenir, je me sens quand même un peu mieux d'avoir partagé son chagrin.

## 15 DÉCEMBRE, 15 H 30

Je me penche vers l'ordinateur, le remets en veille d'une pression sur la barre espace et regarde l'heure. J'allume ma lampe frontale.

– Stéphane, Jules doit prendre son aspirine, c'est l'heure...

Elle dormait, tout contre Jules. Merde, cette aiguille qui s'enfonce encore un peu plus dans mon cœur... Elle cligne des yeux, se redresse et fouille dans son sac sous le faisceau de ma lampe. Je reste accroupi à côté d'elle pendant qu'elle fait avaler le médoc à Jules. Ils échangent encore quelques mots. Stéphane range la bouteille d'eau dans son sac et je me penche vers son oreille.

– Je vais m'occuper de lui, maintenant.

Stéphane ne bouge pas. J'ajoute, puisqu'il faut tout lui expliquer :

– Tu ne crois pas qu'on doit des excuses à Kori ?

Regard sévère et interrogatif à la fois de la fille aux yeux gris.

– Tu n'as qu'à les faire, toi.
– Moi, c'est déjà fait.

Hésitation. Elle hausse les épaules, finit par se lever

avec un soupir pour rejoindre Kori. Moi, je m'assieds auprès de Jules, en éteignant ma lampe pour l'économiser. Une onde de sympathie passe entre nous. J'engage la discussion :

— Tu as parlé d'Alicia ? C'est qui ?

— Une petite fille que j'ai trouvée. Maintenant, c'est moi qui en suis responsable et...

— Une petite fille ? Tu veux dire : de moins de quinze ans ? Mais comment a-t-elle survécu ?

— Je ne sais pas. C'est comme un miracle. Je ne sais qu'une chose, c'est qu'elle se prend pour Dora. Et qu'elle m'appelle Diego !

La première idée qui me vient à l'esprit est que cette fillette a dû être vaccinée, d'une façon ou d'une autre. Stéphane aura certainement envie d'en avoir le cœur net et de mener sa petite enquête, telle que je la connais. Jules est très attaché à cette petite fille, ça s'entend à sa voix émue. Il a de la chance...

— Moi aussi, dis-je, je... j'ai une...

Mais comment parler de Camila, maintenant que je sais qu'elle ne renaîtra jamais ? Alors qu'elle est condamnée à rester à l'état de fantôme ? Jules doit sentir ma peine parce qu'il change de sujet, et me demande d'où je viens. Il reste incrédule lorsque je lui apprends que j'ai traversé la moitié du pays. J'évoque quelques-unes des embûches que j'ai rencontrées. Puis je raconte où et comment j'ai connu Stéphane.

Jules est si à l'écoute, si attentif malgré sa douleur et sa faiblesse qu'il semble comprendre chacune de mes hésitations. Avec beaucoup de tact, il détourne la conversation avant que je sois mal à l'aise. Curieux, il m'interroge sur ma famille et finit par poser cette question incongrue :

– Tes parents ?

Morts, bien sûr ! Évidemment, qu'est-ce qu'il croit ? Mais il a murmuré ces mots avec tant de bienveillance que je ne m'emporte pas. Je m'entends répondre, comme si c'était la chose la plus naturelle du monde :

– Mes parents, et ma petite sœur Camila... Ils sont là.

– Que... Qu'est-ce que tu veux dire ?

– Je veux dire que je les vois. Tu vas me prendre pour un cinglé...

– Non, je te promets. Dis.

– Je vois leurs fantômes.

Je m'attends à ce qu'il explose d'un grand rire, et à rire alors avec lui en prétendant que je l'ai bien eu, et qu'il a bien eu un peu peur, quand même, non ? Mais il ne rit pas. Il demande simplement :

– Et ils ressemblent à quoi, tes fantômes ? Je veux dire, ils ressemblent à tes parents ? Ils sont transparents ?

Du bout des lèvres, j'explique qu'ils sont tels qu'ils étaient avant de tomber malades et de mourir. Juste plus légers, plus flottants. Et, oui, transparents. Jules ne se ferme pas comme on le fait généralement devant les fous. Suis-je fou, d'ailleurs ? Je chasse la question rapidement de mon esprit. Après un instant de réflexion, il ajoute :

– Tu sais, t'as de la chance, en fait, moi, j'aimerais bien y croire, aux fantômes...

Il me raconte alors la mort de son frère, il y a une

semaine, assassiné. Un trop long silence me pousse à allumer ma lampe. Des larmes tremblent au bord de ses cils. Soudain, il soulève son pull et son tee-shirt. Je n'ai jamais vu autant de cicatrices !

– Je me suis fait torturer par un malade mental, explique-t-il, ému. Mon grand frère, il m'a sauvé la vie.

Gêné, j'éteins ma frontale. Je ne sais pas quoi dire, saisi par l'horreur. Je n'ose surtout pas demander pourquoi ce malade a fait une telle chose. Explique-t-on la folie ? Jules a vécu l'enfer… Et en parler semble l'y faire replonger. Vite, faire comme lui, le détourner de ses démons en parlant d'autre chose. Ce que je trouve de plus lumineux dans ces dernières semaines, c'est mon séjour chez Elissa. Je parle du soleil, de la terre, du puits, du grand air. Du feu dans l'âtre, de la neige scintillante et de la Voie lactée… Je sens sa curiosité et je lui décris alors Marseille, Manosque, les montagnes du Vercors, puis Lyon. La loi martiale durcie bien avant Paris.

Jules m'écoute attentivement. Lui n'a pas quitté Paris, et il n'avait aucune idée de ce qui se passait dans le reste du pays. Je raconte comme savait raconter ma mère, dont le fantôme me tient la main tout en dodelinant de la tête. Son esprit danse sur mes mots, me les souffle peut-être. J'éprouve le même plaisir qu'à la Salpêtrière, avec ma gardienne aux yeux bleus, entraîné dans une sorte de transe verbale qui emporte Jules avec moi. Il a fermé les yeux, et dort déjà, peut-être. Les mots sont mes alliés, les partager est une force apaisante. Pour moi, et pour les autres.

## 15 DÉCEMBRE, 18 H 45

Par moments, l'un de nous se dirige dans un coin de la fosse et le son d'un jet nous remplit de gêne. Comment faire autrement ? Par chance, la fosse est pourvue d'une évacuation. Être plongés dans le noir devient alors une bénédiction.

## 15 DÉCEMBRE, 19 HEURES

Alors que je m'étais assoupi, Happy blotti contre moi, un gargouillis m'a réveillé. Jules s'agite doucement.
– Je me sens bizarre, murmure-t-il.
De nouveau le gargouillis. Quand je comprends, je ne peux m'empêcher de rire.
– Tu as faim !
Je demande à Stéphane s'il peut manger. Elle répond qu'il n'y a aucune contre-indication puisqu'il n'a pas eu d'anesthésie. J'allume ma lampe frontale et sors de mon sac de quoi satisfaire l'estomac de Jules. J'ai un peu faim, moi aussi. Je propose une barre de chocolat et une biscotte à chacun, mais les filles restent dans leur coin. J'ouvre une boîte de pâtée à Happy. Les biscottes craquent bruyamment sous nos dents.

## NUIT DU 15 AU 16 DÉCEMBRE

Le rayon qui filtrait entre deux plaques mal jointes a disparu depuis longtemps. Quelle heure peut-il bien être ? L'ordinateur est définitivement déchargé : impossible de le savoir.

La nuit s'étire. Nous avons mal partout et l'odeur devient insupportable malgré le système d'évacuation. La voix de Kori retentit soudain :
– Peut-être qu'on peut partir, maintenant.
Elle veut jeter un œil dehors.
Personne ne tente de la retenir, malgré le danger. Elle connaît les lieux mieux que nous.
– Sois prudente, lui souffle Jules avant qu'elle ne disparaisse derrière une plaque d'acier que nous rabattons rapidement.
Cinq minutes plus tard, la plaque bouge. Kori saute près de nous avec précipitation, et referme l'ouverture.
– Rien à faire, murmure-t-elle, dépitée. Il y a des patrouilles de blindés, et plein de jeunes avec des brassards et des torches... Je ne sais pas s'ils nous cherchent encore, ou s'ils terminent de nettoyer le quartier.

– On va rester ici combien de temps encore ? s'impatiente Jules.

– Jusqu'à demain matin, répond Kori. Avant le renforcement de la loi martiale, les blindés rentraient chez eux dès 7 heures, après la fin du couvre-feu... On va espérer qu'ils ont gardé leurs habitudes, malgré les nouvelles règles. Ça nous donnerait une ouverture.

## 16 DÉCEMBRE, AVANT L'AUBE

Avec la nuit qui avance, il fait de plus en plus froid. Happy ne supporte plus d'être enfermé et saute maladroitement sur sa seule patte arrière pour tenter de déplacer les tôles et sortir. Je dois le prendre dans mes bras, le caresser, lui chuchoter des mots doux à l'oreille. Je remarque qu'il évite la proximité de Kori. Moi, par contre... Comme Stéphane se lève pour se dégourdir les jambes et se réchauffer en se frappant les bras, j'en profite pour revenir auprès d'elle. Qu'est-ce qui m'attire chez cette fille ? Dehors, c'était ses regards, dont aucun ne semblait aussi dur qu'elle l'aurait voulu. Quelque chose en elle m'appelle, mais quoi ?

Je m'assieds tout contre elle. Et elle ne fait rien pour s'éloigner.

– Tiens, me dit-elle, donne ça à ton chien.

J'allume ma lampe : elle me tend un petit bâton noir.

– Fais-moi confiance. C'est un calmant. Ça ne va pas le tuer.

D'où sort-elle ce truc ? Happy le mâche volontiers. Quelques minutes plus tard, il s'endort comme un chiot. Kori, quant à elle, grelotte de plus en plus. J'entends même ses dents claquer. Sans rien dire, je passe mon bras derrière son dos, j'attrape son épaule et je l'attire contre moi. Elle se laisse faire.

– J'ai froid jusqu'aux os, marmonne-t-elle.

Alors je la frictionne. Ses bras, puis ses cuisses, puis ses jambes. Au bout de plusieurs minutes, elle ne claque plus des dents, mais grelotte toujours. Quelque chose tombe sur nous.

– Tiens, fait Stéphane. C'est l'un de nos duvets...
– M... merci, répond Koridwen.

Elle s'enveloppe dans le duvet à plumes d'oie. Quelques minutes plus tard, sa respiration régulière m'informe qu'elle s'est endormie. Je la rejoins bientôt dans le sommeil : c'est elle désormais qui me tient chaud.

Lorsque j'ouvre les yeux, un rai de lumière s'invite au milieu de la fosse. C'est le matin. Enfin, nous allons pouvoir sortir de ce trou.

## 16 DÉCEMBRE, MATIN

Kori avait vu juste : les blindés sont repartis et la voie est libre. Nous mettons du temps à nous déplier. Nos muscles sont ankylosés et j'ai du mal à réveiller Happy, complètement assommé par le remède de Kori, le pauvre.

Une fois tous extirpés de la fosse, nous suivons Kori. Elle nous fait signe d'entrer à sa suite dans un tunnel. J'ai un mouvement de recul. J'en ai assez de l'obscurité, l'humidité et les rats. Je préférerais évoluer sur les toits comme j'en ai l'habitude. Mais Kori a raison, il est plus sûr de se dissimuler sous terre. Je me résigne et plonge une fois de plus dans un trou. Comment connaît-elle ce passage ? Elle n'explique rien. Après plusieurs centaines de mètres, nous débouchons dans un cimetière que nous traversons avant de replonger dans les entrailles de Paris, version putride et saumâtre.

Nous quittons les égouts au niveau d'un parking souterrain. Nous nous faufilons entre les voitures abandonnées dans un état de chaos indescriptible, quand soudain deux mecs de type asiatique nous barrent la route. Jules ne se démonte pas. Il montre un laissez-passer et dit faire partie de «la bande de Jérôme». Comme nous remontons les trois étages du parking, Jules nous explique que nous allons déboucher dans le hall de la tour «Athènes».

– Chaque tour porte le nom de la capitale d'un pays qui participait aux Jeux olympiques. Bienvenue en Grèce.

Il frappe alors à une porte suivant un rythme bien précis. Une voix inquiète retentit derrière :

– Jules, c'est toi ?

Un petit brun nerveux et tonique, lampe torche à la main, accueille Jules avec joie, dans le hall de la tour. Jules l'appelle Vincent ou le Soldat. Celui-ci nous toise avec méfiance, Stéphane et moi, mais Jules le rassure en présentant Stéphane comme il l'a dit : c'est une spécialiste du virus qui veut ausculter la petite Alicia, et moi je suis un ami.

– Tu te portes garant d'eux ?

– Oui, ils sont clean, fais-moi confiance. T'as pas besoin d'avertir Jérôme avec ton talkie-walkie. Je vais le prévenir moi-même.

– Désarme-les, dit Vincent. Je préfère.

Nous remettons nos pistolets à Jules qui les déposera dans la «réserve» de la «communauté».

Kori, qui connaît déjà les compagnons de Jules, le suit pour aller retrouver son cousin Max, à l'infirmerie. Stéphane et moi devons attendre en bas, sous l'œil soupçonneux du Soldat.

Stéphane soupire, s'adosse au mur et se laisse glisser à terre. Je m'assois à côté d'elle.

– On a peut-être enfin trouvé un abri sûr, en attendant.
– En attendant quoi ? me coupe-t-elle.
– Je ne sais même plus. Khronos n'existe pas. Pourtant, le hasard a mis deux Experts sur notre chemin. Et puis Kori y croit encore.
– Alors, si Kori y croit... tu n'as qu'à attendre le 24 décembre, ici, avec tes nouveaux copains.

Pourquoi est-elle aussi dure ? J'allais lui demander de rester ici avec moi, et de réfléchir un peu plus à ce qu'on allait faire et comment, mais les mots ne passent pas le barrage de ma gorge. Je n'arrive qu'à prononcer :
– Et toi ?
– Moi, je n'ai plus rien à attendre, je suppose. Je n'ai aucune raison de rester ici.
– Tu veux aller retrouver ton père ?
– Oui. C'est ce que je vais faire.
– Mais il est avec l'armée, tu te souviens ?
– Je saurai lui expliquer, ne t'en fais pas.

Son ton est sans appel. A-t-elle seulement encore besoin de quelqu'un ou ne compte-t-elle déjà plus que sur elle-même ? Je voudrais l'aider, mais je me sens complètement perdu.

Alors je ne réponds rien, et le silence grandit entre nous.

– Vous pouvez monter ! nous lance Jules en réapparaissant en haut des marches.

Nous grimpons à sa suite les escaliers jusqu'au troisième étage, où ce qu'ils appellent la « communauté » s'est retranchée.

Jérôme, leur chef, nous accueille dans le couloir. C'est un garçon brun au visage taillé à la hache, et sans sourire. Un talkie-walkie dépasse de la poche de sa veste. Stéphane ne le laisse pas s'étendre en présentations :

– La gamine, je peux la voir tout de suite ?

Jérôme hésite quelques secondes avant de désigner à Stéphane une porte donnant sur un trois-pièces transformé en infirmerie. Elle s'y engouffre, avec Jules sur ses talons.

Elle ne m'a pas demandé de la suivre.

Elle ne m'a pas jeté un seul regard.

Une blonde élancée apparaît dans le couloir, sortant d'un appartement. Jérôme lui demande de me faire visiter les lieux, et il rejoint aussitôt les autres dans l'infirmerie. La fille me montre l'appartement qui fait office de dortoir, puis me conduit dans celui qui leur sert de lieu de vie quotidien. Meubles épurés, matières nobles, tableaux monochromes accrochés aux murs... C'est un bon choix car tout est neuf et propre, mais je me sens immédiatement mal à l'aise, ici. Rien ne m'est familier et tout me paraît froid.

La blonde m'informe qu'ils sont sept dans la communauté, en comptant la petite miraculée. Chacun a un rôle particulier. Elle-même est chargée de l'approvisionnement. Jérôme est le Chef. Vincent, ou le Soldat, est responsable de l'armurerie. Il y a aussi les Cuistots, l'Apothicaire... et le Plaqueur. Le rôle de Jules, ce serait de plaquer les ennemis ? Je souris en repensant à ce geste spectaculaire qui nous a sauvés.

Vu le matériel stocké pour leur survie, la communauté

me paraît très bien organisée. Tout a l'air encore plus ordonné et hiérarchisé que dans un R-Point. Et justement à cause de ça, même si c'est à beaucoup plus petite échelle, mon malaise s'accroît et je manque déjà d'air. Je n'ai aucune envie qu'on me dise quoi faire, où aller et quand ! S'il y a une chose que j'ai apprise de moi dans tout ce bordel, c'est que je veux rester libre. Le bon côté, c'est qu'ici ils arrivent à se chauffer, grâce à un groupe électrogène. J'ôte mon manteau, content de ne plus avoir froid. Je me demande cependant comment ces gars et ces filles arrivent encore à se procurer de l'essence, dans une ville de plus en plus soumise à la pénurie. Contre quoi la troquent-ils ?

Kori réapparaît enfin. Elle est en compagnie d'un garçon très grand, massif, à l'air enfantin. Son cousin, sans aucun doute.
– Max, dit-elle, tu vas manger, il faut que tu manges. D'accord ?
Elle me lance un bref coup d'œil avant de l'accompagner dans la cuisine.
Comme la blonde m'abandonne pour retourner à la tâche qui lui est dévolue, je rejoins Kori et Max dans une vaste cuisine aux tons noirs et blancs. Je suis préoccupé par un mystère : de quelle couleur exacte sont les yeux de Kori ? Je n'ose pas la regarder en face pour l'élucider. Alors je la scrute à la dérobée, tandis qu'elle s'occupe de Max. Lorsqu'elle pose un regard interrogatif sur moi, je détourne les yeux, gêné.
– Totor !

La petite Alicia déboule dans la pièce et se jette dans les bras de Max, qu'elle a rebaptisé avec un prénom tiré de Dora l'exploratrice. Stéphane entre à son tour, en compagnie d'une fille brune assez mignonne nommée Maïa, mais c'est la gamine aux cheveux châtains et aux grands yeux bleus qui retient toute mon attention. Elle ne doit pas avoir plus de sept ans. Cette vision me bouleverse de façon inattendue. Le fantôme de Camila apparaît furtivement pour me prendre la main, afin de me consoler, mais cela ne fait qu'aggraver ma détresse. Je refoule mes larmes à grand-peine.

Alicia tape dans ses mains devant Max, qui paraît ravi. Les effusions du géant et de la petite fille me font sourire et chassent définitivement mon chagrin.

Stéphane ne semble pas le moins du monde attendrie par ce spectacle. En quelques mots, elle m'informe qu'ils ont décidé de se rendre chez le grand-père de la gamine avec Jules et Maïa, pour tenter d'en savoir plus, puisque, bien sûr, l'auscultation n'a rien donné.

– On ne te propose pas de venir, Yannis ? me lance Stéphane d'un air sévère. Tu as d'autres priorités, n'est-ce pas ?

Qu'est-ce qui lui prend ? Son coup d'œil acerbe vers Kori ne m'a pas échappé. Est-elle jalouse ? M'en veut-elle pour autre chose ? Pourquoi alors ne me le dit-elle pas ? Est-ce qu'elle ne pourrait pas faire preuve d'un peu de simplicité, pour une fois ? En tout cas, elle ne veut pas de moi dans cette expédition et son attitude ne me donne pas envie d'insister. Je hausse les épaules, furieux.

## 16 DÉCEMBRE, APRÈS-MIDI

Jules et Maïa reviennent en milieu d'après-midi, avec d'incroyables nouvelles. Le grand-père, qui était pédiatre, avait rapidement compris que quelque chose immunisait les quinze-dix-huit ans contre le virus. Il a alors inoculé à Alicia tous les vaccins que nous avions reçus entre dix et quinze ans. Et parmi eux, il y avait le MeninB-Par. Mais je suis préoccupé par autre chose. Je fixe la porte. Stéphane devrait la pousser et apparaître... Mais non. Ils sont seuls.

– Où est Stéphane ?

– Yannis, murmure Jules en m'entraînant à l'écart par le bras, Stéphane est partie.

Le mot « partie » me fait l'effet d'un coup de poing dans l'estomac.

– Comment ça, partie ?

– Partie. Elle a dit qu'elle ne se rendrait pas au rendez-vous du 24 décembre...

– Mais qu'est-ce que... ? Pourquoi elle... ?

Partie... Stéphane est partie ! Pour retrouver son père, c'est certain ! Comment va-t-elle s'y prendre ? La clé USB ne donnait aucun indice sur l'endroit où il est... Reviendra-t-elle quand elle l'aura trouvé, si elle le trouve ? Quels risques va-t-elle prendre ? Est-ce que... Est-ce que je la reverrai ?

Une douleur me vrille le cœur. Comment a-t-elle pu faire ça ? *Me* faire ça ? Elle a promis qu'elle me préviendrait avant, si elle devait partir ! Ou alors... Ou alors c'est ma faute ?... Est-ce que j'aurais dû lui proposer de l'aider à chercher son père ? Est-ce que j'ai été égoïste ?... Non, c'est sa faute à elle, elle avait promis !

– Elle m'a dit qu'elle expliquerait à son père que tu n'es pas un terroriste, ajoute Jules. Et qu'elle lui affirmerait qu'il n'y a aucun complot autour de Khronos.

Elle croit donc encore à la toute-puissance paternelle ! Tel père, telle fille, voilà la vérité. Tous deux ne cherchent qu'une chose : montrer qu'ils sont les plus forts, sans se soucier des autres... Le visage de Jules exprime la pitié. Je ne veux pas de ce genre de regard sur moi. Pas maintenant. Pas maintenant alors que j'ai juste envie de tout casser !

Kori, assise sur le canapé auprès de Max, me regarde avec insistance. Elle s'intéresse à moi, c'est sûr, je le sens. Au moins une qui ne me rejette pas ! Je n'ai plus personne. Je n'ai plus que ce regard de Kori sur moi. Je canalise ce qui gronde en moi pour le transformer en un grand sourire bricolé. Je m'assieds auprès d'elle, je caresse Happy et je tente de réprimer ma fureur tout en chassant l'image d'une fille aux tonalités grises de ma tête.

Malgré la méfiance de certains membres de la communauté, Jérôme me propose de rester avec eux. Jules lui a raconté que Stéphane était allée retrouver un ami en danger, pour couper court à tout soupçon. Comme promis, il n'a pas révélé qu'elle et moi sommes accusés de terrorisme. Sa confiance me touche. Il prend des risques pour nous. Heureusement, personne de la communauté ne semble avoir vu les affiches au-dehors. La simplicité bienveillante de Jules me fait du bien, maintenant que ma colère est retombée, remplacée aussitôt par un immense chagrin.

Il me conduit à ma chambre dans l'appartement-dortoir.

Seul avec Jules, j'ose enfin exprimer ma tristesse :
— Elle m'avait promis de me prévenir si elle partait. Elle m'a trahi !
— Je comprends, Yannis, je serais comme toi si…

Il rougit subitement, et se laisse tomber sur le lit en avouant d'une voix timide :
— Je… Je suis amoureux… Si celle que j'aime me faisait ça, je serais fou de rage et de désespoir.

C'est la première fois qu'un garçon m'avoue ce genre de truc. J'en suis vraiment touché. Mais il se trompe me concernant.

— Mais moi je ne suis pas amoureux de Stéphane, je ne crois pas.

Il rougit de plus belle. Honteux de s'être trompé sur mon compte ?

— Et qui est l'heureuse élue ? On peut savoir ?

Cette fois, il est couleur tomate ! Il bafouille un peu, puis souffle :
— C'est Maïa.

Bien sûr, la jolie Maïa ! Celle qu'ils appellent l'Apothicaire.

– Personne ne le sait à la communauté, s'empresse-t-il d'ajouter. Surtout pas elle. Alors pas un mot, hein ?

Sa confiance me bouleverse. Je promets de ne le répéter à personne.

Au dîner, il raconte à ses amis effarés son traçage, et ce que nous avons appris sur Khronos. Pour nous protéger, Stéphane et moi, il évite de préciser comment l'armée en est venue à enquêter sur le maître de jeu. Jérôme et Vincent, sans avoir atteint le niveau d'Experts, étaient des joueurs de WOT. Jules leur avait parlé du rendez-vous du 24 décembre. Si lui croyait dur comme fer que Khronos pourrait remonter dans le temps, eux voulaient profiter du rassemblement des Experts pour les convaincre de rejoindre leur communauté, afin d'être plus nombreux, donc plus forts.

Mais maintenant que nous sommes sûrs que l'armée sera présente au rendez-vous, tous ces beaux projets sont compromis…

## NUIT DU 16 AU 17 DÉCEMBRE

Je n'arrive pas à dormir. Le lit vide à côté, où aurait dû être allongée Stéphane, est occupé par mes fantômes. Ils attendent, l'air tristes. Depuis peu, leur présence ne m'apaise plus et accentue plutôt mon angoisse. Je manque d'air, de nouveau.

Je me lève en enjambant Happy endormi sur le tapis, et sors de ma chambre puis de l'appartement, ma lampe frontale au creux de mon poing pour diffuser le moins de lumière possible. Je marche à pas de loups dans le couloir.

J'entends un bourdonnement tout proche, dans l'appartement-lieu de vie. C'est le drôle de chant de Kori. On dirait une litanie, mélodieuse et murmurée. C'est doux comme les berceuses de maman quand j'étais petit. Mais ce chant, dans cette langue inconnue, est neuf pour moi. Car il existe des beautés neuves dans ce monde dévasté. Et soudain, mon cœur a très soif de les découvrir...

Je pousse le plus délicatement possible la porte de l'appartement. Je ne veux réveiller personne. Je referme derrière moi, doucement, avec le sentiment de pénétrer dans un monde parallèle dissimulé dans le fond d'une armoire magique. Je tends mon poing lumineux devant moi.

Kori, blottie dans son duvet, est allongée sur le canapé du séjour. Elle s'est tue en me voyant entrer. Je bredouille :

– C'est… C'est juste moi.

– C'est juste moi aussi, répond-elle avec un sourire.

– Que… Qu'est-ce que tu fais ?

Elle bâille, s'étire en étendant les bras et répond :

– Je chantais.

– Ah. Oui. OK. Enfin je voulais dire : qu'est-ce que tu fais là ?… sur ce canapé ?

– Je n'arrive pas à dormir. Max ronfle trop fort.

– Tu chantais quoi ?

– Une vieille chanson bretonne.

Cette drôle de fille agit sur moi comme un aimant. Elle ne dit rien, mais c'est comme si elle commandait mes gestes. Des gestes que je n'aurais jamais osé accomplir avec une fille. Je m'installe près d'elle en silence. Elle ouvre son duvet, et ce geste d'accueil me bouleverse. Je me glisse dedans et sens immédiatement la chaleur de son corps.

– Tu arriveras à dormir, maintenant ?

J'ai essayé de garder une voix normale, mais elle est tout enrouée. Kori pose sa tête sur mon épaule. Peut-elle imaginer le chamboulement intérieur que provoquent la caresse et l'odeur de ses cheveux en pagaille ? Mais surtout cette preuve de confiance incroyable : s'abandonner contre moi. Cela me change de Stéphane qui ne cessait de me repousser.

– Mmm... fait Kori.

Elle ressemble à une fée. Nous restons ainsi longtemps, éveillés, malgré le sommeil qui nous écrase. Nous réintégrons finalement nos chambres pour finir la nuit. En réalité, je suis incapable de fermer l'œil. Une multitude de sentiments tournoient en moi. Impossible de les trier, et encore moins de les comprendre.

## 17 DÉCEMBRE, MATIN

À mon réveil, l'absence de Stéphane creuse un trou en moi. J'appelle le souvenir du corps de Kori contre moi pour le remplir, mais cela ne fonctionne pas. Je me sens écrasé par la tristesse. Et il me faut plusieurs minutes pour rassembler mes forces et me lever. Je ferme les yeux et murmure pour moi-même :

– Je dois oublier Stéphane. Me faire d'autres amis. Kori et Jules, par exemple. Agir avec eux. Sauver les Experts qui iront au rendez-vous sans savoir que l'armée les y attend.

Est-ce que Stéphane s'en fiche, qu'ils se fassent tous buter ou capturer ? Il faudra s'allier à eux. Être forts, ensemble. Survivre ensemble. Même sans elle…

Je sors. Il y a du bruit dans l'autre appartement, dans la cuisine. Jules, Kori, Max, Jérôme et Vincent sont en train de petit-déjeuner. Je me plante devant eux et je m'exclame en fixant Jules :

– Je pense qu'on doit tous aller à la tour de l'Horloge, dès aujourd'hui, pour trouver un moyen d'échapper à l'armée le 24.

Un silence stupéfait, chacun biscotte en main.

Jules réagit le premier :

— Mais comment s'y rendre, avec la loi martiale ? L'armée surveille certainement particulièrement les lieux.

— Il y a bien un moyen, déclare Kori en posant son bol.

Nous nous tournons tous vers elle.

— On peut s'y rendre par les tunnels du métro et les égouts. Si vous voulez, je peux faire les repérages aujourd'hui.

Je saute sur l'occasion.

— Je viens avec toi !

— Je préfère y aller toute seule.

— Bien, Koridwen, approuve Jérôme. Je te fais confiance. On passera tous par ton itinéraire demain.

— Pourquoi demain ? je demande, frustré.

— Parce que j'ai des affaires urgentes à régler aujourd'hui, tranche Jérôme.

Je fronce les sourcils, mécontent. Mais il n'y a rien à contester. Le Chef se croit tout-puissant. Jules me jette un regard apaisant. Patience, semble-t-il me dire. Je prends une grande inspiration pour me calmer. D'accord, attendons jusqu'à demain.

—

La journée m'a paru durer une éternité. J'ai aidé chacun dans ses corvées, comme je le pouvais. J'ai réussi à sortir Happy pour qu'il fasse ses besoins, malgré le couvre-feu. Je suis allé admirer la vue magnifique sur Paris, depuis le toit de l'immeuble. Mais je n'ai cessé de penser à Stéphane. Comment a-t-elle pu me faire ça ?

Durant le dîner, Jules s'efforce de me changer les idées. C'est un garçon simple, drôle et rafraîchissant. Kori me jette des regards à la dérobée. L'absence de Stéphane pèse lourd en moi, mais les œillades de Kori me troublent pas mal.

Jérôme et Vincent, quant à eux, ne cessent de parler d'armes et de combat pour sauver les Experts. La nausée me saisit. Je ne comprends plus ce qui se passe, sauf que mon idée a été récupérée, et pas comme je le voulais. Je voulais juste prévenir les Experts, moi !

Je mange vite puis me réfugie dans le couloir en compagnie de Happy. Je m'assieds sur une marche pour réfléchir. Kori ne tarde pas à me rejoindre.

Elle s'assied près de moi sans dire un mot, et, avec un naturel qui me coupe les jambes, colle son épaule contre la mienne.

Cette fille semble bien déterminée à ne pas perdre de temps.

Cinq secondes plus tard, elle approche son visage de mon cou, et l'embrasse.

Dix secondes, et ses baisers grimpent jusqu'à mon menton ; trois secondes, se perdent sur mes joues ; six secondes, atteignent mes lèvres. J'arrête de compter.

Elle m'embrasse.

Je l'embrasse.

C'est mon second baiser. Mais le premier à l'initiative

d'une fille, la même fille… et sans arme entre nous. Un baiser d'une chaleur et d'un goût… Aucun mot pour ça.

Mon cœur bat la chamade. Il risque d'exploser, à ce rythme. Une chose me préoccupe : dans quel sens tourner ma langue ? Je me débrouille à l'intuition et j'essaie de rester à l'écoute de Kori. Je crois que ça ne se passe pas trop mal. Mon corps tout entier s'éveille à quelque chose de nouveau.

Elle se dégage de moi, rayonnante, et me chuchote :
– Viens.

## NUIT DU 17 AU 18 DÉCEMBRE

Son souffle me donne des frissons.
La caresse furtive de ses cheveux balaie mon cou. Elle m'attrape la main.

Mon cœur se serre à me faire mal. L'image de Stéphane apparaît dans mon esprit comme un flash. Je la repousse tout au fond de moi : elle m'a abandonné et je ne sais même pas si je la reverrai un jour... Pourquoi m'empêcherais-je de vivre quelque chose de beau avec une autre ? Kori et moi courons dans le couloir, nous engouffrons dans les escaliers et dévalons quelques marches.

Je l'enlace, je l'embrasse. Qu'est-ce que c'est agréable ! Elle se dégage en riant et m'entraîne au deuxième étage, où elle s'est installée dans l'un des studios, à l'écart de la communauté. Avec un matelas, des oreillers, des coussins, des couvertures et des couettes, elle s'est créé un univers douillet. Elle rit comme une petite fille qui aurait construit une cabane. Les choses me semblent tout à coup tellement légères !

Je me tourne vers elle. À la lumière de la bougie qu'elle vient d'allumer, son regard marron clair est parsemé d'éclats dorés. Maintenant, j'en connais la couleur. Il ne me quitte pas, savourant l'expression de mon visage.

Elle me prend doucement la main. Sa détermination me fait un peu peur... C'est elle qui agit la première : elle se dévêt entièrement alors que, paralysé par ce qu'elle me dévoile, je ne songe même pas à enlever mon manteau. Cette blancheur veloutée... Je ne parviens pas à croire que ce moment existe pour de vrai. C'est à moi qu'elle offre sa nudité ? C'est pour moi qu'elle exécute ces gestes délicats ? Oui. Elle est avec moi, tout entière, pour moi. Avec elle, j'arrive à y croire, c'est une fille aussi simple et concrète que le sol sous mes pieds.

Je promène la bougie sur tout son corps. Courbes et reflets se révèlent. Ai-je déjà été aussi ému ? J'arrive à l'un de ses seins blanc, si menu et d'une rondeur si parfaite. Le monde a conçu cela. Le monde n'est pas mort.

Je pose la bougie, mais je n'ose toujours rien faire de plus. Pour m'encourager, elle sourit, puis sort un préservatif de sous les couvertures. Elle a tout prévu !

Il est temps que j'agisse, si je ne veux pas passer pour un débile. Je me déshabille à mon tour, en essayant de ne pas m'emmêler dans mes vêtements. Puis j'avance ma main : sa peau frémit sous mes paumes. C'est doux. Chaud. Incroyablement vivant. Je pars à la découverte de la fraîcheur de son ventre, de ses hanches, de ses fesses, de ses cuisses et... plus loin encore. C'est le territoire le plus incroyable et le plus inattendu de tout mon périple depuis Marseille ! J'ai peur, peur surtout de mal m'y prendre, de ne pas y arriver ou de lui faire mal. Mais tout se passe bien. Super bien.

Pourtant, je ne sais pas pourquoi, je suis un peu déçu. Est-ce parce que, pendant que Kori me caressait, c'était toujours Stéphane que je voyais derrière mes yeux fermés ? Stéphane qui est partie, mais qui ne me quitte plus. Stéphane qui n'est pas là, mais m'empêche de vivre sans elle...
Allongé auprès de Kori, j'écoute les bruits de la nuit en tentant de calmer ma colère et mon trouble.
J'allume ma lampe pour observer Kori qui dort. Une rafale de mitraillette au-dehors la fait sursauter dans son sommeil.
Des cris.
Kori se met à hurler de frayeur à son tour. Je m'affole d'abord, avant de comprendre que c'est seulement la réalité qui s'est mêlée à ses cauchemars. J'essaie de la calmer en lui caressant les cheveux, doucement. Mais au fond de moi, je me sens coupable. Je ne suis pas amoureux d'elle... J'ai voulu y croire, mais Stéphane a emporté quelque chose de moi sans lequel je ne peux pas vivre. Est-ce que j'ai eu tort de faire l'amour avec Kori, alors ? Est-ce qu'elle va m'en vouloir ?
Kori me murmure :
– Yannis... Merci, c'était bien. Mais tu sais, je n'irai pas plus loin. Je n'aime pas mentir. J'ai un destin qui m'appelle et je dois l'affronter seule.
Elle se détourne, prête à se rendormir. Je reste interloqué durant quelques instants. Suis-je déçu ? Plutôt

soulagé, je crois. Et admiratif. Cette fille étonnante a osé me dire, tout simplement, ce que j'aurais mis des heures et peut-être des jours à lui avouer ! Je souris.
    Merci, Kori...

## 18 DÉCEMBRE, AVANT L'AUBE

Nous sommes cinq à raser les murs dans la bruine nocturne : Jules le Plaqueur, Jérôme le Chef, Vincent le Soldat, Kori et moi. Suivis par Happy, bien sûr. D'un sourire, je rassure Kori : tout va bien, je ne lui en veux pas...

Destination : la tour de l'Horloge.

Nous échappons à la pluie fine et glaçante en nous engouffrant dans la gueule noire du métro Olympiades.

Kori nous guide. C'est incroyable comme elle semble parfaitement à l'aise, sous terre.

Nous progressons en silence entre les rails, à la lueur d'une seule lampe – nous gardons les autres éteintes pour économiser les piles. Comme dans les profondeurs du Rhône, les fantômes sont nombreux, ici. Mes fantômes habituels, et d'autres inconnus. Certains marchent lentement le long des parois. D'autres paraissent attendre un métro à chaque station. Ils sont de plus en plus transparents, et de plus en plus tristes. Désespérés d'errer. Certains me font des signes discrets.

D'autres me soufflent dans l'oreille et me supplient de ne pas les oublier. Le fantôme de Camila chemine à mes côtés, main dans la mienne, muette.

Alors que Stéphane les attirait, devant Kori ils s'effacent et gardent une bonne distance.

Mais d'autres vies peuplent les souterrains du métro.

– Qu'est-ce que c'est ? souffle Jules, stupéfait.

Un étrange tapis duveteux, véloce et couinant, ondule vers nous, porté par des milliers de pattes.

– Des rats ! s'exclame Jérôme avec dégoût.

Ce ne sont plus quelques mâles solitaires, mais une véritable colonie qui arrive sur nous à toute vitesse !

– Ils... Ils vont nous bouffer les jambes, panique Jules.

– Garde ton sang-froid, dis-je. Ils ne vont faire que...

Mais le tapis recouvre maintenant toutes les parois, jusqu'au plafond. Des rats et des rats partout. Chacun de nous s'accroupit, tête entre les mains. Nous retenons notre souffle et ravalons nos cris tandis qu'ils frôlent nos jambes, grimpent sur nos dos, piétinent nos têtes. Happy aboie comme un chien enragé, et saute d'une bestiole à l'autre dans l'espoir d'en attraper une. Mais celles-ci plantent sauvagement leurs dents dans sa queue ou dans son moignon. Son hurlement me déchire. Kori crie pour qu'on l'entende au milieu des couinements assourdissants :

– Venez près de moi ! Je suis recouverte de répulsif !

Elle ouvre sa veste de chasse et la secoue. La même

odeur de cannelle nous enveloppe, repoussant les rats, même si quelques derniers irréductibles s'accrochent encore à nos jambes.

– Ils me mordent ! hurle Jules.

Enfin, le tapis s'effiloche autour de nous pour se recomposer plus loin et disparaître dans les ténèbres.

Happy vient se blottir contre moi et je le câline longuement.

– Ça va, Jules ? je demande. Tu as été mordu ?

– Oui... Enfin non, j'ai pas été mordu, finalement. Ça va...

Il est blême. Il a eu très peur. Kori, se remet en route, imperturbable.

Nous suivons la ligne 14 jusqu'à Châtelet. Là, nous quittons les traverses pour arpenter les longs couloirs de voyageurs, où nous nous sentons plus exposés que dans le renfoncement de la voie ferrée. Jérôme accélère le pas.

– Grouillez-vous, souffle-t-il, inquiet.

Mais le sifflet d'une patrouille retentit. Des chiens aboient. Nous courons, suintant de peur... Puis une seconde patrouille nous repère.

– Sortons ! crie Kori.

– Non, ce sera pire dehors, prévient Vincent.

Kori éteint sa torche en ayant l'air de savoir ce qu'elle fait. Nous la suivons, grimpons les escalators arrêtés, escaladons les tourniquets. Les chiens sont sur nos talons, je peux entendre leurs halètements. Nos cœurs battent encore plus fort quand nous nous retrouvons dehors, à découvert. Mais, à la lumière de la lune, Kori repère une plaque d'égout. Elle s'accroupit, la soulève, nous fait signe de sauter :

— Vite !

— Non, toi d'abord, dis-je.

— Tu joueras au gentleman une autre fois, grouille.

Elle me pousse et je me rattrape de justesse à l'échelle métallique. Je dégringole plus que je ne descends. Juste après, Happy me tombe dessus puis les trois autres. Kori s'engouffre la dernière, refermant la plaque derrière elle. Deux secondes plus tard, les chiens passent sur la plaque d'égout... sans s'arrêter.

— C'est bon, ils ne nous ont pas vus, murmure Jules.

Nous prenons quelques instants pour récupérer. D'un signe du menton, Vincent fait signe à Kori que nous sommes prêts à repartir, dans l'humidité et la puanteur des égouts.

Nous traversons la Seine par en dessous. Kori nous désigne une sortie.

— Ici, on est quai de l'Horloge, à environ cinquante mètres du lieu de rendez-vous. Tiens, Yannis, à toi l'honneur. Je suis sûre que tu es le seul à n'avoir jamais vu la tour.

Je grimpe l'échelle métallique, pose mes mains sur la plaque et la soulève légèrement, avec précaution, pour jeter un œil au-dehors. Une tour carrée, surmontée d'un clocheton doré, se dresse à l'angle d'un bâtiment blanc aux hautes fenêtres. C'est l'ancien palais de justice, la Conciergerie. J'espérais voir l'horloge, mais elle donne sans doute sur la rue qui fait l'angle. Je suis quand même tout ému.

– C'est beau, je murmure pour moi-même.

En file indienne, nous courons, pliés en deux, jusqu'à une grille, à quelques dizaines de mètres à droite de la tour carrée. Elle est entrouverte, et nous nous faufilons dans une petite cour. Happy sait aussi se faire discret, en m'imitant. Puis Kori nous entraîne dans une enfilade de petites pièces, d'anciens bureaux administratifs. Hier, elle a réussi à pénétrer dans le bâtiment depuis l'extérieur en découpant le grillage de la fenêtre avec un coupe-boulon et en brisant la vitre. Elle a ainsi pu ouvrir toutes les portes blindées de l'intérieur et les a laissées ouvertes, ce qui rend notre progression très facile.

Nous parvenons ainsi à une grande salle. Ce lieu est incroyable ! Hier soir, nous avons trouvé un plan de la Conciergerie dans un bouquin de la bibliothèque relatant les derniers jours de Marie-Antoinette, qui a été emprisonnée dans l'un des cachots. Ce plan précieux, déchiré du bouquin, nous permet de nous repérer et de nommer les lieux. Ici, c'est la salle des gens d'armes. On se croirait en plein Moyen Âge avec toutes ces voûtes. Je ne me rappelle jamais comment ça s'appelle exactement, malgré les cours d'histoire de l'école primaire. Je crois qu'hier soir quelqu'un a parlé d'ogives et de style gothique.

– C'est ici qu'il faudra se replier, annonce Jérôme. C'est l'endroit parfait.

Et soudain, en entendant ces mots qui ne me paraissent avoir aucun sens, je ne sais plus du tout ce que je fais ici. Je flatte le flanc de Happy, me donnant ainsi une contenance.

– Je... j'ai des lunettes qui permettent de voir dans le noir, dis-je.

Je pense sincèrement que ça peut éviter d'être blessé dans la bataille qu'ils s'apprêtent à mener. Ils, ou nous ? Est-ce que moi aussi je vais mener bataille ? Je ne parviens pas à y croire vraiment.

– Des lunettes ILR ? demande Vincent, surpris.

– Oui. À intensificateurs de lumière. C'est un ami qui...

Jérôme m'interrompt :

– Vincent, qu'en penses-tu, Jules pourrait faire le guet sur le clocheton avec Yannis, avec ces lunettes ?

– Ouais, c'est jouable. Moi je vais me trouver une planque dans la rue, assez près de l'horloge pour pouvoir rabattre les Experts vers cette salle.

– Moi, dit Kori, je resterai dans les souterrains.

Je les entends comme s'ils étaient très loin. Je tourne en rond dans la salle, suivi par Happy, en faisant mine d'inspecter les colonnes.

– Il faut qu'on trouve un endroit sûr pour entreposer les grenades, déclare Vincent.

J'ai envie de vomir. Des grenades...

Soudain, une question me taraude douloureusement : où est Stéphane ? C'est évident : elle devrait être là. Elle devrait être avec moi, malgré ses sautes d'humeur, malgré ses faiblesses, malgré ses accès de violence, malgré tous nos désaccords. Elle me manque. Oui c'est ça, elle me manque ! C'était une erreur de ne pas lui demander explicitement de rester avec moi... Et je réalise enfin qu'elle avait raison : aller à ce rendez-vous, en tout cas dans ces conditions, est une folie. Une pure folie. Elle avait raison !

Jules, très impliqué, lui, est en train d'observer le plan de la Conciergerie et se tourne vers Vincent.

– Regarde, Soldat, il y a deux pièces pratiques d'accès où tu pourrais mettre les grenades : le pavillon des cuisines, ou la cellule de Marie-Antoinette.

– La cellule, décide Vincent.

– Yannis, tu m'accompagnes dans le clocheton ? demande Jules.

Jules est si raccord avec tout ça, et j'en suis si loin, moi, que je ne parviens même pas à répondre.

– Moi, je connais déjà les lieux, déclare Kori. Allez repérer, je vous attends là.

Je la fixe en déclarant :

– Non. Je n'irai pas.

Regards d'incompréhension.

– Dans le clocheton ? demande Jules, l'air décontenancé.

– Le 24. Je ne viendrai pas au rendez-vous, le 24 décembre.

Je n'irai pas. En tout cas pas avec eux, et pas comme ça. Je crois toujours qu'il faut trouver un moyen de sauver les Experts, mais la méthode de Jérôme, Vincent et Jules ne me va pas. Accueillir l'armée avec des fusils et des grenades ? C'est le carnage assuré. Sans armes, les Experts ont une chance d'être capturés sans être tués. Ils pourraient vivre, en captivité certes, mais vivre... comme François. Mais là, c'est le destin de Marco qui les attend ! Pour ma part, aucun de ces deux destins ne me convient. Le seul destin que je vois pour moi, désormais, c'est avec Stéphane... Je dois les convaincre :

– N'y allez pas vous non plus, le 24, dis-je. Je vous en prie, n'y allez pas. Vous pouvez vous faire massacrer. Vraiment.

– Fais ce que tu crois juste, dit Kori en me regardant avec douceur, mais...

– Tu peux pas nous abandonner ! s'écrie Vincent. On a besoin de toutes les forces pour...

– Laisse-le, Vincent, s'interpose Jules. On ne peut forcer personne. Yannis, on va sauver les Experts et on va s'en sortir, ne t'inquiète pas.

– Jules... je t'en prie, n'y va pas. Kori, n'y va pas. N'y allez pas...

Mais leur attitude est déterminée. Le combat est leur seul espoir, leur raison de continuer à vivre et je n'ai pas d'alternative à leur proposer. Pas encore. Ils sont décidés. Même leur hurler d'y renoncer n'y changerait rien. Si seulement je savais comment avertir les Experts de ne pas venir le 24 ! Mais comment les prévenir dans un monde sans connexion téléphonique ni Internet ? Je m'approche de Jules :

– Je ne suis pas Adrial, Jules. Je suis désolé.

– Heureusement que tu n'es pas Adrial, répond-il dans un sourire. Tu es bien mieux que lui.

– Toi aussi, Jules, tu vaux mieux que Spider Snake. En tout cas, tu plaques mieux que lui ! Et tu avais raison, l'autre soir. Tu sais, quand tu parlais de Maïa et que tu disais que moi aussi...

J'ai encore un peu de mal à exprimer ce que je viens

à peine de réaliser, mais je n'ai pas besoin de finir ma phrase. Il a déjà tout compris, bien avant moi.

– Ne t'en fais pas, je te comprends. Va la rejoindre. Fais-moi confiance, on va s'en sortir.

Une vague d'amitié pour Jules déferle soudain en moi. Lui, il sait qui il est et qui il aime depuis longtemps, c'est ce qui fait sa force. J'espère très fort que son histoire avec Maïa va fonctionner. Il détache une montre que je ne lui avais jamais vue auparavant au poignet.

– Avant de partir... Tiens, prends ça. C'est pour toi. Ça sera plus pratique qu'une batterie d'ordinateur pour savoir l'heure... C'est une pièce unique. Je... J'ai gravé un mot au dos. Je préfère que tu le lises plus tard. Ça te rappellera quand...

Il ne finit pas sa phrase, trop ému.

– Et comme ça, ajoute-t-il, tu penseras à nous à minuit pile, le 24 décembre.

– Merci, Jules.

Happy vient se blottir contre mes jambes en gémissant, comme s'il comprenait qu'une séparation se jouait. Je me sens bouleversé alors que j'attache le bracelet. J'ai envie de dire à Jules que je viendrai quand même, si je trouve un moyen plus pacifique de sauver tout le monde. Mais en attendant, qu'ils ne comptent pas sur moi. Et d'abord, j'ai plus urgent à accomplir. Je fais glisser le sac de mon dos et y fouille pour en sortir mes lunettes ILR.

– Tiens. Moi je t'offre ça. Elles m'ont été données par un ami. Je crois que c'est bien que ce soit toi qui les aies maintenant.

J'espère tant que le destin de Jules sera plus heureux que celui de Marco ou de François...

Un dernier sourire à Kori. Est-ce que je la reverrai un jour ? J'essaie de graver son joli visage dans ma mémoire. Je réalise que je ne sais pratiquement rien d'elle, ni comment elle est arrivée ici, ni pourquoi. Je ne connais que son incroyable foi en Khronos. C'est la dernière à y croire, et d'une façon si mystérieuse... Elle me sourit à son tour. Je garde ce rayon de soleil dans mon cœur, puis je siffle Happy et je cours vers la sortie... et vers mon nouvel objectif : retrouver Stéphane au plus vite.

Avant de regagner les égouts, je contourne la tour carrée pour découvrir la fameuse horloge. L'horloge de Khronos, brillante sous les premières lueurs de l'aurore.

Elle est toute dorée, sur un fond bleu. Les aiguilles tournent sur un cadran décoré d'un soleil et entouré par deux femmes en toge bleue, dont l'une porte la table de la Loi, l'autre une balance. Deux citations latines auxquelles je ne pige rien sont inscrites au-dessus et en dessous. Deux anges ailés surmontent le cadre.

J'aimerais, moi aussi, avoir des ailes... pour être plus vite auprès de celle sans qui plus rien n'a de sens ni de saveur.

# 18 DÉCEMBRE, MATINÉE

À cause de cette fichue loi martiale, je suis contraint et forcé d'utiliser les égouts comme Kori et Joshua. Par précaution, j'ai enfilé à mon avant-bras le brassard fluo que j'ai piqué au garçon plaqué par Jules à Gentilly. Si je me fais choper, je pourrai toujours baratiner... Le répulsif de Kori imbibe peut-être encore mon manteau, ou alors c'est juste de la chance, en tout cas moi et Happy, on ne rencontre pas de rats, cette fois, et aucun chien de patrouille ne nous flaire. Je retourne à Gentilly sans encombre, en me servant des repères que j'ai appris à mémoriser quand je fais un trajet pour la première fois. J'arrive à notre planque de la rue Benserade.

Tout est là.

Stéphane n'est pas repassée. Cela veut-il dire qu'elle a retrouvé son père ? Reviendra-t-elle quand même ici, comme on se l'est promis ? Le doute me fait mal, physiquement, dans la poitrine. Mais une pointe d'espoir s'emploie à chasser cette douleur. Je fais renifler à Happy l'une des mitaines oubliée par Stéphane.

Et j'attends.

J'attends dehors, dans la rue, pour la guetter. Je veux être sûr de ne pas la rater. J'imagine tous les scénarios : elle pourrait avoir un empêchement juste avant d'entrer ici, ou bien hésiter et repartir... J'aimerais retrouver la sécurité des toits, mais je sais que Stéphane ne viendra pas par là.

J'attends pendant des heures.
J'attends jusqu'à la nuit.
J'attends pendant la nuit.

« Si on a envie de se retrouver, on n'a qu'à se donner rendez-vous ici. » Cette phrase a-t-elle eu du sens pour Stéphane ? Peut-être m'a-t-elle attendu ici des heures et des heures, après avoir quitté Jules. Peut-être qu'elle attendait simplement que je la rejoigne, sans oser me le demander explicitement. Elle est si compliquée ! C'était il y a déjà deux jours. Qu'est-ce que j'ai été stupide ! Je ne l'ai pas rejointe par orgueil, uniquement par orgueil. Parce que j'étais blessé qu'elle ne m'ait pas dit au revoir, parce que j'ai cru que Kori pouvait la remplacer, parce que... Parce que j'ai cru que je ne comptais pas pour elle et donc qu'elle ne comptait pas pour moi.

Je traîne dans le quartier, par désœuvrement, et aussi pour tromper le froid, sans trop m'éloigner. J'essaie toutes les ruelles, toutes les artères, toutes les cours ; je fais des repérages dans les immeubles alentour. Des patrouilles passent régulièrement. Grâce à Happy qui les flaire vite, je parviens toujours à me cacher à temps. Mais il ne la sent pas arriver, elle. Et maintenant il a froid. Moi aussi. Et j'ai sommeil. Je dois me reposer quelques heures... Même au risque de la rater.

Je m'installe dans un appartement vide de l'immeuble qui abrite la planque, et grignote le peu que je trouve dans les placards. Pour obtenir un peu d'eau potable, je prélève le contenu des chasses de WC, et le fais bouillir sur mon réchaud à gaz.

Je dors d'un sommeil entrecoupé de cauchemars.

## 19 DÉCEMBRE, À L'AUBE

Le soleil vient à peine de se lever et je contemple la vue sur les toits. Les tours grises chatouillent le ciel écru qui ne rit pas. Qui ne pleure pas non plus. Le temps est sec, froid, et Paris semble voilé d'un linceul sale et sans âme.

Je descends reprendre mon poste de guet. Je songe à Jules, qui guettera seul sur le clocheton, le 24 décembre. Je regarde sa montre à mon poignet. Derrière, gravées maladroitement, comme par un enfant, trois lettres : W, O et T. WOT... Pour moi, cela n'a plus aucun sens, aujourd'hui. Mais pour Jules, oui. Pour lui et pour Kori, peut-être aussi. En m'offrant cette montre, Jules espérait-il que je change d'avis ? Est-ce qu'il existe une solution miracle pour éviter un bain de sang ? Je me creuse toujours la tête pour la trouver. Un sentiment d'impuissance me donne envie de bouger. Je fais quelques pompes, j'agrippe le toit d'un abribus pour effectuer des tractions. J'ai besoin d'épuiser mon corps pour vider ma tête.

– Si je ne retrouve pas Stéphane, j'irai au rendez-vous, je murmure à Happy. Je me battrai avec eux. J'essaierai de sauver le maximum d'entre eux. Au moins Jules et Koridwen. Quitte à mourir...

## 19 DÉCEMBRE, PEU APRÈS L'AUBE

Les rues sont pâles et désertes. Pas de patrouilles à l'horizon. Je fais les cent pas. J'ai froid. Je me mets à l'abri d'un porche, un peu en contrebas de notre planque, et sautille sur place afin de me réchauffer. Mes yeux me font mal à force de fixer l'entrée de l'immeuble.

Soudain, les oreilles de Happy se dressent et il se fige. Puis il s'élance dans la rue embrumée. Mon instinct me dicte de ne pas l'appeler.

Mon chien à trois pattes se précipite vers une silhouette fine comme une allumette, droite comme un I.

Mon cœur fait un bond.

Stéphane…

Elle marche vers moi. Stéphane !

Happy court vers elle, fou de joie.

Elle n'ouvre pas ses bras. Le I devrait se transformer en T, mais il reste un I. Tout son corps se raidit.

Quand Happy arrive à sa hauteur, au moment où je m'apprête à le suivre, elle lui flanque un coup de pied qui me coupe le souffle. Je m'immobilise. Happy se rétracte en gémissant. Révolté, il se jette sur elle pour la mordre, mais elle réitère son geste. Vaincu, il revient vers moi, la queue basse.

Je me renfonce dans l'encoignure de la porte, le cœur battant Quelque chose ne va pas. Je caresse Happy pour le consoler. Je scrute Stéphane qui continue sa progression vers moi. Elle est tout près, et ne ralentit pas. M'a-t-elle vu ?

Elle passe devant moi.

Secoue la tête comme pour dire « non ».

Plante un regard intense dans le mien.

Noir et gris dans l'air blême.

NON, crie tout son corps tendu.

Elle veut me prévenir d'un piège, c'est certain.

Je détourne la tête : personne derrière elle. Où est le piège ?

Elle me dépasse, continue d'un pas mécanique vers notre planque.

Pas le temps de réfléchir. J'effleure brièvement mon brassard fluo pour m'assurer qu'il est bien à sa place, enfonce les poings dans mes poches et quitte ma cachette pour remonter la rue d'un pas vif, en sens inverse de Stéphane, Happy à mes côtés. Si jamais quelqu'un me voit, je suis un ado qui travaille pour l'armée, en patrouille. À la première ruelle perpendiculaire, je bifurque. Je jette un bref coup d'œil dans la rue Benserade.

Le voilà, le piège : cinq militaires suivaient Stéphane, à une cinquantaine de mètres. Des hommes en uniforme noir, sans combinaison de mouche. Stéphane les attend devant l'entrée de notre planque, les fait entrer.

Elle m'a sauvé la vie.

Comment, maintenant, la sauver elle ?

## 19 DÉCEMBRE, 9 H 30

Quelques soubresauts puis il s'immobilise, et enfin il expire. Je retire mon couteau du cadavre. Un de plus, un de moins, qu'est-ce que ça change ? Je trempe un morceau de mon tee-shirt déchiré dans la plaie sanglante.

Les rats ne cessent de proliférer depuis la catastrophe. Ils sont si nombreux et si gros que je n'ai eu aucun mal à attraper celui-ci. Je vérifie à nouveau l'emplacement du brassard jaune sur mon bras gauche, j'enfonce mon bonnet jusqu'aux yeux et je remonte mon écharpe sur le menton. Je m'élance dans la rue Benserade en tirant un coup de feu.

*Paw !*

Toute la rue en tremble.

Je range mon pistolet dans ma ceinture et me laisse tomber contre un mur en face de l'immeuble de la planque, le tissu ensanglanté contre mon visage. Je me barbouille de sang du rat en réprimant un mouvement de répulsion : qui sait quelles maladies ces sales bestioles peuvent transmettre ? Mais il valait mieux ça que de me blesser pour de vrai. Je crie :

— Le type de l'affiche des terroristes !

Quatre militaires sur les cinq qui accompagnaient Stéphane sortent dans la rue, armes en main. Ils approchent. Je gémis tout en maintenant le linge plaqué sur mon visage.

— Je l'ai reconnu, dis-je. Il m'a tiré dessus, le salaud.

Je désigne une rue à droite.

— Il s'est enfui par là.

Je me recroqueville encore davantage, comme affaibli. Entre mes doigts, je vois Stéphane sur le seuil de l'immeuble, immobilisée par la stupeur, près d'un gradé qui ordonne déjà à trois soldats de s'élancer dans la direction que j'ai indiquée. Ça marche ! Dans son talkie-walkie, il lance des ordres brefs aux renforts. Il s'adresse à des blindés, des snipers… On dirait que le dispositif mis en place cherche à encercler une armée entière !

Le quatrième soldat sort une pharmacie de son sac et le gradé vient s'accroupir à mes côtés. Mon cœur se glace de peur. Il me félicite d'avoir reconnu Cefaï. Je n'ai pourtant pas donné mon nom ! Ils s'attendaient donc à me trouver ici, sans doute pour me capturer. Mais quel est le rôle de Stéphane dans tout ça ? Servait-elle d'appât ?…

Le gradé me demande des précisions sur Cefaï, les vêtements qu'il portait…

— Putain, j'ai mal, je réponds tout en dissimulant le plus possible mon visage.

Il me regarde de près. Je transpire sans doute un peu trop. Vite, faire diversion. Je tends le doigt vers Stéphane, plantée derrière lui.

– La fille, là, derrière vous... Elle est aussi sur l'affiche. C'est une amie de l'autre ?

– Oui, répond Stéphane gravement, je suis une amie de Yannis. C'est même mon seul ami.

Je n'ai pas le temps de m'émouvoir de ses paroles. Ils tournent un bref instant la tête vers elle : réflexe humain ! J'en profite pour extirper mon pistolet de ma ceinture.

– Mains en l'air !

Le gradé ne comprend pas tout de suite ce qui se passe et répond :

– Ne t'inquiète pas, elle est sous notre surveill...

– T'as rien pigé, mec. C'est vous qui levez les mains, tous les deux. Vite.

En disant cela, je me suis relevé et j'ai lâché le tissu ensanglanté.

– Cefaï, murmure le commandant.

J'ai presque envie de me moquer de sa naïveté, mais il m'en impose trop. Me retrouver face à un homme adulte, un militaire, en plus, m'impressionne plus que je ne l'aurais cru. Je demande à Stéphane de les désarmer, puis j'ordonne au gradé de donner de fausses informations sur moi à ses hommes pour les égarer. Enfin, je m'empare de son talkie-walkie, je le jette très loin après avoir retiré la batterie, ça peut servir. Stéphane, elle, récupère le pistolet de l'infirmier. À ma grande surprise, je lis le dégoût sur son visage quand elle prend l'arme.

Au même moment, un geste du gradé en direction de sa poche alerte tous mes sens. Sans hésiter, je vise sa cuisse et je tire. Il tombe à terre en se tordant de douleur. Je fouille sa poche : il avait encore une arme !

Le soldat a levé les mains en l'air en signe de reddition. Inutile de le neutraliser comme son chef. De toute façon, il paraît davantage préoccupé par la blessure de son supérieur à qui il jette des regards angoissés, que par nous.

Stéphane et moi détalons sans demander notre reste.

Le danger accélère les pulsations de mon cœur, mais je garde l'esprit étonnamment clair. Je libère Happy, que j'avais enfermé dans une cage d'escalier de la rue Benserade. Il jappe de joie en me voyant mais grogne devant Stéphane. Il n'a pas oublié son coup de pied. Suivi par Happy, j'entraîne Stéphane dans un appartement vide, qui communique avec un autre. On se faufile par un trou dans le mur que j'avais repéré en traînant dans le quartier, pour passer dans un autre immeuble. Nous voilà dans une cage d'escalier puis dans une nouvelle rue, de l'autre côté du pâté de maisons. Les soldats n'y seront jamais aussi vite que nous, et surtout n'auront pas idée qu'on puisse y être si tôt ! J'ai bien fait de ratisser le quartier durant la journée d'hier. Je suis assez fier de moi.

J'attends Stéphane qui reprend péniblement son souffle. Moi, je me sens en pleine forme et capable de courir durant des heures, rien que parce que Stéphane est là, avec moi. Stéphane est avec moi ! Je me tourne vers elle et je crois bien que je souris bêtement, malgré le bruit de moteur des blindés et les cris des soldats, non loin.

– Bon, étape suivante, maintenant... On se tire. Tu es prête ?

La rotation d'un hélico, maintenant. Stéphane prend un air bravache et lumineux.

– Je suis prête.

– On fonce, alors. Tête baissée.

On saute par-dessus la palissade d'un jardin aux arbres touffus. On se faufile par un soupirail jusque dans une cave. La cave s'ouvre sur une maison. La maison s'ouvre sur une cour. De cour en cour, cherchant à nous dissimuler le plus possible des snipers et de l'hélico, nous nous éloignons de Gentilly, où nous avons vécu tant de choses. Un drame, d'étonnantes rencontres, un amour qui s'ignorait...

## 19 DÉCEMBRE, 10 HEURES

Les bruits et les cris sont loin, maintenant. On ose courir dans les rues, en rasant les murs et en se cachant derrière les voitures. J'envoie Happy en éclaireur à chaque intersection malgré sa patte en moins. Il aboie quand il ne voit ou ne sent aucun danger. Mon bon chien ! Plus on s'éloigne du danger et plus mon cœur reprend un rythme à peu près normal, mais j'aimerais bien trouver un moyen de rentrer dans Paris : je pense à Jules et Kori, et à tous les Experts. Peut-être qu'il va me venir une idée géniale dans les heures qui viennent, pour les sauver tous ! Cette idée serait si parfaite que Stéphane m'accompagnerait, on triompherait de l'armée, les Experts seraient tous sains et saufs et…

Ah, un plan de la ville, là, sur ce panneau ! Je m'y précipite et constate qu'on est à Vanves. Normal, on a longé le périph vers l'ouest.

– Tu sais où on va ? me demande Stéphane.

– Non. Pour l'instant, on contourne Paris. Mais il y a des barrages à chaque porte… On a déjà fait ce trajet une fois, après la mort de Marco, tu te souviens ?

Stéphane hoche la tête, puis désigne un endroit qui n'est pas représenté, à l'ouest de la carte.

– Si on longe la Seine sans la traverser, on atteindra une forêt, tout au bout, à l'ouest. Saint-Cloud, je crois. Là-bas, on pourra se planquer.

Une forêt... Les moments magiques du Morvan que nous avons vécus ensemble me reviennent en mémoire, tous, d'un seul coup. Oui, on y serait bien pour se cacher. Mais on s'éloignerait encore de Paris ! Stéphane ne me laisse pas hésiter plus longtemps. Elle attrape ma main et maintenant c'est elle qui m'entraîne. Elle décide pour moi et pour une fois ça me va. Je la laisse nous guider à travers Issy-les-Moulineaux.

Chaque bruit nous fait frissonner. Des pas ? Nous courons de nouveau.

– Par là, m'indique-t-elle en suivant les panneaux annonçant la forêt de Saint-Cloud.

Un vrombissement me fait sursauter. Un vol d'hélico ! Nous plongeons entre deux buissons et restons serrés l'un contre l'autre en attendant que le bruit s'éloigne. Lorsque le danger semble passé, nous nous écartons l'un de l'autre, gênés mais souriants. J'ai l'impression que ce sourire ne va plus jamais me quitter, tant qu'elle sera auprès de moi. Elle se lève. Je la sens plus légère, comme apaisée. J'ignore tout de ce qu'elle a vécu ces dernières heures, mais j'ai le sentiment de l'avoir retrouvée. Enfin.

En regardant les arbres au-dessus de ma tête, je prends conscience que nous sommes déjà dans la forêt et que celle-ci paraît très vaste. Si nous nous y enfonçons, ma présence au rendez-vous du 24 décembre sera encore plus compromise. Il est peut-être encore temps de... Stéphane plante ses yeux gris dans les miens, et avec un sourire tendre qui me fait perdre contenance, elle me demande :

– Tu crois qu'il y a des renards, ici ?

Elle a deviné mon hésitation, c'est sûr ! Et elle a trouvé comment m'en distraire. Je repense à la tâche rousse dans le blanc de la neige... Immédiatement, je crois sentir sur ma langue le goût sirupeux des pêches au sirop. J'éclate de rire puis la regarde malicieusement, avec un air faussement menaçant :

– Dans ce cas, je suppose qu'on va aussi croiser des loups...

Elle me tend la main avec un sourire.

– Viens...

Je me relève et nous nous enfonçons dans la forêt.

Le bois est tout de même trop clairsemé pour y rester dissimulés longtemps, on y serait repérables par les airs. Et lorsque la forêt prend fin, nous ne savons plus quoi faire. À nouveau la ville et son lot d'angoisses. Autoroutes superposées, béton, panneaux aux lettres criardes... Nous étions si bien dans le sous-bois !

– Qu'est-ce qu'on fait, maintenant ?

Un nouveau bruit de rotor. Nous n'avons pas le choix : nous devons trouver d'urgence un abri. Nous courons à travers un quartier résidentiel de Versailles, non loin du fameux château, m'informe un panneau. J'escalade une palissade, et ce n'est pas une mauvaise pioche. Derrière, une maison, blanche, grande, cossue, est entourée d'un véritable parc, peut-être aussi beau que celui du château, même si je ne l'ai jamais vu en vrai. En tout cas, la classe totale. Une allée en gravier mène au perron, et deux incroyables voitures de luxe sont garées sur la pelouse, aussi brillantes que si on les avait lavées la veille. Je vais ouvrir le portail grillagé à Stéphane et Happy puis je cherche comment pénétrer dans la villa. Les volets des fenêtres sont tous clos... Sauf ceux-là, à droite du perron ! Je jette une pierre dans la vitre qui se brise, passe mon bras par l'ouverture pour baisser la clenche et nous nous faufilons à l'intérieur.

J'ai trop soif et je cherche d'abord de l'eau. Je file dans la cuisine pendant que Stéphane explore les lieux. J'ouvre tous les placards et finalement, dans un réduit, bingo ! Des bouteilles d'eau minérale m'attendaient là. J'étanche d'abord ma soif, puis j'enlève manteau, pull, chemise et tee-shirt avant de me placer devant l'évier. Le sang du rat a coulé jusque dans mon cou et je dois nettoyer tout ça, même si le froid pique ma peau. Stéphane entre dans la cuisine pour boire à son tour, au moment où je frotte mon visage à le rendre encore plus rouge que lorsqu'il était souillé de sang. Un peu gêné qu'elle me voie torse nu, je plaisante à propos de ma tactique un peu crade pour tromper l'armée :

– Fallait bien trouver quelque chose pour te libérer, ma jolie gueule n'aurait pas suffi.

Elle sourit et retourne dans le salon.

Cheveux mouillés, en train de reboutonner ma chemise, je me dirige vers le séjour pour la rejoindre. Mais mon attention s'arrête sur ce qui me semble être un miracle, dans l'entrée. Des clés gisent sur un meuble. Est-ce que... ? Non, ce serait trop beau. Et pourtant, ça y ressemble. C'est bien une clé de voiture ! J'ouvre une fenêtre et appuie sur le bouton. Une BMW verte me répond avec un joli bip et deux clignotements de phares. Yes !

Dans le salon, Happy ronfle déjà sur un grand tapis oriental. Je détaille les lieux : riches boiseries, plafonds hauts, pendule, bibelots, ainsi que tableaux et tapisseries comme dans un musée. Tout est intact et propre. Des housses sur les fauteuils et sur quelques meubles donnent l'impression que toute la maison est en train de dormir, dans l'attente de la fin d'un sortilège. Est-ce que la jolie princesse capable de tout réveiller est cette grande jeune fille aux cheveux gris qui déambule là ?

Stéphane, sereine comme jamais je ne l'ai connue, soulève un bibelot, le cadre d'une photo, ou suit avec son doigt le bord d'un grand miroir. Je surprends son regard dans son reflet, rapide, surpris. Comme si elle ne s'était pas reconnue... Elle a beaucoup maigri, depuis notre première rencontre à Lyon. Et nous n'avons pas beaucoup eu l'occasion ou le temps de nous arrêter devant les miroirs, jusque-là. Elle ne détourne pas les yeux. Se contemple un moment, indécise, et passe la main dans ses cheveux d'un air finalement satisfait.

Je m'approche d'elle alors qu'elle avance devant une

cheminée éteinte aux cendres éparpillées. Nous voilà nez à nez. J'ai tellement de choses à lui dire et à lui demander, mais je ne vois que la beauté des iris gris, la pureté du visage, la noblesse des lèvres. Tout cela me saute aux yeux d'un coup. Une énergie incompréhensible me soulève. Une évidence. Une peur, aussi. Peur de ce que je ressens et qui grandit soudain. Et une curiosité immense. D'ailleurs, qu'a-t-elle vécu durant ces deux jours ? D'une voix éraillée par l'émotion, je demande :
— Tu as vu ton père ? C'est pour ça que les soldats te suivaient, et qu'ils me cherchaient ?
Elle soupire.
— Je n'ai pas envie d'en parler. Pas maintenant.
— Pas maintenant ?
Je manque de m'étrangler. Finalement, j'explose :
— On a eu la moitié de l'armée, des hélicos et des snipers à nos basques, mais tu n'as pas envie d'en parler *maintenant* ?
Elle hausse les épaules, et ce geste si inattendu et désinvolte me désarme en une seconde. Ma colère est déjà désamorcée. Je souris encore une fois, presque malgré moi. Tu as beau être une vraie boîte à secrets, Stéphane, tu verras, j'en trouverai la clé, un jour.
— Bon... Viens voir, dis-je, vaincu.
Je l'entraîne dehors pour lui montrer la BMW. Je me sens aussi fier que si je l'avais gagnée à l'issue d'une lutte mortelle contre un dragon.
— S'il y a aussi de l'essence, je t'emmène où tu veux, Stéphane.

Ce n'est que quelques minutes plus tard, de retour dans le séjour, alors qu'elle casse des cagettes en bois pour les jeter dans le foyer de la cheminée, qu'elle me répond :

– Alors comme ça, tu m'emmènes où je veux...

Moi et ma grande gueule !

Penaud, je rectifie :

– Pas tout de suite, Stéphane... On a autre chose à faire, avant.

Elle se tourne vers moi, les sourcils froncés.

– De quoi tu parles ?

J'hésite avant de lui dire ce que j'ai encore en tête. Ce sera un peu comme briser le sortilège. Pourtant, je me lance, parce que je ne peux pas abandonner :

– Il faut prévenir tous les Experts qu'ils vont se jeter dans la gueule du loup.

Oui, j'ai brisé le charme. Et je sens qu'elle m'en veut.

– Jules, Jérôme et Vincent y seront, dis-je. Mais avec des armes. Ça risque de tourner au bain de sang. On ne peut pas les laisser tomber. Kori aussi y sera et...

– Ah oui, la belle rouquine. Elle n'a pas voulu de toi, c'est ça ?

– Si tu veux savoir... Si. Elle a bien voulu de moi.

Je guette sa réaction. Elle détourne le regard, et me fait penser à ces fleurs aux pétales qui se recroquevillent quand on les effleure. Je poursuis :

– Et puis on en est restés là. Mais ce n'est pas pour ça que je suis parti.

– C'est pour moi ? Merci, trop d'honneur...

Ça y est, elle recommence à m'énerver !

Bon sang, Stéphane, si je suis parti, ce n'est pas parce

que ça n'a pas marché avec Kori, mais parce que toi, tu me manquais trop.

Est-ce qu'il faut tout lui expliquer ? Que je décortique tous mes sentiments pour qu'elle les comprenne ?

Déçu, je marmonne :

– Je m'attendais au moins à...

– Retournes-y, si c'était mieux, avec elle.

Et merde ! Je crache presque ces mots qui m'obstruaient la gorge :

– Tu avais promis que tu m'avertirais, avant de partir.

– Désolée. J'ai oublié.

Furieux, je recule. Sinon, je crois que je pourrais l'empoigner et la secouer afin de lui faire ravaler son poison. Elle ne lâche pas, et me lance :

– Mais toi, tu n'as rien fait pour que je reste, si ?

La colère fait bouillir mon sang. Elle me rend fou Comment réussit-elle à me mettre dans un tel état ? Elle avance, l'air furieux elle aussi. Elle plaque sa main sur mon torse et me voilà dos au mur. J'ai envie de hurler, de rage, de lui crier de s'éloigner... C'est le contraire qui se passe, elle s'accroche au col de mon tee-shirt Elle est retombée dans un de ces moments où un trop plein d'émotions la rend imprévisible, et ça me fait réellement peur, mais d'une peur que je n'avais jamais connue auparavant. Qu'est-ce qui lui prend, maintenant ? Elle essaie de m'embrasser ! C'est quoi, encore, ce piège ? Nos lèvres se frôlent mais, incapable d'y croire vraiment, je détourne le visage tout en essayant de la détacher. Elle tient bon.

Son corps tout entier pèse sur moi et ce contact

accélère les battements de mon cœur. Bon sang, elle est sérieuse ? Elle veut... Elle me veut moi, vraiment ? Moi ? Je tente de m'extirper de mon trouble et donc de son étreinte, mais je trébuche et nous roulons à terre. Elle s'assied sur moi à califourchon, en plaquant mes poignets au sol. Le gris de son regard s'éclaircit. S'adoucit. Son visage s'approche encore du mien.

— Arrête ! On n'est pas faits pour... On n'est pas du même...

— Bien sûr que si, murmure-t-elle.

Elle me fait à nouveau sourire malgré moi. Mais elle est si énervante que je tente encore de l'éloigner. Elle ne se laisse pas faire et plaque à nouveau mes poignets contre le sol. Elle se penche. Son visage s'approche de mon visage. Mon cœur bat violemment et à toute allure. Le temps se suspend. Elle pose alors à nouveau ses lèvres contre les miennes.

Le plaisir et la joie dépassent tout, alors. Quelque chose de l'enfance me rejoint, les bagarres, la douceur. L'âpreté. Et quelque chose s'en éloigne, mais quoi ? Je reprends le dessus et la plaque sur le sol à mon tour et là, c'est moi qui l'embrasse. Longuement. Délicieusement. Comme si le monde s'ouvrait sous nos corps. Jamais je n'ai ressenti un truc pareil. Jamais ! Elle se laisse faire durant quelques secondes. Puis profite de ma faiblesse pour reprendre le dessus. On ne cesse d'alterner placages et caresses. Les caresses, je n'ose toujours pas y croire. Mais j'ai tellement envie de m'y abandonner... Je lutte, mais je ne sais même plus contre quoi.

Nous luttons, et pourtant, c'est bien l'amour que nous faisons, là, par terre. Cette fois, tout se joue sans question, sans raison. Nos corps se répondent presque sans nous. L'instinct est animal. Un instinct qui me guérit de mes blessures les plus profondes.

Peu à peu, la douceur reprend le dessus et il ne reste plus qu'elle. Elle est si belle. Si unique. Je suis sidéré de l'avoir dans mes bras.

Nous finissons enlacés étroitement, épuisés, les yeux dans les yeux, heureux. Je tire une couverture posée sur le canapé, pour nous en recouvrir. Je lui caresse la nuque, qu'elle a si fragile, et qui lui donne ce port de reine.

## 20 DÉCEMBRE, MATIN

J'ai dormi par bribes, contre elle. Tout cela est si fou que j'ai encore du mal à y croire. Je me suis levé plusieurs fois, parfois simplement pour toucher quelque chose qui me ramène à la réalité : un meuble, un tapis. Si tout cela est vrai, alors c'est que le reste l'est aussi. Et alors, Stéphane m'aime. Stéphane m'aime. Stéphane m'aime.

Dès les premières lueurs de l'aube, je sors essayer la voiture. Elle démarre sans problème. La jauge d'essence est à moitié pleine. Dire que je pourrais conduire cette petite merveille ! Je referme délicatement la portière.

Stéphane est debout sur le perron, rhabillée, mais ébouriffée et avec l'air d'être tombée du ciel. Je réalise qu'elle a dû avoir peur en entendant le bruit du moteur. Happy, qui a enfin totalement oublié le coup de pied, saute sur elle pour lui faire fête. Elle et moi, nous nous observons durant quelques instants, comme si nous étions neufs l'un pour l'autre. Nous le sommes certainement. Est-ce qu'on a réellement fait l'amour, elle et moi ? Je touche du doigt le métal froid de la voiture pour m'assurer encore une fois de la réalité de ce que je vis. Elle dit juste :

— Tu veux toujours aller au rendez-vous ?

Je range les clés dans ma poche. Elle, elle a visiblement renoncé à son père. Les retrouvailles ont dû mal se passer. Mais moi... Moi, j'aimerais tant lui prendre la main, l'entraîner dans la BMW, démarrer et partir avec elle très loin ! Je regarde la voiture, je la regarde elle, et je pense à mes amis. Je me sens déchiré : la magie qui a eu lieu hier soir n'a pas éteint mon sens des responsabilités.

Je soupire et réponds :

— Je veux juste empêcher Jules, Kori et les autres de se faire massacrer. Jérôme et Vincent ont prévu un arsenal capable d'armer une garnison. Je ne suis pas d'accord avec leurs méthodes et je le leur ai dit, mais... il n'y en a peut-être pas d'autre. S'ils arrivent à s'en sortir, ils partiront et formeront une communauté encore plus grande.

— Et toi, tu veux aller vivre avec eux dans cette communauté ?

— J'ai juste envie qu'on les aide. Mais je ne sais pas comment.

— Y aller serait suicidaire. Pire, nous les mettrions tous en danger.

— Et donc, tu t'en fous, du sort des Experts ?

— Non, répond-elle avec une douceur inhabituelle. Quand je me suis rendue, j'ai essayé de convaincre les militaires qu'il n'y avait aucun complot. Mais...

— Ils ne t'ont pas crue, n'est-ce pas ? Comme ils n'ont pas cru François ?

Elle secoue la tête tristement, avouant son échec. Je n'ose pas lui demander de détails. Je sais qu'elle n'est pas encore prête à me raconter ce qu'elle a vécu.

– Tu ne les sauveras pas, murmure-t-elle.

Puis elle me parle de Marco comme si j'allais connaître le même destin en tentant quelque chose. Elle a peur pour moi. Son regard me supplie de rester avec elle. Je retiens mes larmes.

– Et Jules, Kori, et les autres ? On ne peut rien faire pour eux, alors ?

– Ils savent et ils choisissent en connaissance de cause. Chacun sait et choisit. Tu as fait tout ce que tu pouvais pour eux.

Que va-t-il leur arriver ?

Stéphane argumente encore, pendant qu'un sentiment d'impuissance s'installe en moi, pesant mille tonnes. J'espérais juste trouver la solution miracle, pour le 24 décembre, sans arme ni violence. Mais Stéphane a raison, elle n'existe sans doute pas. Je n'ai pas cessé de la chercher, depuis que je suis parti de la Conciergerie ! C'est un autre miracle que j'ai trouvé. Il ne sauvera pas tous les Experts, mais il sauvera Stéphane, et il me sauvera moi. Ça en fera au moins deux de sauvés. Ce miracle, c'est ce qui a lieu entre nous deux.

– Moi, je vais m'en aller, maintenant, murmure-t-elle.

Cette fois, je ne vais pas reproduire la même erreur. Je ne la laisserai plus partir seule !

– Partons tous les deux, dis-je avec élan.

Je lui prends les poignets et ne la lâche pas du regard :

– Je veux vivre comme Elissa, avec Elissa. Viens avec moi. S'il te plaît. On sera heureux, tu verras !

Tout me paraît clair, enfin, subitement : c'est exactement ce que je veux faire. Stéphane reste silencieuse durant plusieurs secondes, mais je la vois littéralement s'éclairer de l'intérieur.

– D'accord, Yannis.

Mon cœur bondit de joie dans ma poitrine.

– Mais avant… dit-elle. Avant, je voudrais qu'on aille quelque part.

– Où ça ?

– À Dourdu… Je dois retourner dans la maison de Bretagne. Je veux enterrer ma mère et mon frère.

Bien sûr. C'est l'évidence. C'est ce qu'elle doit faire. C'est ce que je ferais. Nous ne sommes pas si différents, elle et moi.

– Je t'accompagne. Enterrer les gens, c'est un truc que je sais faire.

## 20 DÉCEMBRE, APRÈS-MIDI

Nous sommes partis sans attendre.

En pleine loi martiale, en plein jour, nous risquions gros, mais j'ai décidé qu'une bonne étoile me protégeait, tout là-haut. Ou peut-être que ce sont mes fantômes bienveillants ?

Nous avons filé à toute allure. La plus vieille horloge de Paris et les silhouettes de Jules et Kori se floutaient dans mon esprit. Mon cœur se serrait. J'espère qu'eux aussi ont une bonne étoile au-dessus de leur tête.

Au moment d'emprunter la bretelle de l'autoroute, j'ai soudain repensé à la tour Eiffel. Sera-t-elle encore debout, si un jour je retourne à Paris ?

Dreux, Alençon, Laval… Nous contournons ces villes pour éviter les ennuis. Vers Vitré, la voiture s'arrête : plus d'essence. Il nous faut marcher, sac au dos, rempli de vivres prélevées dans la maison de Versailles. Je respire mieux alors que les habitations rétrécissent et se raréfient. Je retrouve mon mode de vie d'avant Lyon, mais cette fois avec Stéphane.

La nuit, lorsque nous nous allongeons pour nous reposer quelques heures dans des maisons vides, nous dormons dans des pièces séparées, par respect envers ce qui a éclos et qui grandit en nous. Je ne veux pas aller trop vite. Je ne veux rien gâcher ! Et puis, il nous faut monter la garde chacun à notre tour.

Dans une ferme, nous empruntons deux vélos en parfait état. Je repense à notre fuite avec Marco et François, en bicyclette. C'était il y a une éternité, on dirait. Les choses ont tellement changé, depuis ! Ces rencontres et ces épreuves m'ont permis d'accomplir tant de deuils… J'ai grandi. Je regarde Stéphane qui pédale près de moi. Happy lui a enfin pardonné et court à ses côtés. Elle aussi a changé. Nous avons changé ensemble. Nous avançons ensemble. Quelque chose comme de la fierté me donne des ailes.

## 24 DÉCEMBRE

Il neige depuis des heures.
   Un panneau annonce Dourdu, à deux kilomètres. J'arrête de pédaler et vais étreindre Happy qui semble souffrir du froid. Depuis quelques kilomètres, une inquiétude me taraude : et si les militaires nous attendaient, dans la maison de Stéphane ? Mais celle-ci semble à mille lieux de ce que nous avons laissé derrière nous. Les yeux au ciel, elle murmure, fascinée :
   – Quand j'étais petite, je priais toujours pour qu'il neige à Noël... Ce n'est jamais arrivé, je crois.

   Le chemin est réduit à deux ornières profondes qui serpentent jusqu'à un vaste terrain bordé d'un bois. Une longue maison en pierres fines, de plain-pied, pourvue d'un toit pentu en ardoise et de fenêtres carrées, se trouve là, comme issue du sol aussi naturellement que les arbres à côté. Une cabane à outils jouxte la maison, près d'un rocher aux arêtes vives.
   Happy court partout, heureux de jouer avec la neige. Stéphane, elle, hésite un instant. Qu'est-ce qui l'attend, à part le spectacle de la mort ? Je lui prends la main.

La neige tombe en silence. Nos pas crissent sur cette étendue blanche, que j'ai si rarement vue dans ma courte vie. Maintenant, je suis sûr que cette vie peut être beaucoup plus longue. Une longue vie avec Stéphane... Nous avançons, nimbés de flocons légers, et je lui serre un peu plus fort la main lorsque nous apercevons trois formes qui reposent au pied d'un arbre au tronc puissant. Une petite et deux plus grandes. La neige tombe encore plus fort, subitement, comme pour cacher leurs restes, sans y parvenir complètement. Stéphane frissonne. Détourne le regard.

– Viens, on va chercher des outils, dis-je.

Le sol est durci par le froid. Mais près de la rivière, il est plus meuble. Tous les deux munis d'une pelle et d'une pioche, nous frappons la terre pour la briser et ramasser les mottes que nous jetons dans une brouette.

Le visage de Stéphane est maculé de larmes et de terre. Mes fantômes sont de retour. Ils sont assis sur la berge, très intéressés par notre activité.

Les flocons dansent au gré de la brise qui nous rougit les joues. Happy s'est endormi à l'intérieur de la maison. Mes fantômes accompagnent Stéphane pendant qu'elle dépose la terre sur ce qu'il reste des corps de sa mère, de son beau-père, et de son petit frère Nathan. Je l'aide à faire les tumulus et à dresser un cairn. La neige tombe désormais avec délicatesse et finit de recouvrir l'horreur. Toute la nature, comme recueillie, observe un silence pudique.

Quand nous avons terminé, le fantôme de Camila embrasse la main de Stéphane, vient me serrer dans ses bras, puis s'allonge à côté de Nathan.

Les fantômes de papa et maman accomplissent le même rituel, s'enlacent auprès du corps de la mère de Stéphane et de son conjoint, et ferment les yeux.

Stéphane ne pleure plus. Elle paraît recueillie. Alors qu'elle prie peut-être, je me demande déjà si mes fantômes n'étaient que le reflet d'une folie passagère. Un soutien, le temps de tenir bon. Je sais juste que je ne ressens plus leur présence, et que je ne les reverrai plus jamais. Je n'ai plus besoin d'eux.

—

Stéphane est assise près des flammes rougeoyantes, Happy à ses pieds. Je me sens bien, dans cette maison. Avec elle.

Il est minuit. La montre de Jules l'atteste. Je pense très fort à lui, à Kori, et aux autres. Que vivent-ils, en ce moment, à la Conciergerie ? Quel combat ? Je ferme les yeux, en priant un dieu oublié qu'ils soient épargnés. Qu'ils survivent et réalisent leur rêve de communauté. Et quel rêve pour Kori ? Le saurai-je un jour ?

Mon rêve à moi est sous mes yeux, face à la fenêtre qui dévoile un paysage serein où de petites billes blanches dansent et tournoient. Stéphane. Stéphane. Je pourrais répéter son prénom durant l'éternité.

Elle se lève, approche et dit :

– Viens. Ma chambre est là...

Ses yeux ne me quittent pas. Jamais je n'y ai lu autant de confiance qu'en cet instant. La rage est restée sous un tertre blanc.

Il ne reste que l'amour.

**ÉPILOGUE**
# 25 DÉCEMBRE, MATIN

Il glisse sur l'eau.

C'est Noël et il ne neige plus. J'ai eu besoin de sortir, près de la rivière, pour ressentir les pulsations de la nature.

Le cœur plein, les pieds bien ancrés au sol, le visage baigné par le soleil, je suis des yeux un petit radeau qui glisse sur l'eau. Quelqu'un l'a confectionné, rien que pour s'amuser. Quelqu'un qui vit là-bas, un peu plus haut, et qui a pensé à autre chose qu'à sa survie, l'espace d'un instant. Le temps de confier cette embarcation au courant.

L'épaule nue de Stéphane dépassait des draps, tout à l'heure. Son visage endormi, abandonné, semblait attirer les rayons du soleil qui venait de se lever. Dans une minute, je retournerai auprès d'elle.

Quand elle se réveillera, ses yeux gris pétilleront et j'oserai alors lui dire :

– Je t'aime.

Mais dors encore un peu, Stéphane. Repose-toi. Quand tu seras prête, nous quitterons cette maison. Nous irons chez Elissa. Si l'armée nous pourchasse, nous irons encore ailleurs, avec ou sans elle. Mais je te le promets, nous dénicherons un coin de paradis où nous pourrons vivre au plus proche de la nature. Nous retrouverons le temps des jeux et de l'insouciance. Nous fabriquerons des radeaux, et nous les regarderons voguer.

En attendant, écoute dans ton sommeil le silence de ce matin extraordinaire.
Le premier matin de ce nouveau monde.

# REMERCIEMENTS

Un très grand merci à mes chers coauteurs pour cette expérience d'écriture unique et aussi riche en émotions. Ce sera toujours comme si je frappais mon cœur par deux fois, lorsque je penserai à vous. Je penserai à ce cœur. Diastole, systole, diastole, systole : c'est nous quatre.

Merci aussi aux éditrices qui nous ont fait confiance, dès le départ, même si elles ont tremblé assez souvent, durant les moments les plus difficiles ! Leur foi en ce projet nous a impulsé tout le courage nécessaire pour le mener à bien.

Un merci tout particulier à Pascal Jourdana qui nous a accueillis tous les quatre durant une semaine à la Marelle, en résidence d'écriture, au sein de la Friche, pôle culturel important de la cité phocéenne. C'était un formidable cadeau, vraiment précieux pour nous. Et une nouvelle occasion pour moi d'être fière de Marseille, ma ville d'adoption.

Merci à Olivier, pour sa patience, son soutien, et sa foi indéfectible en moi. Merci à mes enfants, et à mes amis, dont l'amour et l'amitié me donnent des ailes.

Merci à ceux d'entre eux qui ont eu la patience de lire des versions très peu abouties de ce roman.

Merci à ceux qui m'ont inspirée.

Et enfin, j'ai très envie de remercier Stéphane, Jules, Koridwen et Yannis, tant j'ai le sentiment qu'ils existent bien, et qu'ils sont les véritables auteurs de leur histoire.

**L'AUTEURE**
# FLORENCE HINCKEL

Florence Hinckel est née en décembre 1973. Elle a publié de nombreux romans jeunesse chez Gallimard, Nathan, Syros, Rageot, Talents Hauts, Sarbacane… Pour enfants ou adolescents, elle aime explorer des genres très différents.

On peut en apprendre davantage sur son site : http://florencehinckel.com

# VOUS VENEZ DE LIRE UN DES QUATRE ROMANS

# U4

# DÉCOUVREZ LES PREMIERS CHAPITRES DES TROIS AUTRES !

# VINCENT VILLEMINOT
# U4
## .STÉPHANE

## 2 NOVEMBRE

Ils sont une vingtaine. Ils ont l'air d'avoir mon âge, dix-sept ou dix-huit ans, des filles et des garçons. Ils sont nus, au bord du fleuve, corps miraculeux – sains, indemnes – dans cette morgue immense à ciel ouvert.

Ils se lavent à grandes eaux, sur les marches du quai, malgré le vent froid. À proximité, sur deux grands feux de bois, des bassines fument, dans lesquelles ils ont fait bouillir l'eau du fleuve avant leurs ablutions, sans doute. Dans une autre bassine chauffe du linge que deux jeunes filles étendent sur les marches. Je ne peux me détacher de ce spectacle irréel. Depuis la rambarde du pont de la Guillotière qui enjambe le Rhône et d'où je les observe, je les vois s'éclabousser. Ils poussent des cris quand l'un d'eux asperge les autres d'eau froide, rient parfois, s'apostrophent. J'avais oublié les rires.

D'ici, parce que le vent d'automne descend du nord, j'entends leurs voix, premiers éclats de vie dans la ville morte, sans comprendre leurs mots. Cela ressemble à une scène primitive : le fleuve dans lequel ils se lavent; le feu comme combustible; les corps nus sans pudeur, sur la berge, et ces bribes de paroles. On s'attendrait à ce que les ponts disparaissent autour d'eux, les routes, le bitume, les immeubles, la ville de Lyon tout entière. Peut-être est-ce le cas ? Peut-être sont-ils les derniers survivants, dans Lyon rendu à la sauvagerie ; et dans quelques jours, plus rien de la civilisation que nous avons connue n'aura existé.

L'un d'entre eux m'aperçoit, soudain. Il me fait de grands signes, m'invitant à les rejoindre. Puis plusieurs se tournent vers moi, m'appellent. Je souris malgré moi, accoudée à ma rambarde, mais le charme est rompu. Je traverse le fleuve, les laissant derrière moi, abandonnant le pont, désert comme l'était toute la Presqu'île, depuis l'appartement de mon père. La ville est déserte. À part ces baigneurs miraculeux, il n'y a pas un survivant.

Dans la rue Saint-Michel, je croise deux nouveaux cadavres. Difficile de les ignorer, ceux-là, ils sont au beau milieu de la chaussée. Ils se tiennent par la main, deux amoureux tragiques dont la mort n'a pu séparer l'étreinte, fauchés là par les fièvres au pied de leur immeuble, peut-être, ou bien se sont-ils retrouvés à cet endroit pour en finir ? Avaient-ils vingt ou soixante ans ? Seuls leurs vêtements me font pencher pour la première hypothèse. Pour le reste, c'est impossible à dire : ils n'ont plus de visages, couverts de sang séché, leurs mains sont déjà travaillées par la putréfaction. Roméo + Juliette ?

*Ne compatis pas, ne brode pas.*

« Que sais-tu, Stéphane ? Que comprends-tu ? Analyse... »

Le sang. Les croûtes de sang. Les fièvres.

*Des faits. Quels faits?* Les gens ont commencé à saigner il y a onze jours. Les symptômes ont été les mêmes pour chacun : céphalées, migraines ophtalmiques, hémorragies généralisées, externes et internes. Le sang suintait des yeux, des narines, des oreilles, des pores de la peau. Ils mouraient en moins de quarante heures. Fièvre hémorragique, filovirus nouveau, proche de la souche Ébola, mais infiniment plus virulent. Dénomination officielle : U4, pour « Utrecht 4$^e$ type », l'endroit où la pandémie a commencé. 90 % d'une population étaient atteints, et tous ceux qui étaient frappés mouraient – tous, sauf nous, les adolescents.

Seuls les adolescents de quinze à dix-huit ans ont survécu. La grande majorité, du moins. C'est ce que j'ai pu lire sur les principaux sites d'information, au début. Puis les webjournalistes sont morts, comme tous les adultes, comme les enfants. Les sites sont devenus indisponibles les uns après les autres. Les coupures d'électricité ont fait sauter Internet de plus en plus souvent. Le site du ministère de l'Intérieur continuait d'afficher ses consignes dépassées : rester calme, ne pas paniquer, porter des gants et des masques respiratoires, éviter tout contact avec les contaminés, abandonner sans tarder les maisons ou les appartements touchés par le virus. Ne pas manipuler les cadavres. Rejoindre les « R-Points », les lieux de rassemblement organisés par les autorités.

Ensuite, Internet s'est tu. Tout s'est tu.

Je me répète pour la centième fois la chronologie des événements pour garder l'horreur à distance, tandis que je dépasse les corps des deux amants. Ma présence a dérangé les prédateurs habituels de cadavres-insectes, mouches, et rats, car des milliers de rats règnent maintenant sur la ville. Ça grouille, ça pue. Cette vermine se nourrit des morts, de ce que nous étions.

*Analyse, ne pense pas. Anticipe.*

Les rongeurs vont propager d'autres épidémies. Les rares survivants en mourront. Le choléra ou la peste semblent dérisoires à côté d'U4, mais ils tueront aussi.

Mon père disait toujours : « Pendant les interventions, il faut se concentrer sur les informations scientifiques, ce que l'on sait et ce que l'on ignore, pour ne pas se laisser submerger par les émotions. » Il me le répétait pour m'apprendre à maîtriser le trac avant les examens. Où qu'il soit, se doute-t-il combien ses conseils me sont utiles, aujourd'hui, dans cette ville défunte ?

Voitures abandonnées, débordantes de bagages ; déchets et détritus. Un tramway renversé bloque l'avenue, couché sur le flanc. Son chauffeur a dû être pris de convulsions pendant le trajet et perdre le contrôle du véhicule... Ses passagers ont-ils été tués dans l'accident, ou ont-ils eu le temps de retourner chez eux pour mourir ? J'évite de regarder les fenêtres du tram, couvertes de buée quand elles ne sont pas brisées.

Il y a peu de corps gisant dans les rues, je m'attendais à pire. Il n'y a plus que la vermine et le silence des hommes.

Les médias parlaient de morts par millions et j'ai vu d'innombrables images de charniers sur Internet. Ici, les malades doivent être restés chez eux pour mourir décemment, discrètement, à la lyonnaise. Ou bien se sont-ils tous précipités dans les hôpitaux devenus à la fois les morgues et les principaux foyers de propagation de l'épidémie ? Les deux premiers jours, quand on croyait avoir affaire à des méningites ou des purpuras fulminans, les malades foudroyés par la fièvre et les hémorragies ont été emportés vers les services d'urgence. Les précautions usuelles se sont révélées insuffisantes. Ils ont contaminé les personnels médicaux qui ont fait partie du contingent suivant.

Mais pas tous les médecins.

Pas les épidémiologistes qui essayaient de contrer la maladie, dans leurs laboratoires. Mon père ?

Nous y voilà. J'arrive enfin sous les plus hauts immeubles du quartier de Gerland. La boule que j'ai au ventre, elle me taraude comme un ulcère.

*Tu as peur, Stéphane. Peur de savoir.*

J'aperçois la tour P4 et m'arrête, un instant. Le laboratoire où travaillait mon père est plongé dans le noir. Je ferme les yeux, inspire profondément. Il faut continuer, aller voir, faire quelques pas de plus.

*Papa. Es-tu parti, es-tu mort ?*

S'il restait des chercheurs, il y aurait des groupes électrogènes qui fonctionneraient même en pleine journée. Rien ne serait plus vital pour l'avenir que le travail effectué par mon père, ses collègues, leurs équipes qui étudiaient les virus mortels, dans ce laboratoire unique en Europe.

La tour est obscure, donc vide.

*Es-tu parti ? Es-tu mort ? Quand reviendras-tu ?*

Deux jeunes gens discutent, à quelques dizaines de mètres de l'entrée. Ils fument. Je les aborde :

– Il reste quelqu'un, par ici ?

– Ça dépend. Tu cherches qui ? me demande le plus grand d'entre eux, l'air méfiant.

Il a mon âge et un fusil sous le bras. Je montre la tour :

– Mon père, le Dr Certaldo. Il bossait au labo P4.

– Alors oublie, répond le deuxième, plus gentiment. Les militaires ont évacué le labo avec des hélicos, il y a neuf jours. Les deux étages les plus bas sont minés et l'accès est interdit avant le retour de l'armée.

Trop d'informations, d'un coup... Je vacille. Il reste des adultes, l'armée, les militaires. Vivants. Ils ont évacué les chercheurs il y a neuf jours. Évacués, mais vivants.

Partis. Mon père est parti.

« Suis de retour dès que ce sera possible », m'a-t-il écrit voici dix jours. Et dès le lendemain, il prenait la fuite. Sans moi. Sans même me prévenir.

A-t-il essayé ?

– Tu comptais sur lui ? demande le moins rude des deux jeunes fumeurs. Si tu n'as nulle part où aller, tu peux te rendre sur une zone de ravitaillement, un R-Point. Il y en a un tout près d'ici, au campus de l'École normale supérieure. Tu es élève où ?

– Au lycée du Parc.

– Alors, tu dois aller t'inscrire à la Tête d'Or. Ils te diront où loger.

– Ça ira, balbutié-je. Je vais me débrouiller.

## NUIT DU 2 AU 3 NOVEMBRE

La nuit m'a presque surprise au retour. Je remonte nos quatre étages à tâtons dans l'obscurité. La coupure d'électricité dure depuis vingt-quatre-heures maintenant. Est-elle définitive ? Il n'y a plus assez de survivants pour faire tourner les centrales...

Dans l'escalier, mon cœur se met à battre plus fort. Au moment où j'introduis la clé dans la porte, l'espoir, cette déraison, me submerge. Je ne peux m'empêcher de croire à son retour, encore, les mains tremblantes... J'ouvre.

Personne. Il n'est pas revenu, pas aujourd'hui, pas davantage qu'hier. J'avais laissé un mot à son intention, devant sa photo posée sur la table de la salle à manger : « Je suis partie te chercher à Gerland. Je reviens dans trois heures. S. »

Je prends le portrait encadré, le regarde pour la centième fois. La photo a été prise lors d'une de ses missions «Ébola» en Guinée. Sur le cliché, le Dr Philippe Certaldo est sale, fatigué, torse nu et en sueur sous sa blouse blanche largement ouverte, mais il sourit...

Je saisis mon propre reflet sur le verre du cadre.

Moi aussi, j'ai l'air épuisée, mais je ne souris pas. Je continue pourtant à lui ressembler : même haute silhouette maigre et nerveuse, même visage trop long avec des cheveux prématurément gris coupés courts dont les épis se rebellent, mêmes mains osseuses, un peu trop pâles pour quelqu'un qui aime le soleil. Joli tableau... On dit que j'ai ses yeux, aussi, des yeux gris ; chez lui, ils brillaient d'intelligence pendant nos conversations. Mon père est un homme séduisant, qui a eu « des aventures » avec de nombreuses femmes-médecins, sans se soucier de ma mère. Moi, je suis une fille. Une fille à laquelle ses parents ont donné un prénom soi-disant mixte, un prénom à la con, Stéphane ; une fille dont les cheveux sont gris depuis l'enfance, comme une vieillesse précoce.

J'essaye d'ouvrir les stores électriques qui masquent les fenêtres. À quoi bon rester cloîtrée, désormais ? Aujourd'hui, j'ai respiré l'air vicié de Lyon à pleins poumons et je ne suis pas morte.

Quand je parviens finalement à forcer un des stores avec un pied de chaise en métal, la nuit est définitivement tombée. L'appartement a plongé dans les ténèbres. J'allume une bougie dont la flamme vacille. 2 novembre, fête des morts. Ma mère, bretonne et catholique, croyait à ces choses-là : la mort, la résurrection. Peut-elle encore y croire, quelque part, parmi des survivants, ou a-t-elle reçu finalement l'ultime réponse ?

Où est-elle ? Où sont-ils tous les trois, papa, maman, Nathan ? Ensemble ?

Je reprends mon téléphone, presque à bout de batterie,

comme si j'avais besoin de relire pour m'en convaincre. Voici onze jours, mon père m'a envoyé un SMS : « Urgence absolue. Je dois te laisser pour 72 heures » Puis un autre, le lendemain, alors que l'ampleur de la contagion avait été révélée dans les médias : « Ne sors sous aucun prétexte. Agis comme je te l'ai appris. Suis de retour dès que possible. »

Je connais ces deux messages par cœur.

J'essaie de mettre de l'ordre dans mes idées.

Si mon père n'a pas succombé au virus dès les premières heures, il a été évacué. Mais où ? Et tiendra-t-il sa promesse de venir me chercher ? Est-il d'abord allé chercher maman et Nathan, mon frère, en Bretagne, après qu'on l'a évacué ?

Ne reviendra-t-il plus ?

Je dois rester, l'attendre. Au cas où. Je m'accroche de toute mes forces à cette idée : il ne peut pas être mort.

J'ai suivi à la lettre ses enseignements, tout ce qu'il m'avait appris ces dernières années au cours de ses récits de mission. Lady Rottweiler, mon avatar, a diffusé ses conseils sur le forum de Warriors of Time, notre jeu en ligne, dès le 24 octobre : installer des filtres pour l'eau, et la faire bouillir avant toute consommation ; briser une petite vitre et remplacer le carreau manquant par un filtre à charbon de la hotte aspirante, pour établir un échange d'air purifié ; boucher les autres aérations et VMC avec du papier ou du tissu humidifié régulièrement ; se laver les mains plusieurs fois par heure avec une solution alcoolisée ; ne pas paniquer.

Signaler sa présence, attendre les secours sur place.

Les secours ne sont pas venus. Ils ne viendront pas.

Sur le forum, j'ai essayé de savoir ce qui se passait en Bretagne. Mais impossible d'obtenir des nouvelles fiables concernant la situation à Dourdu, à quelques kilomètres de Morlaix, où vivaient ma mère et mon frère depuis cet été.

Au passé... Je pense à eux au passé.

Je n'ai presque plus d'eau, en dépit de toutes les bassines que j'ai posées sur le balcon et sur le toit. Il ne pleut pas. Demain, il faudra que je me rende à un R-Point pour me ravitailler en bouteilles.

Ce soir, comme tous les soirs, je me réfugie dans le bureau de mon père. Les cartons déjà prêts, étiquetés pour ses interventions humanitaires s'empilent dans un coin. J'apporterai le matériel médical demain au R-Point. Il pourra servir, là-bas.

—

Je ne parviens pas à dormir. Trois jours que je ne dors pas.

Papa, évacué ?

Maman, Nathan, encore vivants ? Ont-ils pu s'en sortir, avec le nouveau mari de ma mère, dans leur maison neuve ? Mon père est-il venu à leur secours ?

Je ne crois pas, mais par fidélité à maman, je récite une des seules prières catholiques qu'elle m'a apprise dans mon enfance. Cela commence par ces mots, qui me font songer, aussi, à papa : « Notre Père, qui es aux cieux... »

## *À suivre...*

# CAROLE TRÉBOR
# U4
## .JULES

## 4 NOVEMBRE, DÉBUT D'APRÈS-MIDI

**J**'ai faim. Il n'y a plus rien à manger dans la cuisine. Plus d'eau courante depuis ce matin, plus de gaz depuis hier, plus d'électricité depuis trois jours. J'ai eu beau actionner tous les interrupteurs en tâtonnant sur le mur, à l'aveugle, essayer d'allumer les luminaires du séjour, pas de résultat, rien, aucune lumière. L'appartement est plongé dans l'obscurité dès la tombée de la nuit, vers 19 heures.

J'ai heureusement retrouvé deux torches dans la commode de l'entrée. Il faut que je me procure d'urgence des piles pour les alimenter et des bougies pour compléter mon éclairage. Je dois aussi me faire une réserve de charbon de bois et d'allumettes pour entretenir le feu de la cheminée. Il commence à faire froid. Et j'ai besoin de vivres.

Lego miaule sans arrêt. Il n'a plus de croquettes spéciales chatons. Il crève de faim lui aussi. Il déchiquette les fauteuils et les canapés pour se venger. Il lamine tout ce qui traîne, il m'a même piqué ma montre. Je me l'étais achetée avec mon argent de poche, par Internet. J'en avais fait un objet collector, en gravant moi-même au dos le sigle de WOT avec mon cutter. Impossible de remettre la main dessus.

Il me faut donc aussi des piles pour le réveil, sinon je n'aurai même plus l'heure.

J'ai tellement peur de sortir. Je dois affronter Paris avant que la nuit n'envahisse les rues.

La ville que j'observe par la fenêtre n'est plus la mienne, cette ville est inacceptable.

Hier, j'ai vu des hommes en combinaisons d'astronautes, avec des sortes de masques à gaz. Ils ramassaient les cadavres et les entreposaient dans leurs camions blindés. Tous ces corps, qu'ils entassent les uns sur les autres, où les emmènent-ils ? Vers les fosses communes ? Ou bien vont-ils les brûler ? Ces hommes, ils savent peut-être ce qui tue tout le monde. C'est quoi, ce putain de virus qui frappe et extermine en quelques heures ? Est-ce qu'ils pourraient me dire pourquoi moi, je ne suis pas mort ? J'ai eu envie de courir les rejoindre, mais je n'ai pas bougé de ma fenêtre, incapable de réagir. Leur demander secours, ça m'obligerait à admettre la réalité de ces morts, de ce silence, de cette odeur. Et ça, non, je ne le peux pas. Je ne le veux pas.

Sortir.

Il faut que je sorte, il faut que j'aille nous chercher à manger.

Tant pis si j'attrape la maladie.

Quitte à mourir, je préfère mourir de l'épidémie à l'extérieur que mourir de faim à l'intérieur.

Mon grand-père m'avait dit de ne pas sortir. Mais peut-être suis-je immunisé contre le virus ? Peut-être suis-je en vie pour remplir la mission de Khronos avec les autres Experts ? Je dois tenir jusqu'au 24 décembre et me rendre sous la plus vieille horloge de Paris pour savoir si ce retour dans le passé est possible.

C'est quoi, ce bruit dans le salon ?

Merde, le grincement s'intensifie. J'y vais.

C'est une nouvelle invasion de rats ! Ils sont énormes. Comment sont-ils entrés chez moi, ces saloperies de rongeurs ? Bon Dieu, quel cauchemar !

– Cassez-vous, sales bêtes ! N'approchez pas !

Mon timbre hystérique sonne bizarrement. Est-ce bien ma voix ? Ils sont hyper-agressifs, comme s'ils avaient muté génétiquement. Il y en a un qui s'agrippe à ma cheville, je balance la jambe pour qu'il me lâche. Un autre tente déjà de me mordre le pied. Ils me font trop flipper, je fonce vers la porte et je décampe hors de l'appartement.

Je dévale les escaliers au milieu de bataillons de rats. Sur le palier du quatrième, je trébuche sur quelque chose de suintant, de visqueux, je glisse et me retrouve à quatre pattes sur le sol de marbre. Je ferme les yeux de toutes mes forces, horrifié par l'odeur de pourriture qui me pique la gorge et fait couler mes larmes, je n'ai jamais senti une odeur aussi atroce de ma vie. Respirer devient pénible. Je suis pris de tremblements violents qui m'empêchent de contrôler mes mouvements.

Je sais contre quoi j'ai buté et je sais qu'il faut que je me relève d'urgence.

Sinon je risque de mourir.

La chose molle et spongieuse à laquelle je me suis heurté est un cadavre.

Une victime du virus.

Qui est peut-être déjà en train de me contaminer.

Je me mets à genoux, les jambes trop chancelantes pour tenir debout, et je fixe le corps, hypnotisé : c'est ma voisine du dessous et, affalé par terre près d'elle, son fils, mort lui aussi. Je suis anesthésié. Incapable de ressentir la moindre émotion. Mes oreilles bourdonnent. Son visage est blanc presque verdâtre, des traces violacées strient son cou, sa peau semble tendue sur ses os, les globes oculaires sont enfoncés, comme couverts d'un film plastique. Elle est totalement rigide, on dirait une statue de cire du musée Grévin, mais le pire, ce sont les larves, les vers qui réduisent toute sa chair en bouillie au niveau de l'abdomen. Pourquoi est-elle morte sur le palier ? Pourquoi pas chez elle ? Ça m'aurait évité de la voir. Mais non, qu'est-ce que je raconte, est-ce que je perds la tête ? La pauvre, elle a peut-être voulu emmener son fils chez le pédiatre au deuxième étage, elle a été paralysée brutalement par la maladie. Et elle est morte là, dans la cage d'escalier, son fils à ses côtés.

J'en ai vu des victimes du virus sur Internet fin octobre, avant la coupure du réseau : d'abord la fièvre, puis la paralysie, les vomissements, et le sang qu'elles crachent, le sang qui sort de partout, de tous les pores de leur peau.

Je n'arrive pas à détacher mes yeux du corps de ma voisine. La menotte de l'enfant est encore posée sur la paume de sa mère, comme si elle avait voulu lui tenir la main jusqu'au dernier moment. Lequel est mort d'abord ? L'horreur de ma question me tétanise et une nausée me soulève le cœur. Des spasmes violents me submergent, je vomis par jets. Mais je n'ai plus que de la bile. La maman a succombé en premier, le petit s'est accroché à sa main avant de périr lui aussi. Elle n'a pas eu la force ni le temps d'ouvrir la porte pour mourir chez elle. Une rafale de spasmes me plie de nouveau en deux. Mais plus rien ne sort de moi, seulement mon désespoir et ma répulsion.

Je me relève, vacillant, et me tiens à la rampe pour ne pas chuter. J'ai l'esprit vide, cet état de demi-sommeil me protège du reste du monde aussi bien qu'une épaisse couche de coton. Et lorsque j'arrive au rez-de-chaussée, je suis un somnambule.

Dès que je mets un pied sur l'avenue de l'Observatoire, je suffoque, toujours cette odeur de décomposition très forte, de viande macérée, d'œuf pourri, de poisson avarié.

Et j'ai l'impression que ces effluves sont vivants, qu'ils se faufilent partout, qu'ils s'insinuent en moi comme les Ombres néfastes de Voldemort. Le bitume est parsemé de corps boursouflés et raides. C'est encore plus irréel que du cinquième étage, d'où les rues me paraissaient figées sous les nuées d'oiseaux noirs. C'est irréel, mais je ne peux plus le réfuter, ils sont bien là, ces cadavres, monstrueux. Leur présence me glace de l'intérieur, je n'avais jamais vu un mort en vrai, et là, tous ces corps d'un coup. Ils n'ont plus rien d'humain, ils se décomposent déjà, survolés par des essaims de mouches. Est-ce que ce sont bien des hommes ? Ou des restes d'hommes ?

Et tout ce silence… Ce silence qui m'assourdit plus que le vacarme de la circulation, les démarrages des bus au feu vert, le chahut des enfants, les pots d'échappement des mobylettes. Les bruits de Paris me manquent. Depuis quelques jours, il n'y a même plus de sirènes. Où sont les hommes en combinaisons d'astronautes que j'ai vus hier ? Ces hommes protégés sont-ils les seuls à avoir survécu au virus ? Et qui sont-ils ?

Pourquoi n'y a-t-il plus personne dans les rues ? Même plus de silhouettes fugitives ? Personne à qui parler.

Un jappement craintif de chien rompt le vide, je me retourne : c'est le labrador blanc de nos voisins du troisième, il est très docile. Je m'approche de lui, plein d'espoir, et tressaille, horrifié par cette chose verdâtre qu'il tient dans sa gueule : un bras. Ce qui fut un jour un bras. Mon estomac se retourne, un goût de bile me brûle la gorge. Je mets un mouchoir sur mon nez et traverse le boulevard jonché de bennes renversées. Des sacs lacérés, des journaux gratuits trempés, des emballages de McDo et des canettes font office de parures funèbres pour les corps. Le même chaos règne dans le jardin des Grands Explorateurs : accrochés aux arbres et aux grilles métalliques, des fragments de plastique claquent au vent. Et une épaisse couche de feuilles mortes recouvre les allées de notre «Petit Luxembourg», comme nous l'appelons dans le quartier.

L'atmosphère pullule certainement de maladies, bactéries, ou ce genre de trucs. Il me faudrait un casque de protection ou au moins un masque antigrippe, je pourrais en trouver en pharmacie. Un souffle de vent projette vers moi une insupportable bouffée de miasme putride. Je n'arrive plus à respirer, comme si j'avais une pierre à la place du cœur qui empêcherait le sang de couler dans mes veines. Je tousse pour ôter de ma gorge ce goût de moisi trop consistant.

Est-ce que tous les Parisiens sont morts ? Je voudrais aller voir si mes copains ont survécu eux aussi. Je n'ose pas, j'ai trop peur de tomber sur leurs cadavres.

Et mes parents ? Mon frère ? Vais-je les revoir ? Personne pour me répondre.

Trop peur.

J'ai encore communiqué avec les Experts sur le forum de WOT il y a trois jours. Je frémis… Et s'ils étaient morts depuis le dernier message de Khronos ?

Je m'oblige à avancer vers le Luxembourg, dans l'espoir d'y voir moins de corps, d'y respirer un oxygène moins pollué. Des voitures arrêtées s'accumulent dans la rue. L'odeur ne me quitte plus, elle a imprégné mes vêtements, je pue la mort maintenant. L'entrée du Luxembourg en face du lycée Montaigne est fermée, je repars vers le boulevard Saint-Michel par la rue Auguste-Comte. J'essaye de ne pas trébucher sur des cadavres étalés devant l'École des Mines, de ne pas m'effondrer, là, sur le trottoir. J'ai envie de m'allonger parmi eux, eux que je ne sais plus comment nommer. Envie de me recroqueviller sur le béton et de ne plus me relever ; de m'abandonner à l'épuisement qui me submerge, qui fait que chacun de mes pas est un effort insurmontable.

Mais j'avance. Sans croiser âme qui vive.

Un bus a percuté les balustrades du Luxembourg, des voitures défoncées se sont encastrées derrière lui.

Le supermarché n'est plus très loin, rue Monsieur-le-Prince.

Le pire, après la puanteur et le silence entrecoupé des cris des charognards voraces, c'est l'immobilité absolue de tout ce qui vivait. La vie, c'est le mouvement, et de mouvement, il n'y en a plus. Hormis les tourbillons d'oiseaux noirs et les cavalcades de rats gris.

Je réalise soudain que je suis tout près de la mairie du 5e, et je décide finalement de remonter la rue Soufflot : je suis avide de nouvelles. Là-bas, j'aurai peut-être une chance d'établir un lien avec d'autres rescapés. Autant vérifier s'il n'y a pas une affiche, un quelconque *Avis aux survivants* placardé.

Impassible et majestueux, le Panthéon abrite toujours ses tombeaux d'hommes célèbres, comme c'est dérisoire aujourd'hui ! Au croisement de la rue Saint-Jacques, je crois apercevoir une silhouette près du mausolée de pierre. Est-ce que je rêve ? Elle a déjà disparu de mon champ de vision.

J'accélère vers la place du Panthéon et, là, mon cœur bondit dans ma poitrine : je ne suis pas seul !

*À suivre...*

# YVES GREVET
# U4
## .KORIDWEN

## 7 NOVEMBRE

Comme tous les autres jours, je me suis levée tôt pour nourrir les bêtes. Ce matin, c'était au prix d'un très gros effort. Je n'ai pratiquement pas fermé l'œil de la nuit. À mesure que le temps s'écoulait, mes pensées devenaient plus sombres et plus désespérées. Vers 4 ou 5 heures, j'ai débouché le flacon de poison et je l'ai porté à mes lèvres. Avant d'avaler la première gorgée, je me suis fixé un ultimatum : « Koridwen, si tu ne trouves pas dans la minute une seule raison de ne pas en finir, bois-le ! »

Et là, au bout de longues secondes de noir complet, j'ai vu apparaître dans un coin de mon cerveau la grosse tête de la vieille Bergamote. Jamais elle ne parviendra à mettre bas sans mon aide. Je la connais. J'étais là la dernière fois et ça n'avait pas été une partie de plaisir. Si je ne suis pas à ses côtés, elle en crèvera, c'est sûr. Elle et son petit.

Alors c'est pour cette vache que je suis encore vivante à cette heure. Après son vêlage, il faudra donc que je me repose la question. Depuis que je suis la seule survivante du hameau, je fonctionne comme un robot, sans jamais réfléchir. J'alterne les moments d'activité intense et les temps morts où, prostrée dans un coin, je ne fais que pleurer ou me laisser aller à de brefs instants de sommeil.

Je continue à traire mes bêtes mais je répands le lait dans la rigole. Si j'arrêtais la traite, elles souffriraient quelque temps, puis leur production stopperait d'elle-même. Je continue à le faire parce que ça m'occupe l'esprit et me donne l'illusion que la vie suit un cours presque normal. Je change les litières. Je remplis la brouette avec la paille souillée. L'odeur est forte mais elle est rassurante. Le poids de la charge tire dans mes épaules. Ça m'épuise vite et, le soir, cela m'aide à trouver plus facilement le sommeil. C'est une tâche fastidieuse et pénible mais on voit le travail avancer et, à la fin, on a le sentiment du devoir accompli. Les bruits de la campagne ont changé depuis deux semaines. Le silence n'est plus troublé par le bourdonnement des voitures et des engins agricoles.

Pourtant, il y a quelques minutes, j'ai cru entendre un véhicule approcher. Puis plus rien. Je suis sortie pour voir. Mais il n'y avait personne. Je commence peut-être à perdre la boule.

J'étale maintenant de la paille propre sur tout le sol de l'étable. Les bêtes sont soudain nerveuses, comme avant un orage ou lorsque des taons les agressent l'été. Je sursaute en sentant une présence derrière mon dos. Ce sont deux gars à peine plus âgés que moi. Ils se ressemblent, peut-être sont-ils frères. Je reconnais l'un des deux. Je l'ai vu en ville plusieurs fois avant la catastrophe. Il traînait avec d'autres à l'entrée du mini-market du centre. Ils sirotaient des bières et faisaient la manche. Je ne suis donc pas la seule dans les parages à avoir survécu. J'en éprouve une sorte de soulagement. Mais ce n'est pas avec eux que je vais pouvoir rompre ma solitude. Le regard qu'ils posent sur moi me glace le sang. Je ressens leur hostilité et leur malveillance. C'est le plus vieux qui m'interpelle en grimaçant :

– On a besoin d'outils du genre perceuse-visseuse, scie circulaire, marteau, hache, tronçonneuse. On a des portes et des volets à faire sauter dans le coin.

– Vous n'êtes pas chez vous ici et vous n'avez aucun droit, dis-je en relevant la fourche pour les menacer.

– Hé la gamine, reprend le gars en colère, tu vis sur une autre planète ou quoi ? C'est fini tout ça. Tout le monde est mort, sauf quelques jeunes de notre âge. Maintenant, plus rien n'appartient à personne. Si on veut survivre, on doit se servir. Ceux qui voudront rester honnêtes crèveront.

– Pourquoi vous n'allez pas ailleurs ? Ce ne sont pas les hameaux désertés qui manquent dans les environs.

– Ici, on savait qu'on trouverait de la compagnie, lance le plus jeune. Il paraît que sous ta salopette de paysanne se cache un corps de déesse.

– Arrête tes conneries, Kev ! On n'est pas venus pour ça. Toi, la petite, magne-toi de répondre ou ça va chauffer !

– La clé de l'appentis est sur la porte.

– Merci ma belle.

Le jeune Kevin m'adresse un regard qui signifie que je ne perds rien pour attendre. Je fais mine de reprendre ma tâche et je baisse les yeux. L'aîné est sorti et l'autre me surveille. Je m'approche pour répartir la paille à quelques mètres de lui. Il finit par se lasser de me contempler et se tourne vers la cour. Je me jette alors sur lui, la fourche en avant, et lui plante deux pointes dans la cuisse gauche. Ses genoux plient sous la douleur et il s'écroule à mes pieds. Il semble manquer d'air et ne parvient pas à crier. Je le contourne et cours jusqu'au râtelier planqué dans un placard de l'arrière-cuisine. J'attrape un des fusils de chasse avec lesquels mon père m'a initiée au tir. Je le charge avec des cartouches qui étaient cachées dans le bahut du salon. Je ressors, pénètre dans l'appentis et tire à deux reprises au-dessus de la tête du pillard qui lâche ce qu'il avait pris. Il a la trouille et son visage vire au gris.

– Va récupérer ton frangin et barrez-vous d'ici. Sinon, je vous abats comme des lapins.

Il a compris et se précipite dans l'étable pour ramasser son frère qui chiale maintenant comme un gamin. Il parvient à le relever et glisse son bras sous son épaule. Ils s'éloignent sur le chemin de terre pour rejoindre leur voiture qui était garée en contrebas de la départementale.

Je ne peux me retenir de lancer un conseil :

– Ne tarde pas trop à nettoyer sa plaie, sinon ça va s'infecter.

Sans se retourner, l'aîné lève sa main gauche, le majeur pointé vers le ciel.

Cela faisait deux jours que je n'avais pas rencontré un humain vivant. Le dernier habitant d'ici est mort avant-hier. Il s'appelait Yffig. C'était un homme pragmatique. Dès qu'il a appris par la télé l'ampleur de l'épidémie provoquée par le virus U4, il s'est préparé au pire. Il s'est rendu chez Kiloutou pour louer une pelleteuse avec un godet adapté pour creuser les tranchées.

Avec son engin, nous avons inhumé les neuf autres personnes du hameau. Il m'a montré comment l'utiliser au cas où j'en aurais besoin. Il a eu bien raison parce que c'est moi qui l'ai enterré. J'en ai profité pour creuser mon propre trou. Quand le mal me rattrapera ou bien que je n'en pourrai plus, je plongerai dedans. Et tant pis s'il n'y a personne pour m'ensevelir à ce moment-là.

## 8 NOVEMBRE

Encore une nuit sans vraiment dormir. Depuis le passage des deux voleurs, je me sens en danger. J'ai compris à leurs regards haineux qu'ils reviendront pour me punir de les avoir humiliés. Je partage maintenant mon lit avec ma carabine chargée et je guette le moindre bruit.

L'envie d'aller retrouver les autres dans la mort continue de me hanter. Ce qui me retient d'en finir, ce n'est pas la peur du grand saut, c'est le sentiment de commettre une faute, de transgresser un ordre naturel selon lequel on ne décide pas soi-même de la fin de son existence. Ma grand-mère m'a toujours enseigné que la vie était précieuse, celle des hommes comme celle des animaux ou même des plantes. On ne peut s'autoriser à la supprimer qu'en cas de nécessité absolue. Elle disait que nous étions les cellules vivantes d'un grand organisme qu'on appelle la Terre, qu'on y jouait tous notre rôle. Je le ressens chaque matin quand je m'occupe des bêtes. Leur chaleur, leur odeur, leurs meuglements, tout semble à sa place.

Que deviendraient mes animaux si je les abandonnais ? Je n'ai jamais assisté à la souffrance d'une vache qu'on assoiffe ou qu'on laisse vêler seule. Depuis que je suis en âge de me souvenir, j'ai vu mon père chaque matin et chaque soir auprès de ses bêtes. Je l'ai vu y aller même quand il tenait à peine debout parce qu'il avait abusé d'alcool fort avec ses potes durant la nuit. C'était comme un devoir sacré auquel rien ne permettait de se soustraire.

Maintenant qu'il n'y a plus que les animaux ici, je devrais être contente, moi qui ne cessais de répéter que je les préférais aux humains parce qu'ils sont plus simples à comprendre et à satisfaire. Eux ne se cachent pas derrière les granges pour pleurer ou ne deviennent pas hystériques parce qu'une tache de vin a résisté à un passage en machine.

Mes parents me manquent. Cette phrase, jamais je n'aurais pensé la prononcer il y a encore quelques semaines. Depuis quatre ou cinq ans, je n'avais plus qu'une idée en tête : fuir cette baraque sinistre que je qualifiais même de « tombeau ». Aujourd'hui où la quasi-totalité de l'humanité a disparu, cette expression me fait honte. Je me sens coupable de l'avoir utilisée si facilement. Ceux qui croient aux signes pourraient aller jusqu'à dire que c'est ma faute si mon hameau s'est transformé en cimetière.

À 5h30, je décide de me lever. Je saisis ma torche et je traverse le champ pour rejoindre Bergamote qui s'est isolée des autres. Je croise son regard. Si elle semble si paisible, malgré l'épreuve qu'elle sent venir, c'est qu'elle sait qu'elle peut compter sur moi. Ce ne sera pas une première pour nous deux. Mais, jusqu'à maintenant, je savais que mon père n'était pas loin et qu'en cas de problème il pouvait intervenir ou appeler le véto.

Je l'encourage en lui parlant et la ramène tranquillement vers la maison. Elle se laisse faire et je l'en remercie en lui grattant les poils entre les cornes. Je vais pouvoir la surveiller plus facilement. Je l'attache dans l'étable et lui glisse à l'oreille :

– Berg, ma vieille, s'il te plaît, ne tarde pas trop.

J'entreprends un grand ménage dans la cuisine. Ma mère serait contente de constater que je suis enfin son exemple. J'ai même enfilé son tablier. Je me souviens de ces débuts de week-end où j'aurais aimé récupérer de ma semaine à l'internat et où j'étais systématiquement réveillée par des bruits de vaisselle qu'on déplaçait sans précaution. Si elle avait voulu m'empêcher de dormir, elle ne s'y serait pas prise autrement. À cet instant, je comprends mieux pourquoi elle aimait astiquer le fond des placards et javelliser le réfrigérateur. Quand on fait ça, on gamberge moins. On se fatigue et on se saoule avec l'odeur entêtante des produits chimiques. J'aperçois sur le buffet le poison que je me suis préparé après l'enterrement d'Yffig. J'ai broyé à parts égales les antidépresseurs de papa et ceux de maman avant de les diluer dans une eau colorée et sucrée avec du sirop de grenadine. L'aspect de la préparation a beaucoup changé. Un épais dépôt crayeux tapisse le fond, surmonté d'une fine couche rouge. Au-dessus, l'eau est à peine troublée. Je ne peux résister à l'envie de m'en saisir. Je le secoue violemment pour lui rendre son apparence homogène de sirop. Je reste quelques instants immobile à fixer les strates de liquide qui se reforment. Puis je le repose avec précaution. Un jour, cela me servira peut-être.

Après deux heures de travail acharné, je me sens épuisée. Je m'assois à la table de la cuisine. Pendant que le thé infuse, mes paupières se ferment et je sombre dans le sommeil. Je suis réveillée par une douleur dans le dos due à la position inconfortable dans laquelle je me suis endormie. Je ne perçois plus le ronflement rassurant du frigo. Je l'ouvre. La lumière intérieure ne s'allume plus. J'actionne alors l'interrupteur du plafonnier, en vain. Il n'y a plus d'électricité. Après Internet et la télévision, disparus il y a plus d'une semaine, c'est dans l'ordre des choses.

Je sors à l'air libre pour me réveiller tout à fait. Il tombe une pluie fine qui mouille à peine le sol. Lorsque je retire le tablier de ma mère, je respire soudain son odeur. Je ferme les yeux. La dernière fois que je l'ai vue, je l'avais trouvée transformée. Il émanait d'elle une vigueur que je ne lui connaissais pas. Nous venions d'apprendre que mon père était mort du virus dans un bar de Morlaix, au milieu de ses poivrots d'amis. Nous n'avons pas eu le droit de le revoir une dernière fois. À la vitesse où les décès se succédaient, les autorités avaient renoncé à organiser la reconnaissance des corps et l'ensevelissement individuel des cadavres. Moi, j'étais bouleversée par le décès de papa et je ne comprenais pas pourquoi ma mère ne voulait pas me prendre dans ses bras. J'imagine aujourd'hui qu'elle se sentait atteinte de la maladie et avait peur de me contaminer. L'urgence de la situation semblait l'avoir électrisée. Elle m'a parlé longuement, comme jamais auparavant.

Elle m'a déclaré plusieurs fois que j'étais une fille courageuse et que je saurais quoi faire de ma vie. À ma grande déception, elle ne s'est pas attardée sur la disparition de mon père, parce que cela, disait-elle, on ne pouvait pas le changer et qu'il fallait aller de l'avant. Moi, j'avais envie qu'on se remémore nos souvenirs heureux tous les trois et qu'on vide notre chagrin ensemble. Elle a préféré évoquer l'existence d'une lettre que ma grand-mère m'avait laissée juste avant de décéder, un an plus tôt. « Une lettre, a-t-elle précisé, que ton père ne voulait pas que tu ouvres et qu'il hésitait à brûler. Du coup, je l'ai cachée sous mon matelas. » Sur le moment, cette information m'a paru sans intérêt. Ça me semblait tellement loin du drame que nous vivions. « En attendant, a repris ma mère, il faut nous préparer au pire, ma fille. Je t'aime, Koridwen, et je serai toujours dans ton cœur, même si je suis loin de toi. » « Pourquoi parles-tu comme ça ? » ai-je demandé.

Elle m'a plantée là pour aller faire à manger. La nuit suivante, elle était morte. J'étais maintenant seule au monde.

*À suivre...*

N° d'éditeur : 10222979
Achevé d'imprimer en janvier 2016
par CPI Brodard et Taupin (72200 La Flèche, Sarthe, France)
N° d' impression : 3015254